KB068484

감나무 가지에 걸린
달빛으로 자라기

감나무 가지에 걸린 달빛으로 자라기

이덕대 에세이집

바른북스

글을 쓴다는 것

자신을 들여다보며 마음을 추스르고 동시에 자기를 드러내는 것이 글쓰기다. 글을 쓰는 이유는 다양하다. 자신을 표현하기 위해서인 경우도 있고, 쓰는 것 자체가 즐거움일 수도 있다. 어떤 경우는 글을 쓰지 않으면 참을 수 없는 상태에 이르기도 한다.

써야 하니까 쓰는 것이고, 글을 씀으로써 얻을 수 있는 것도 많다. 글을 쓰다 보면 복잡한 마음이 가다듬어진다. 글자가 하얀 공간을 채우면서 실타래처럼 얽혀 있는 생각이 바둑판의 돌처럼 정리가 된다.

글을 가까이하면 원하는 것과 필요한 것을 구분하는 능력을 준다. 사람의 일생은 원하는 것을 위해 끝없이 방황하는 모자람의 삶과 필요한 것만을 위해 간명하게 사는 넘침의 삶, 두 가지 방법이 있지 않을까.

대부분의 평범한 사람들은 원하는 것을 얻기 위해 진정한 자신의 인간적인 삶을 희생한다. 아니 어쩌면 희생하고 있는지조차 모르고 산다는 것이 적확할 것이다.

글을 쓰면 왜 필요한 것만을 얻기 위해 살아야 하는지를 알게 된다. 글을 쓴다는 것은 욕심을 버리는 일이기도 하다.

현대 사회에 있어서 글을 쓰는 것은 어쩌면 과거 농경시대에 농부가 야산이나 들판을 개간하여 농토를 넓히거나 어부가 바다를 정리하여 양식장을 확장하는 것과 유사하다.

결국 글쓰기는 인간관계를 확장한다. 편지를 쓰고 사회적 관계망을 통해서 자기의 의사를 표현하는 것 대부분이 관계를 넓히는 일이다.

또한 그것은 위로와 평안을 주며, 기억과 추억을 더듬게 함으로써 치매 예방이나 우울 극복에 커다란 효과가 있다고 한다.

어렵고 가난한 세월의 강을 건너고, 산업사회와 도시의 삶에 익숙하지도 못하면서 정신없이 빠르게 변화하는 시대를 살아온 우리는 가슴 속에 맺힌 것이 많다. 힘든 일을 겪을 때 차분히 마음을 정리하고 글을 써보면 내면 깊은 곳에서 똬리를 틀고 있던 정체 모를 두려움과 걱정이 마음속에서 그 진실의 정체를 드러내며 그 실체를 파악할 수가 있다. 실체를 아는 순간 두려움도 사라지고 그것을 극복할 방법도 생각할 수 있게 된다.

뿐만 아니라 글쓰기는 나 자신을 들여다보는 거울과 같은 역할을 하며 내가 누구인지, 지금 어디에서 어디로 누구와 가고 있는지를 알게 한다. 자신을 객관화해서 보는 기회를 주기도 하며 세상과 유리되지 않은 자신을 만드는 데도 도움이 된다.

사라지고 잊히는 일상의 작은 것들을 기록으로 남기는 일은 하찮은 것일 수도 있지만 시간이 지나고 세월이 흐르면 역사의 물줄기가 되고 귀중한 문화가 된다. 주목받지 못하는 소시민들의 하루하루도 따스한 마음으로 그리다 보면 힘든 세상을 살아가는 이들에게 위로와 치유가 되기도 한다.

훌륭한 예술가가 저술한 불후의 문학작품이나 불세출의 철학자가 설파한 사상이 인류의 정신세계를 진화시킨다는 것은 누구도 부정하지 않지만 무명의 글쟁이들이 무관심의 세계에 버려진 곳이나 가난하고 외로운 사람들에게 따스한 눈길과 동행의 손짓을 보내는 것 또한 세상을 평화롭고 살만하게 만드는 데 기여한다고 믿는다.

코로나 팬데믹의 시간이 끝나고 이제 일상으로 돌아왔다. 따뜻한 감성의 글 몇 줄이 지친 일상을 되돌아보고 영혼의 상처들을 치유하는 데 보탬이 되었으면 한다.

목   차

II 어울려 산다는 것

I

꿈엔들 잊힐리야

고구마 순이 있는 풍경

　오늘도 버스 정류장 옆 공터에는 할머니가 앉아 있다. 그녀는 허리 굽은 노인들이 의지 삼아 끌고 다니는 유모차에 깔개용 보루박스와 이것저것 푸성귀를 싣고 며칠에 한 번씩 나와 오가는 사람들을 상대로 텃밭에서나 거둘만한 물건을 판다.

　어떤 날은 볼품도 없는 애호박에 상품성도 없어 보이는 무 몇 개를 놓고 바쁘게 길 가는 사람들을 멀거니 쳐다보고 있기도 했다. 오랜 장마 탓으로 마트에서 파는 채소류 가격이 다락같이 오른 뒤부터 그녀가 파는 상품도 바뀌었다.

　꼬질꼬질하게 묶은 깻잎과 쉼 없이 손을 놀려 껍질을 벗긴 고구마 순이 주종이었다. 곁에는 아이들 손가락만 한 앳된 햇고구마 몇 개도 놓여 있다.

　어릴 때 먹어본 고구마순은 특별했다. 김치를 담가 먹을 채소가 귀했던 여름이면 언제나 밥상 한 귀퉁이에 고구마 순 김치가 있었다.

　쩝쩝하면서도 고소한 생멸치 젓갈에 풋고추를 듬성듬성 썰어 넣고 담근 고구마 순 김치는 맛깔나고 깊은 풍미(風味)를 지녔다.

　소금에 절이지 않고 겉절이 하듯 담은 고구마 순 김치는 시간이 지날수록 물이 생기면서 질겨지지만 만드는 즉시 먹으면 아삭한 식감

(食感)이 더할 나위 없이 좋았다.

특히 이즘 한창 익어가는 제피 열매를 갈아 넣으면 고구마 순 김치의 알싸하고 톡 쏘는 맛은 물에 만 거친 보리밥 반찬으로 그만이었다.

여린 고구마 순 껍질을 벗겨 비취옥(翡翠玉) 색깔이 나도록 살짝 데친 고구마 순 나물을 들깻가루에 무쳐 먹어도 또한 별미다.

그렇다고 알이 굵어질 시기에 고구마 순을 함부로 잘라 반찬을 만들어 먹을 수는 없다. 고구마 넝쿨이 무성한 이랑 이곳저곳을 다니며 숨다가는 발자국이 건드려 순이 손상되기 십상이다.

고구마 순뿐만이 아니라 순하고 귀한 것은 그만큼 취하기가 쉽지 않다.

고구마 순에는 고향의 가을이 들어 있다.

어스름 저녁이 내려앉는 가을이면 온 땅을 가리고 있던 고구마 넝쿨과 잎들도 얼핏얼핏 맨땅을 보여주기 시작한다. 고구마 잎들의 무성함 때문에 겨우겨우 삶을 지탱하고 열매를 맺어온 땅꽈리도 그제야 노랗고 투명한 열매 몇 개를 대궁에 매달고 서늘한 가을바람을 맛본다.

여름의 끝, 가을 초입 고향집 근처 텃밭은 풍성했다. 늦게 심은 옥수수는 햇빛에 바랜 노인의 수염을 달고 마지막 가는 여름을 즐겼다. 대궁은 이미 잎이 시들어 처지면서 옅은 볕에도 윤기 있는 껍질을 드러냈다. 가끔씩 불어오는 마른 바람에 탈색된 잎들은 서걱대고 담장 아래 줄줄이 새끼줄에 묶인 고추는 비껴간 태풍에 안도하며 붉고 푸른 열매를 풍성하게 매달았다.

얼기설기 싸릿대 걸친 줄을 타고 오르는 오이덩굴은 뿌리부터 마르기 시작했지만 처녀 허리처럼 잘록한 오이를 맨 꼭대기에 매달고 잔잔히 흔들렸다. 여름이 물러가는 텃밭에서 제일 멋진 풍경은 뭐라 해도 온 땅을 거침없이 뒤덮은 고구마 줄기다.

장맛비 탓에 신선한 풀을 제때 얻어먹지 못한 배고픈 염소가 목줄을 끊고 텃밭에 들어 입이라도 대었는지 간짓대 가로지른 입구의 고구마 이랑은 건중건중 드러난 고구마 줄기 아래의 땅이 살며시 터져 알알이 고구마가 보인다.

문득 고향집 텃밭으로 가있던 마음을 추스르는데 길거리에서 고구마 순을 파는 할머니의 눈빛이 애절하다. 손톱 밑에 까맣게 때가 낀 할머니는 연신 고구마 순 껍질을 까면서 처연하고 가엾은 눈빛으로 말을 붙여온다.

"이봐 젊은이, 한 봉지에 2천 원이다. 마트보다 양이 훨씬 많다. 두 봉지를 사면 까고 있는 이것도 마저 주께. 남은 이거마저 팔고 집으로 갈려는 데 사주면 안 될까?"

큭큭, 칠십 자리 밑 닦은 지가 언젠데 젊은이라니. 그 할머니 장사 수완이 장난이 아니네. 그러면서도 곁눈질을 해가며 슬그머니 지갑을 연다. 출근길을 나설 때 그러잖아도 집사람이 고구마 순이 보이면 한 봉지 사 오라는 말이 있었다. 얼마 전 고향 간 김에 따온 제피 열매를 으깨 넣고 고구마 순으로 나물을 해 먹으면 맛도 좋고 건강에도 도움이 된다는 내용이 방송에 나왔다고 한다.

오가는 길에 몇 번을 재활용한 듯 너절한 비닐봉지를 곁에 두고 푸성귀를 팔고 있던 할머니를 보았던 생각이 나서

"그래 그러지 뭐"

하면서 오늘 아침 집을 나섰었다.

지금은 어떤지 모르지만 어릴 때 고향의 기억들을 더듬어 보면 고구마밭에 농약을 치던 기억은 없다. 잎 서너 개가 달린 고구마 줄기를 메마른 땅에 묻고 주전자나 물뿌리개로 물만 충분히 주면 말라비틀어진 채 죽은 것 같았던 고구마 순은 몇 주가 지나면 거짓말처럼 살아났다. 한여름에도 고구마 줄기는 온 밭을 덮으며 강한 생명력을 자랑하다가 무서리가 내리는 가을이 되면 하루아침에 모든 잎이 검게 변하며 그 수명을 다했다.

어찌했건 암만 부지런한 농부라도 고구마밭에 농약을 치지는 않았으리라 속으로 되뇐 후 건강한 먹거리일 것이라고 스스로에게 최면을 걸며 한 봉지만 사 오라는 집사람의 말을 잊은 채 4천 원 거금을 주고 두 봉지를 덜렁 샀다. 농약에 자유로울 채소가 어디 있으려냐만 자기 집 밭에서 아침에 만들어 온 장 꺼리란 말에 약을 쳤으리란 의심은 애당초 하지도 않았다.

연신 고맙다는 할머니의 공치사를 뒤로하고 집으로 발길을 옮기다가 돌아보니 이게 마지막이라 했던 고구마 순이 어디서 나왔는지 다시 껍질을 까서 까만 비닐봉지에 모으고 있다. 설마 그렇게 처연한 표

정으로 순박하게 푸성귀를 팔던 할머니가 나를 속였을 리야 없다. 다 팔았다 생각하며 집으로 가려고 푸성귀보따리를 정리하다 보니 잊어먹은 게 나와 다시 까고 있으리라 지레짐작하면서, 마지막 떨이를 싸게 샀으니 아내에게 자랑해야지 하며 집으로 가는 길이 오랜만에 흐뭇하다.

윤사월이 들어 유난히 무더운 초가을 오후, 회사 출근 탓에 어쭙잖게 차려입은 양복 안에서 땀은 솟구치고 손에 붙들린 흙 묻은 검정 비닐봉지가 빠른 발걸음에 제멋대로 흔들린다.

같은 아파트에 사는 얼굴 아는 사람이라도 만날지 모르는데 의식도 않고 걷는다. 제피 열매의 알싸한 향에 버무린 고향의 맛 고구마 순 나물을 생각하니 걸음이 한껏 바빠진다. 마스크로 가려진 얼굴에는 땀방울이 송알송알하다.

감나무 가지에 걸린 달빛으로 자라기

옥수수 추억

옥수수가 그려내는 그림은 잊을 수 없는 고향의 풍경이다. 아이를 업고 있는듯한 대궁이 주는 정겨운 모양도 그렇고 넓고 기다란 잎이 주는 풍성함 또한 고향의 그 모습이다.

한여름 장마를 수월히 지나고 쑥쑥 자라 서너 자루 옥수수를 매달면 보기만 해도 푸근하고 넉넉하다. 더구나 척박한 땅에서도 이런저런 잡초들을 뿌리치고 튼실하게 자라 굵은 자루를 뽑내는 모습은 지친 도시의 삶에 위로가 되기까지 한다.

해마다 이맘때쯤이면 우리 동네에는 어디어디 찰옥수수란 간판을 걸어놓고 옥수수를 판다. 작년만 해도 시청 앞과 사람들 왕래가 많은 네거리 공터 두어 군데서만 양은솥을 걸어놓고 쪄서 팔기도 하고 껍질째 비닐봉지에 넣어 생으로 팔기도 했다.

올해는 코로나 재난으로 인해 그런지 새로 생긴 지하철역 근처뿐만 아니라 여기저기 길거리 옥수수 장수가 많이 생겼다. 아파트 근처 반찬가게에서도 삶은 옥수수를 판다. 옥수수는 하나같이 특정 지역에서 가져온 것이라는 광고 문안을 붙여놓고 판다.

사실 여부는 알 수 없으나 파는 곳마다 맛이 다른 것을 보면 의심이 가긴 하지만 여문 정도나 삶는 방식의 차이일 것이라고 짐짓 생각한다. 별로 영악해 보이지 않는 장사꾼의 수더분한 외양에 믿음을 둔 탓이다.

거의 매일 아침마다 옥수수 장수는 커다란 자루의 옥수수를 다듬는다. 가스로 인한 뜨거운 열기로 마뜩지 않아 하는 사람도 있지만 대부분 어릴 적 추억의 맛을 생각하는 듯 호기심만 나타내며 지나간다.

삶은 옥수수를 파는 사람은 대부분 중년의 남자다. 더운 여름철 땀 흘리며 불 옆에 앉아 팔아야 하는 옥수수는 구레나룻이 멋진 아저씨가 제격일 것이라는 아이 같은 생각도 해본다.

옥수수를 좋아하지 않는 사람이 있을까.

'벌써 옥수수가 나왔네. 껍질째 쪄서 파는 걸 보니 저것은 분명 국산에 요즘 수확한 제철 옥수수일 거야'

하는 말들을 나누어 가며 지나가던 사람들이 곧잘 옥수수를 사 먹는다.

옥수수 나올 철이 아니라도 가끔 옛날 먹던 삶은 옥수수 생각이 나서 '노란 옥수수'란 이름이 붙은 옥수수를 사 먹기도 한다. 동남아산 수입 냉동 옥수수는 비닐로 밀폐 포장 되어 대형 마트에서 사시사철 사서 먹을 수 있지만 그 맛이 제철 국산 찰옥수수는 비교할 바가 못 된다.

옥수수는 추억이다.

"밭둑에서 수염 난 아이를 업고 있는 것은? 미처 자라기도 전에 어른 대접을 받는 것은?"

감나무 가지에 걸린 달빛으로 자라기

하면서 수수께끼 놀이에도 옥수수는 언제나 등장했다. 여름 장마가 끝나자마자 불쑥 자란 옥수수 대궁 끝으로 하늘하늘 잠자리가 지나가면 마치 야생 귀리같이 생긴 옥수수꽃이 바람을 만들며 흔들렸다. 꿀벌들은 옥수수꽃이 피면 화분을 모은다고 함께 바빴다.

옛날에 옥수수는 제대로 대접받던 먹거리가 아니었다. 밭 한쪽 구석 가장자리나 담장 곁에서 염소나 닭의 접근을 막아서고 심한 바람을 막도록 울타리 겸 심어졌다. 비록 자갈밭 거친 곳에서 어렵게 터를 잡고 자라야 했지만 땅을 움켜쥔 억센 뿌리가 붉은 황토색으로 변하면 맨 아래 매달린 옥수수부터 갈색 수염을 매달며 달구어질 대로 달구어진 한여름 땡볕도 느긋하게 받아들였다.

옥수수의 달달하면서도 상큼한 맛은 바람이나 비가 만들어 준 맛이라기보다 온전히 온 땅을 태울 듯 내리쬐던 한여름 햇살 맛일 게다.

어린 시절, 옥수수가 익어갈 때쯤 되면 바깥마당 여기저기 떨어진 감나무 잎이나 밭둑, 논둑에서 베어온 어섯[1] 마른 쑥 대궁으로 모깃불을 피우고 대나무 평상에 누워 쏟아질 듯 반짝이는 별들을 세곤 했다.

어스름 사이로 앞집 순이 눈썹 같은 조각달이 자리를 잡기 시작하면 민둥산 꼭대기 어디쯤에는 외로워 보이는 몇 그루 소나무가 신작로 따라 오일장 보러 가는 할아버지 맨 상투마냥 물기 머금은 밤바람

---

1 어섯 : 사물의 작은 부분. 완전하게 다 되지 못한 정도. 여기서 '어섯 마른'은 약간 덜 마른 의미로 썼으며 모깃불을 피우는 풀들은 약간 덜 말라야 모기를 쫓을 수 있는 연기가 제대로 피어오른다.

에 까닭 없이 흔들렸다.

산꼭대기 소나무는 이어졌다 멀어졌다 하면서 서로 손을 잡기도 하고 숨기도 했다. 아이가 눈을 감았다 뜰 때마다 하늘을 가로질러 긴 줄을 그으며 별똥별이 떨어졌다. 대나무 평상 한쪽에는 할머니가 쪄 놓으신 알알이 옥수수가 식어가고 있고.

지금이야 옥수수를 넓은 논이나 밭에 심어 옥수수 수확 전 대궁이 째로 베어 가축사료로 사용하나 그때는 옥수수도 흔치 않았다. 일손 부지런한 어른들이라야 텃밭 가장자리나 고구마 이랑 초입에 몇 그루를 심어 아이들 여름 간식을 마련했다.

사카린이나 당원, 소금을 적당히 푼 달달 짭짤한 물에 찐 옥수수는 먹을 것 부족하던 그 시절 산골에서 그야말로 한번 잡으면 놓기 쉽지 않은 최고의 간식거리였다. 금방 배가 꺼지던 아이들은 저녁으로 먹은 감자밥이 채 내려가기도 전 입이 고파 종아리 크기 옥수수를 한 알 한 알 뜯어 입에 넣으며 밤하늘 별을 셌다.

달착지근한 맛이 목을 타고 넘으면 할머니의 옛날이야기와 함께 그 여름밤이 마냥 행복했다.

요즘은 옥수수도 프리미엄급이라야 잘 팔리는지 대학찰옥수수는 물론이고 강원도나 충북 등에서는 무슨 성분이 강화되고 이런저런 기능이 추가되었다는 고기능 옥수수를 특화작물로 상품화하였다면서 고객의 선택을 유도한다.

하지만 이곳저곳에서 벌어지던 옥수수 축제도 코로나 여파로 박스

감나무 가지에 걸린 달빛으로 자라기

나 자루 단위로 사서 냉동실에 보관하고 온 가족이나 지인들끼리 모여 즐기라는 온라인 행사로 바뀌고 있다. 세상이 바뀌었는데 옥수수라고 별수 있을까.

하지만 어둠이 내리는 어스름 저녁, 대나무 평상 위에서 손으로 한 알 한 알 뜯어 먹던 옥수수 맛은 변할 리 없다. 여름밤 별똥별이 떨어지던 고향의 산꼭대기는 사람 간섭 없이 마냥 자란 거목들로 그 시절처럼 등 굽은 할머니 걸음걸이 모습으로 보이지 않겠지만 여전히 총총히 빛나는 별들을 세고 있을 것이다.

돌담 위로 수염 달린 아이를 업고 지나가는 사람들을 넘겨다보는 옥수수도, 옥수수를 쪄서 먹을 고향 텃밭도 없지만 갑자기 날이 더워지면서 그 시절 아련한 옥수수 추억이 떠오른다.

배추뿌리

가난이 고통이었던 시절을 지나고 나니 가난의 추억을 풀어내는 일이 행복이 되었다. 가진 것이 없을 때 적은 가짐은 가진 것이 많을 때 더 가짐보다 상대적 풍요지수가 높을지 모른다.

하루하루의 삶이 오직 끼니의 채워짐에 따라 즐겁다와 행복하다는 감정으로 이어지던 가난했던 그때는 알록달록한 유리구슬 하나, 송진이 가득 배인 관솔 한 토막만 가져도 마치 구름 위에 올라앉은 기분이었다. 하얀 무서리 골목길 뒤덮은 날, 밥솥 위에 얹어 쪄 먹던 굵은 배추뿌리를 추억하는 것만으로도 가끔은 행복하다.

겨울 추위가 유난히 심한 이곳은 김장하는 시기가 남쪽에 비해 거의 한 달 정도 빠른듯하다. 올해는 꽤나 자주 내린 비로 김장용 배추나 무가 유난히 풍성하게 잘 자랐다. 폭우와 긴 장마 탓에 여름 내내 금값이던 채소가 김장 때까지도 비쌀까 봐 걱정이 많았지만 다행히 가격이 많이 내린듯하다.

물론 배추나 무 농사를 짓는 경작자 입장이야 비쌀수록 좋겠지만 코로나 사태로 수입이 줄어든 도시의 서민들은 그나마 김장준비에 한시름 놓았다. 아무리 먹거리가 풍부해지고 밥을 먹는 횟수가 줄어들었다고 하지만 사 먹든 담가 먹든 김치가 우리 식탁에서 사라지는 상황을 상상하기는 어렵다. 김치는 단순한 반찬이 아닌 우리 음식의 정체성이자 문화 그 자체이기 때문이다.

옛 고향의 배추밭 생각으로 보기만 해도 풍성하던 산책길 근처 배추들이 입동을 지나자마자 자취를 감추었다. 현역에서 은퇴한 나이 지긋한 사람들이 소일거리 삼아 주말농장으로 가꾸거나 건강한 먹거리에 목마른 도시인들이 대부분인 탓에 서리를 몇 번 맞아 아싹하고 단맛이 날 때까지 기다릴 여유가 없는지 모른다.

그들은 거의 매일 채소밭에 살다시피 물을 주고 벌레를 잡으며 애지중지 가꾸었다. 어릴 적 시골에서 본 배추보다 몇 배는 큰 튼실한 배추로 자란 것을 볼 때마다 내심 저렇게 물을 많이 먹고 자란 배추는 무르고 싱거울지 모른다는 쓸데없는 걱정을 했었다.

어느 날 배추가 사라진 밭은 겨울이 선뜻 다가온 것처럼 텅 비어 쓸쓸했다. 우람한 배추가 캐어져 나간 밭에는 뿌리조차 잘 보이지 않았다.

고향의 배추밭은 작고 아담한 비알 밭이었다. 가을 늦은 점심을 먹고 나면 산그늘이 내렸고 산속 깊이 단풍이 들기 시작하면 무나 배추를 뜯어 먹기 위해 노루나 산토끼가 무시로 돌담을 넘어왔다.

쓰러진 밤나무 가지를 얼기설기 엮고 낡은 밀짚모자와 헤진 삼베등걸을 입혀 만든 허수아비는 날아가던 장끼나 까투리도 헛웃음 칠 정도로 어설펐지만 어스름 저녁 망태기 가득 꼴짐을 메고 오는 아이들은 오히려 엎드려 있는 사람인가 해서 소스라치게 놀라기도 했다.

골 깊은 배추밭에 무서리는 일찍 내렸다. 산그늘, 나무그늘로 배추는 마디게 자랐고 다 큰 무도 야위고 매운맛이 났다. 읍내 발걸음이 잦은 집에서야 장거리 근처 종묘상에서 흥농(興農) 배추나 대평(大坪) 무씨를 사다 심었으나 봄철 장다리에서 받은 씨를 심었으니 돌 배추, 돌 무가 되어 그 자람이 더 신통치 않았을 것이다.

비료나 거름을 충분히 얻어먹지 못한 배추는 땅속으로 깊이 뿌리를 내렸고 속도 제대로 차지 않은 배추를 캐고 나면 뿌리가 오히려 잎보다 크고 실했다.

제대로 자라지도 못한 푸른 배추 몇 포기는 정월 대보름 나물용으로 두툼하게 짚으로 덮고 감싸둔다. 다행히 산짐승들의 먹이 되는 것을 피해 살아남아 찬바람 모진 서리를 견딘 배추는 강한 단맛을 내는 귀한 나물감이 되었다.

배추 수확이 끝나고 어느 정도 시간이 지나면 한층 추워진 날씨 탓에 혼자 살아남기 위해 잔뿌리로 알차게 영양분을 모아서일까, 뿌리는 더욱 단단해지고 단맛도 강해졌다.

땅이 얼기 전 남겨진 배추뿌리를 캐서 갈무리를 해두었었다. 잔뿌리를 다듬고 신문지에 싼 뒤 마대자루에 넣어 얼지도 마르지도 않게 보관했다.

뚫어진 문종이 사이로 하얀 달빛 차갑게 스며들고 골바람 문풍지 흔드는 긴 겨울밤이면 쉬 배가 고팠다. 저녁마다 소쿠리 가득 쪄두는 물고구마가 싫증 나면 정지 한쪽에 갈무리해 둔 배추뿌리를 생으로 깎아 먹었다. 밥 위에 쪄먹는 배추뿌리도 먹을만하지만 생으로 먹는 것이 훨씬 깊은 맛이 있었다.

식감은 아삭하고 맛은 연한 단맛이 난다. 심 있는 것도 있었지만 튼실한 것은 싱그러운 맛에 약간 매운맛까지 곁들여 오묘한 맛의 조합을 지녔다.

언젠가 읽은 배추뿌리 맛 표현 중 강화순무 맛이 느껴진다고 했던데 이는 겨울 배추뿌리 맛을 제대로 느끼지 못했거나 설명할 적절한 단어를 찾지 못해서가 아닐까 한다. 기억 속 배추뿌리는 표현하기 힘든 깊은 맛이자 배고픈 맛에 가난의 맛까지 뒤섞여 있었다. 깊은 겨울밤의 연하게 언 맛도 그 속에는 숨어 있다.

이른 겨울비 추적추적 내리는 아침에 가난의 추억을 끄집어내어 행복의 시간을 만든다. 시린 발끝 이불 걸치고 마을 대장장이가 만든 무딘 무쇠 칼로 배추뿌리 껍질 긁어 아삭아삭 먹던 그 시절이 그립다.

목이 아리도록 맵싸한 돌 배추뿌리 실컷 먹고 외양간 송아지처럼 트림하면 한심하다는 듯 눈 흘김 하던 누나 모습도 그립다. 무도 그렇지만 배추뿌리도 많이 먹으면 트림이 난다. 가난이 행복이라는 것을 몰랐던, 다시는 돌아올 수 없는 그 시절이 자꾸만 떠오른다.

코로나 팬데믹이 되면서 하루에도 수십 개 안전안내 문자가 전화기에 쏟아진다. 중대본이니 시청이니 구청이니 하는 곳에서 똑같이 섬

뜩한 경고문을 시도 때도 없이 보낸다. 똑같은 문자를 마치 경쟁이라도 하듯……, 이제 아예 보지도 않고 지워버린다.

영혼 없는 공무원들의 책임회피성 행정 처리일 리야 없지만 인내심이 바닥날 정도로 중복적이고 무책임하다는 생각이 든다. 세상이 왜 이리 힘든지 모르겠다.

퇴행적(退行的)이라고 할지 모르겠지만 단 하루만이라도 추억을 맛볼 수 있는 배추뿌리 몇 개가 있어 행복했던 그 날로 돌아가고 싶다.

감나무 가지에 걸린 달빛으로 자라기

반딧불이 있는 풍경

라디오도 텔레비전도 흔하지 않은 시절, 여름밤 시골 풍경은 적막하고 무서웠다. 눅눅하고 짧은 밤, 보이지도 않는 도깨비가 골목길을 막았고 간간이 들리는 새끼 떠나보낸 어미 고라니 울부짖음은 들어보지도 못한 귀신 울음소리만큼이나 무서웠다.

먹물 같은 어둠이 장막을 치고 온 집안을 둘러싼 감나무들로 인해 연못만큼 작아진 하늘에서 별빛 쏟아져 내리면 밤이 깊어도 쉬이 잠들지 못했다. 일찍 홰에 오른 닭들도 꿈을 꾸는지 부스럭댔다.

여름비 추적추적 내리는 날이면 동사 뒤 창고에 있던 상여에서부터 어룽어룽 희끄무레한 인(燐)불이 날아 나와 숲속을 떠다니고, 숲을 감싸고 흐르는 개울에는 밤이 찾아오자마자 꽁무니에 인(燐)불을 단 개똥벌레가 날았다. 신비(神祕)와 전설(傳說)이 어둠을 장식하는 고향 여름밤은 무덥고 서늘했다.

사계절 중 여름밤은 어릴 적 추억 속에서 각별하다. 가을밤 쓸쓸함이나 겨울밤 적적함, 봄밤의 막연한 울렁거림과는 사뭇 다른 스멀스멀함이 있다. 들도 산도 넘치는 생명의 열기로 꽉 찬 데다 하늘마저 별들로 형형히 빛난다.

겨울밤은 길지만 가난과 추위로 긴 시간 이야기하기가 어려웠다. 들로 산으로 뛰어다닌 봄이나 가을은 몸을 누이기 무섭게 꿈나라 여행이 바빴다.

비록 짧지만 가장 많은 이야기가 만들어지는 것이 여름밤이다. 견우직녀가 만나는 것도 여름밤이요 오작교를 만드느라 까치와 까마귀가 민머리가 되는 것도 이때다. 인(燐)불이 날고 도깨비가 무시로 고샅길을 드나드는 것도 여름밤이다. 세찬 바람을 두들겨 맞고 마당가에 떨어진 감나무 잎과 까닭 없이 길게 자란 우물가 키다리꽃나무 대궁을 잘라 피운 모깃불은 알싸한 연기를 낮게 깔아댔다.

살쾡이 무서운 닭들은 산꼭대기에 어스름 걸리자마자 홰에 오르고 늦은 저녁 배불리 먹은 늙은 암소는 외양간에서 되새김질하기 여념없었다. 축축한 밤안개와 같이 내려온 어둠은 선들선들 부는 남풍에 이내 별들로 해서 장막을 걷었다.

마른 보리대궁을 물에 적셔가며 타는 모깃불 위에 올리자 뭉게뭉게 피어오르는 매캐한 연기가 할머니의 부채질에 따라 이리저리 흔들렸다.

연기는 거짓말하는 사람을 찾아간다며 아이들은 툴툴대고 낄낄댔었다. 맵싸한 풋고추만 넣고 양념 없이 끓여낸 조갯국에 보리밥을 말아 열무김치를 척척 걸쳐가며 먹어댄 아이들은 대나무 평상 위에 아무렇게나 누워 밤하늘을 올려다보았다.

감나무 잎 사이로 달이 숨고 별이 쏟아져 내렸다. 가끔씩 들리는 모깃소리에 괜히 다리를 긁적이다 할머니 부채를 멀거니 쳐다보곤 했다.

감나무 가지에 걸린 달빛으로 자라기

오늘은 꿈속에서 반딧불을 본다. 별도 찾아들어 칠흑같이 어두운 밤, 몽환적인 몸짓이 어둠을 뚫고 난다. 먼 하늘에는 별똥별이 떨어진다. 반디가 춤을 춘다. 춤추는 반딧불이 이야기를 만든다.

불이 반짝거리는 꽁무니를 만지면 마른 개똥냄새가 난다. 깜빡이며 나는 것은 궤적이 자유롭다. 언뜻 사라지기도 하고 수시로 나타나기도 한다. 한두 개 파장이기도 하고 멀리 있는 하늘을 조각내어 옮겨다 놓은 듯 별무리가 반짝이는 것인가도 하다.

노을이 지는 개울가나 이른 아침 햇살 아래서 여울이 멈추는 담(潭) 수면에 부딪힌 물방울의 잔잔함, 산등성이를 따라 피어오르는 안개가 주는 고요함 같기도 하다. 깜빡거리며 나는 반디는 혼(魂)을 앗아간다.

어둠과 빛이 교차하는 공간은 마음이 만들어 내는 바다다. 소리 없이 나타났다가 사라지는 것은 무섭다. 아주 천천히 살랑거리는 할머니의 부채 바람은 잠을 몰고 온다. 모기장이 쳐진 마루, 소나무 판재 바닥은 시원하다. 스르르 눈이 감긴다.

해마다 여름밤이면 할머니는 도깨비 이야기를 했었다. 도깨비 이야기를 할 때마다 인(燐)불이 떠올랐다. 집 앞 개울에 사는 반딧불이 감나무 밑을 찾아오고 우물가를 맴도는 것은 언제나 밤이 이슥해지면서다.

할머니 이야기 속 도깨비는 꼭 여름에만 나타났다. 장마가 아직 끝나지 않은 여름밤은 무덥고 습했다. 잔뜩 흐린 날은 바람도 간데없이 숨는다.

할머니의 이야기가 아니라도 숲을 지나 개울을 건너는 곳에는 간혹

인(燐)불이 둥실둥실 하늘로 떠오르곤 했다. 흐릿하긴 하나 꼬리가 긴 인불은 총각이 죽어 만들어진 인불이고 또렷하고 동그란 인불은 처녀가 죽은 인불이라고 했다.

꼬리가 긴 인불은 개울을 지나 산속으로 너울너울 날아가지만 동그란 인불은 동네 숲 위에서 한참을 맴돌다 가는 것을 보았다는 사람이 많았다. 이런 날 밤이면 할머니의 도깨비 이야기는 더 무서웠다.

개울을 따라 나타나던 반딧불이 호기심 가득한 아이들에게 환상과 꿈을 선사했다. 불빛은 따뜻함이다. 달빛도 별빛도 따뜻하지 않지만 차갑게 빛나는 불은 비현실적이다. 상상할 수 없는 상상의 세계가 눈앞에 펼쳐지는 것은 신비로운 마법이다.

반딧불이가 가져다준 것은 단순히 반짝이는 푸른빛이 아니다. 다가갈 수 없는 세계로 인도하는 유혹의 빛이다. 반딧불이와 도깨비불, 인불이 서로 어우러져 마음속으로 들어오곤 했다.

호박꽃을 꺾어 만든 호롱에 반디를 집어넣고 주둥이를 꽁꽁 묶으면 호박호롱은 부잣집 대문에 매달린 남포등보다 더 멋지고 빛났다. 시렁에 매달아둔 호박호롱은 아침이면 언제나 시들어 있었다. 밤새 불을 밝혔을 반디는 어디에도 없이 사라졌다. 도깨비가 반디를 잡아갔으려니 했다.

언젠가부터 고향 개울에는 반딧불이 날지 않는다. 도심의 불빛이 밀려와 그런지 별똥별도 사라지고 눅눅한 여름밤에도 도깨비불, 인불이

감나무 가지에 걸린 달빛으로 자라기

너울거리지 않는다.

　기다릴 사람도 무서워할 아이도 없으니 여름밤의 불들이 있으면 무엇하리. 반딧불이 만들어 내던 이야기는 이제 전설이 되고 아득한 기억 속의 묻힘이 되어가고 있는데. 다시 자연 속으로 돌아가면 밤마다 개똥벌레가 하늘을 나는 신비의 세계가 펼쳐질 수 있을까.

　세상이 다시 돌고 아픈 상처들이 회복되면 하늘에 많은 빛들이 제대로 떠다닐 수 있을까.

가난의 시절 그리고 그 끝

가난했던 그때, 나라에서 강조하는 계몽철학을 이해하지 못했다. 시도 때도 없이 아끼고 모아야 한다고 가르쳤다. 동사(同舍) 기둥이나 학교 교실에 붙어있던 근검절약(勤儉節約)이라는 단어의 의미를 알 수 없었다.

언제나 근검(勤儉)했고 특별히 절약할 만큼 쓰는 것도 먹을 것도 없었다. 삶 그 자체가 모자람의 극한이었고 최소한의 연명이었다.

물론 그 시절에도 분명 낭비하고 넘치는 사람들은 있었을 것이다. 그러나 가난에 노출된 아이들은 대부분 알게 모르게 절약의 유전자가 몸속 깊이 스며들었고 습관이 된 세월을 지나왔다.

일주일에 서너 번 배달되는 신문을 보는 집은 마을 이장이나 식자깨나 든 일부 양반이었다. 오일장 터에 가서 듣거나 마을을 지나던 방물장수가 전해준 것이 최신 정보였던 시절, 사람들은 착하고 순진했다. 나라가 어떤 정책을 만들고 국민을 계도하는지 몰랐다.

선거 때가 되면 막걸리 몇 잔에 고무신을 선사하는 사람에게 투표하는 것을 아무렇지 않게 이야기했다. 소처럼 일하겠다고 황소 얼굴을 형상화한 선전물이 담벼락에 붙었고 다른 당에서는 "배고파 못 살겠다 황소라도 잡아먹자"는 문구를 붙였다. 먹여만 준다면 뭐든지 하는 시절이었다.

하루에 한두 번 지나가는 버스 차장(案內孃)이나 조수(助手)가 선망의 대상이었고 그들과 말이 통하고 면식(面識)이 있으면 커다란 끗발이 되던 시기였다.

가을걷이가 끝나고 가끔씩 찾아오던 말광대나 가설극장은 흥분 그자체였다. 확성기 소리가 왕왕대고 세련되지 못한 변사의 선전 방송이 끝나면서 감사합니다, 하는 마지막 말을 '감을 사겠다'는 말로 잘못 이해하고 감 두 개를 호주머니에 넣고 가설극장으로 뛰어간 아이를 생각하면 지금도 웃음이 실실 나온다.

그 시절, 국민 교육의 일환이었는지 아니면 정부 정책 홍보를 위해서였는지 모르지만 마을마다 스피커를 달았다. 면사무소에서 그냥 달아주는 듯 생색내면서 실상은 집집이 얼마씩 추렴하여 달았던 스피커, 앵앵거리는 모깃소리같이 잘 들리지 않았지만 삐이익 하는 신호음과 함께 아침저녁으로 스피커가 울렸다.

일반 가정에서는 라디오가 거의 없던 시절이라 저녁 뉴스 시간이면 한두 시간 계속해서 동사(同舍)에서 이장이 스피커를 켰었다.

마을 근대화 사업의 일환으로 집집마다 달았던 스피커는 지금의 스마트폰만큼 신기한 물건이었다.

그나마 스피커를 달만한 형편이 못되던 집은 스피커 신호음이 울리면 무슨 말을 하는지 들어보겠다고 옆집 돌담 너머로 얼굴을 내미는 일도 심심찮게 있었다. 부뚜막 구석진 자리에는 일 년 내내 절약미(節約米) 항아리가 놓여 있었다. 벼와 보리가 산물의 전부이던 대다수 집들은 끼니를 걱정해야 할 정도로 가난했고 마을의 많은 집들이 하루 두 끼로 버텼다.

봄이 되면 해가 길어져 가난은 더욱 고통스러웠다. 산마나 둥굴레, 칡을 캐러 산으로 가는 아이들이 많았다. 칡도 쉽게 만나지지 않았다. 돌이 굴러 내린 곳이나 흙이 무너진 비탈에서 만나는 칡은 행운이었다.

칡 종류도 다양해서 대밭에서 나는 것은 대칡, 나무뿌리처럼 거칠고 억센 것은 나무 칡, 통통하고 전분이 많은 맛있는 칡은 가리(가루) 칡이라며 최고로 쳤다. 칡을 캐서 먹는다고 끼니가 해결되지는 않았다.

칡을 캔다고 산을 오르고 땅을 파며 힘을 썼으니 오히려 배만 더 고파졌다. 캔 칡은 작두로 모양새 있게 잘라 호주머니에 넣고 다니다가 자랑하며 먹었다. 한 입 얻어먹으려 꼬맹이 아이들은 따라다녔고 칡을 가진 아이는 으쓱해하며 조금씩 찢어 나누어 주기도 했다.

어떤 아이들은 학교까지 칡을 가지고 와 입 주위가 칡 물이 들어 마치 가을 들판의 허수아비 얼굴 같았다.

현재가 아니라 미래에 대한 꿈을 꾸고 살던 아이들로 가난하지만 인간미 넘치던 시골 풍경은 완전히 사라졌다. 베이비 붐 세대가 나라 시킴에 충실했던 탓에 산아제한(産兒制限)에 적극 동참했고 시골은 적막강산이 되었다.

어려운 시대를 살았던 어른들은 대부분 세상을 떠났고 가난으로 인한 근검절약의 유전자로 무장한 사람들은 도시의 삶에 흡수되었다.

뿌리를 내려야 하는 도시는 황량하고 궁핍했다. 배고픔의 강만큼 서럽고 힘든 강은 없다. 떠나온 고향의 따뜻함을 반추하거나 낯선 도시 삶의 팍팍함을 원망할 여유도 없었다.

산업화와 근대화의 물결은 물질적 풍요를 가져다줌과 동시 정신적 피폐(疲弊)함을 수반했다. 생존이 목표이고 굶주림으로부터 도피하는 것이 최대의 바람이었다. 더 이상 가난의 강을 건넌 것을 자랑할 수도 없고 자랑으로 여기지도 않는다.

풍요의 시절에 태어난 젊은 세대에게 궁핍의 정서를 강요할 이유도 없다. 살아남고 먹고 살기 위해 몸부림치던 세대는 이제 바뀐 세상의 주변부로 밀려나기 시작했다.

안타깝게도 버리지 못하는 절약의 유전자로 인해 지금까지 모은 재산으로 죽을 때까지 먹고사는 데 지장이 없음에도 아끼고 또 아낀다. 자신을 위한 삶에 제대로 돈 한번을 써보지 못했으면서도 늙고 아픈 몸은 생각도 하지 않고 돈 생기는 일이라면 자다가도 벌떡 일어난다.

나이가 더 들어 병원신세라도 오래도록 지면 어쩌나, 자식과 손자세대의 삶은 어떻게 되는 거지 하는 걱정으로 하루하루를 보낸다.

감히 이야기하고 싶다.

풍요의 시절에 태어난 그들은 그들의 삶을 살 것이다. 자식세대의 삶은 자식에게 맡기고 손자세대의 삶은 손자에게 맡겨라. 우리 세대도 할 만큼 했다. 사는 것처럼 살다 갈 권리가 있다.

인생의 황혼까지 절약이 자신을 망치게 해서는 너무 가여운 일이다. 가난한 시절이 우리에게 준 고통의 유전자를 이제는 버려야 한다. 곧 자신의 의지대로 살 수 없는 시간이 온다. 그때 후회하지 않아야 하는 것은 너무도 자명(自明)한 진리다.

자식이 자신의 삶을 절대로 보상해 주지 못한다. 어쩌면 사람처럼 살다가는 부모를 더 존경하고 고마워할지도 모를 일이다. 더 이상 가난이 우리의 황혼을 황량하게 만들어서는 안 된다.

도다리쑥국

신종 코로나 역병으로 문밖을 나서기가 쉽지 않다. 그렇다고 마냥 웅크리고 집에만 어정댈 수는 없는 일이다. 어제는 나름 용기를 내어 동네 약국에 마스크를 사러 갔다.

집에 있을 때도 마스크를 살 수 있을까 해서 틈나는 대로 스마트폰으로 인근 약국 재고를 확인해 보지만 언제나 재고 없음, 판매중지라는 글자만 줄줄이 달려 있었다. 길을 가다가 약국 앞에 길게 사람들이 늘어서 있는 곳은 예외 없이 마스크를 사기 위한 기다림 줄이다.

혹 지금이라도 늘어선 뒤에 줄을 서면 살 수 있을까 싶어 다만 재고 여부 확인만 한다는 어색하고 어설픈 표정으로 줄 선 사람들 눈치를 봐가며 약국 문 앞에 붙여놓은 안내문에 다가간다.

붙여놓은 안내문은 예외 없이 두세 시간 후에부터 판매한다는 내용이거나 오늘 입고 예정량이 아직 결정되지 않았다는 등 길거리에서 추위에 떨며 기다리라는 것이다. 늘어선 줄 길이가 짧아 운 좋게 살 수 있으려나 하고 긴 줄에 매달리듯 섰다가 중간에 재고가 바닥났다고 못 사고 돌아선 적도 여러 번이다.

어쩐 일인지 어제는 그 귀하디귀한 마스크 두 장을 사고 출근 때 사용할 수 있겠구나 하면서 의기양양하게 집으로 왔다. 하지만 한편으로는 평소 생각도 해보지 않았던 마스크 두 장에 사람의 마음이 이렇게 달라질 수도 있구나 하고 속으로 생각하면서 피식 실소가 나왔다.

코로나 사태가 터지고 나서부터 마스크 착용은 필수다. 복잡한 출근길 지하철 속에서도 마스크를 하지 않으면 대중의 시선이 꽂히는 것을 쉽게 알 수 있음은 물론 바라보는 눈매가 예사롭지 않다.

팬데믹 상황이 된 신종 바이러스로 인해 많은 사람들이 불안과 공포뿐만 아니라 심한 스트레스를 받고 있으니 어쩌면 당연한 일이다. 그러다 보니 살 수 있는 날짜만 되면 기다리는 줄이 길든 시간이 많이 걸리든 무작정 사야 한다는 강박관념에 시달리고 있을 것이라는 생각이 들 정도다.

따뜻한 봄 햇살 아래서 새로운 생명이 솟아나고 내일에 대한 희망으로 하루하루가 즐겁고 기억하고 싶은 날이 되어야 할 이 시간에 무슨 형벌이고 지옥 같은 날들이란 말인가.

도대체 봄은 어디로 간 것일까. 예전 같으면 어떡하든 틈을 내어 남녘으로 고향으로 봄맞이를 갔을 것이다. 하지만 올봄은 빼앗긴 봄이다. 마스크로 봉쇄된 봄이고 가지도 오지도 못하는 봄이다.

시간의 흐름과 계절의 변화는 태어남과 사라짐을 만드는 천체(天體)의 정교한 운행의 결과이자 우주의 섭리다. 봄을 봄으로 맞지 못하는 것은 천체의 질서가 망가진 것이며 살아있는 생물체 생멸(生滅)법칙이 제대로 작동하지 않는 것이다.

봄이 오는 것은 단순히 따스한 햇살과 함께 만물이 소생하는 시각

적 변화만은 아니다. 황량한 어둠의 땅에 북적거리는 생명의 환희를 채워나감은 물론 자연의 모든 것들이 서로에게 축복과 은총을 베푸는 나눔의 장터가 만들어지는 것이다.

봄은 창문을 열어젖히게 하는 종달새의 목소리요 하늘 가득 구름 너울이 흘러가는 평화의 목장이다. 메마르고 건조한 눈빛으로 도심의 골목에서 마스크를 구하기 위해 하루하루가 힘든 날들, 사라져 버린 봄을 기다리는 마음은 애달프고 간절하다.

그런데 오늘은 그 맞고 싶던 봄을, 그 기다리던 봄을, 그 누구보다 일찍 만나고 싶어 하며 산으로 바닷가로 찾아다니느라고 세상 열심히 살고 있는 남녘 친구가 보낸 스티로폼 한 상자로 가득 받았다.

이 밭, 저 둑에서 그 소소하고 작은 봄들을 캐느라고 얼마나 애쓰고 수고했을까. 친구가 보낸 상자를 조심스레 열어 남녘의 봄을 탁자 가득 늘어놓은 집사람이 아침 음식을 준비하면서

"하도 그 정성이 고마워서 작은 줄기 하나 안 버렸다"

고 한다.

봄 냄새 가득한 냉이와 유채, 양지바른 밭둑에서 하나씩 하나씩 정성 들여 캔 머위 그리고 쑥과 도다리……, 그 외에도 상큼한 봄 냄새 제대로 풍기는 풋마늘과 국물김치까지, 테이프를 떼어내고 상자 뚜껑을 열자 그동안 코로나로 숨 막힐 정도였던 집안이 순식간에 한가득 봄으로 채워졌다.

닫아둔 창들이 놀라 두꺼운 커튼을 밀어내고 고개를 디밀었으며 코로나 상황으로 아직도 집 한구석에 겹겹이 쌓여있던 우울한 겨울

의 잔재가 갑자기 사라졌다.

어린 시절 살던 남녘, 고향의 봄은 바다로부터 왔다. 이맘때쯤이면 바닷속에는 모자반이나 톳 같은 봄 내음 가득한 해초들이 따뜻한 햇살을 받아들이며 자란다.

나른한 봄 햇살 아래 얕은 바닷물 속에서 잔물결 따라 흔들리는 모자반은 빛살을 튀기며 흐르는 개울물에 겨울을 씻어내는 처녀의 삼단 머리채 마냥 싱그러운 느낌이다.

바다는 하늘 해를 담아 풋풋한 봄바람을 만든다. 봄을 가득 담은 해초류는 도심의 대기에 오염된 몸속 중금속을 배출하면서 각종 무기질도 풍부하여 도시의 마트나 시장에서도 인기리에 팔린다.

옛날에는 무와 콩나물에 톳을 섞어 커다란 항아리에 넣어 차갑게 먹던 선나물(지역에 따라 이름을 달리하는데 누나들은 서채나물이라 했다)이라 했던 기억이 난다.

요즘은 칼슘이 풍부하여 다이어트에 좋다는 모자반에 두부를 으깨어 무쳐 먹으면 입안에서 톡톡 터지는 특유의 식감과 상큼함이 일품이다.

온몸 가득 퍼지는 봄 바다 향기는 겨우내 잊었던 미각을 살려주는 것은 물론 나른해지는 몸을 깨우기에 충분하다. 달래와 냉이는 지금 한창이지만 조금 있으면 두릅에 취나물, 쌉싸래한 오가피 순까지 한철 봄나물들이 잃었던 겨울의 미각을 살릴 것이다.

감나무 가지에 걸린 달빛으로 자라기

도다리 쑥국은 사실 어릴 때 그렇게 먹어본 기억이 많지 않다. 싱싱한 봄 도다리가 비싸기도 하고 생산지에서 먼 탓에 사 오기도 쉽지 않아서였을 수 있겠지만 설혹 사 와서 국을 끓인다고 해도 쑥이 지니고 있는 특유의 향과 쓴맛이 그렇게 달갑지 않았음이 틀림없다.

그 시절에는 배가 고프고 궁금해도 쑥떡에 손이 잘 가지 않았음을 생각해 보면 말이다. 하지만 나이를 먹은 탓인지 어느 순간, 쑥 향이 좋고 옛날 어른들이 즐기던 음식이 입맛에 맞아졌다.

아무튼 오늘은 친구가 보내준 한가득 봄 상자로 입이 호강한다. 세상을 멈추고 세계를 바꾸어 버린 코로나로 올해는 영 봄을 빼앗길 뻔했는데 도다리 쑥국으로 온몸 가득 봄을 느낀다.

친구의 가득한 봄 선물이 잃어버린 봄을 다시 가져다주었다.

거울 앞에서 꿈꾸는 봄

봄을 맞으러 오가는 사람들 모습을 보고 싶어 고속버스터미널에 갔다. 아무리 코로나19가 세상을 바꾸고 고립과 격리로 계절의 변화조차 느낄 수 없다고 하더라도 고향 길 버스는 남쪽 바닷가 봄 향기를 싣고 올 것이라는 생각이었다.

봄과 겨울이 서로 자리를 내놓지 않으려는 듯 다투느라 혼란스러운데 지하철 안은 철커덕거리는 기계음을 제외하곤 침묵으로 가득하다.

옆 사람과 말을 섞거나 전화하는 이도 없다. 마스크 위 불안한 눈은 오직 서로의 거리가 적당한지 무엇을 경계해야 하는지 만을 가늠하는 듯하다.

텅 빈 고속버스들은 계속해서 정류장에 닿고 내리는 승객도 없이 계류장으로 들어간다. 낯익은 도시 이름이 적혀 있는 탑승구로 버스가 들어온다. 승객 한두 명이 탄 버스는 기다림 없이 정시에 출발한다.

기사는 으레 그럴 것이라는 듯 망설임 없이 문을 닫고 목적지를 향해 떠난다. 남녘도시 이름을 달고 오가는 버스에서도 봄 냄새 맡기가 힘들다. 사람의 차림이 봄이고 웃음이 봄 향기인데 사람이 타지 않은 버스가 어찌 봄을 나를 수 있을까.

진눈깨비만 어지러운 도심의 골목길을 걷다가 사람들이 북적거리는 터미널에서 봄을 맞아보겠다고 생각한 것 자체가 애당초 세상 어리보기의 순진함이었나보다.

봄은 어디서든 바람이나 구름을 타고 빛이나 향기로 오는 것을 몰랐다. 산 색깔을 바꾸고 돌담 밑에서 얼음장을 녹이며 오는 것을 잊었다. 사람의 따뜻한 온정이 막힌 삭막한 도시의 뒷골목에서 자신을 감추는 것에만 익숙했던 탓인지도 모르겠다. 절박하게 봄이 오는 것을 바라지 않았던 것이나 아니었는지.

오가는 버스를 보며 한참을 서성이다 사람들이 붐비는 백화점으로 들어섰다. 사람이 곧 봄이니 혹 많은 사람들이 드나드는 건물 안에 우연히 봄이 와있을지 모른다는 생각을 하면서.

백화점은 웅장하고 화려했다. 입구의 커다란 회전문을 지나자 전신을 비추고도 남을 정도로 큰 거울이 있다. 짐짓 못 본 체하면서 무심히 지나치려니 출입구 안내하는 이가 다가와 작은 카메라 앞에 서있다 가야 한다고 주의를 준다. '참 그렇지' 하면서 괜히 주눅 들고 미안해진다.

마스크를 쓰고 건물 안으로 들어서면 어디서나 얼굴이 비치는 조그만 거울 앞에 서서 들어갈 수 있다는 허락을 받아야 한다. 차가운 녹색 빛이 깜빡거리면서 "정상입니다" 하는 소리가 흘러나온다. 무엇이 정상인지 생각해 볼 겨를도 없이 그냥 안심이 된다.

에스컬레이터를 타고 오르다 몇 층인지 잘 모를 곳에 홍매화가 점점이 뿌려진 듯 그려진 커다란 거울이 눈길을 사로잡는다. 앞에 서서 거울을 들여다보니 놀랍게도 이미 기억에서 희미해져 버린 할머니의 얼굴이 보인다. 거울 속 할머니 손에는 살아생전 중히 여기던 조그만 거울이 들려 있다. 그 거울은 늘 버들반짇고리에 검은 비로드 천 옷을 입고 숨어 있었다. 옻칠이 다 벗겨진 나무 테에 싸여 있는 거울과 주름진 할머니의 얼굴은 옛 모습 그대로다.

할머니는 봄이 되면 거울을 가끔 들여다보셨다. 수많은 봄날을 맞고 보냈을 텐데도 봄이 오면 거울을 볼 일이 있었나 보다. 할머니가 마실길에 나서며 거울 옷을 제대로 여며놓지 않으면 가끔 그 거울을 꺼내 세상을 비추어 보았다.

빛이 찾아왔다 사라지는 거울은 신기했다. 할머니는 거울을 볼 때마다 한숨을 짓거나 혀를 끌끌 찼다. 거울에 비치는 세월의 모습이 썩좋지 않았음이리라. 작은 거울이라 세상을 다비추어 볼 수는 없었겠지만 세월의 자국들은 충분히 되비쳐 보여주었을 것이다.

할머니는 거울을 '면경'이라 했다. 집안 무슨 행사일이 되면 반백의 쪽 찐 머리를 요리조리 면경에 비추어 가며 작은 병에 든 동백기름을 약처럼 아껴 발랐다. 할머니의 작은 면경은 언제나 동백기름 향기가 배어 있었다. 고소하면서도 비릿한 동백기름 냄새가 싫어 할머니가 안 계실 때마다 거울을 꺼내 닦았다.

나직나직 입김을 불어 손에 잡히는 아무 헝겊으로나 먼지를 닦으면 하늘처럼 맑아진 거울은 웃고 있는 것처럼 보였다. 굵고 퇴색한 서까래나 늙은 황토 천정이 갑자기 거울 속에 내려앉기도 했다. 오래도록 거울을 닦고 손자국이 남지 않도록 조심스럽게 거울집에 넣어두면 다

시 면경을 꺼내 보시다가

"손아(사내) 자식이 또 면경을 닦았나?"

하면서 흐물흐물 웃으셨다.

옷들과 이불, 화려한 가방들이 봄 냄새를 물씬 풍기는 거울 속 배경 한가운데 할머니의 얼굴이 점점 더 또렷해졌다. 붉디붉은 홍매화가 점점이 뿌려진 면경 안에서 할머니가 웃고 계셨다. 할머니가 말을 걸어왔다.

"니 옛날 맨키로 거울 갖고 봄 찾아 댕기나? 동백지름 냄새 맡아도 인자 개안나?"

하면서. 순간 거울이 말을 걸어오는지 할머니가 봄을 데리고 왔는지 헷갈렸다. 홍매화가 무리 지어 핀 거울이 봄 향기를 풍겼다.

동백기름 냄새가 거울 밖으로 나와 마음의 문을 두드렸다. 홍매화가 할머니 같았다. 갑자기 집으로 돌아가 거울을 닦아야겠다는 생각이 들었다.

안방 문을 열고 나오면 달려 있는 우리 집 거울도 말끔하게 닦으면 동백기름 냄새와 함께 따사로운 봄이 와있을지 모르겠다는 생각에 마음이 바빠졌다.

감나무 가지에 걸린 달빛으로 자라기

　어둠과 밝음은 마음을 지배했다. 어둠도 밝음도 산으로부터 왔다. 구름을 뚫고 떨어진 빗방울이 어디로 사라지는지 궁금했다. 바다가 있다는 이야기는 들었으나 어디에 있는지 알지 못했다.

　마을 앞 구불구불 작은 들판을 지나 냇물이 흘렀다. 사람 몇 길 깊이의 소(沼)가 있는 큰 내는 가끔 흙탕물이 퉁탕거리며 강이 되었다. 강의 끝에 바다가 있을 것이라는 어른들 말을 이해하지 못했다.

　작은 하늘 위로 흐르듯 떠있는 은하수가 별의 강이라는 것이 신기했다. 집 바깥마당 하늘을 가로지르는 미리내는 마을 숲 냇가 웅덩이의 윤슬 같았다. 신작로에 나서서 바라보아야 하늘은 제대로 흐르는 별빛 강을 보여주었다. 하늘은 빛났고 강은 찬란했다.

　아이에게 가르침은 많지 않았으며 깨우침은 느렸다. 어둠과 밝음이 지속적으로 바뀌면 세상으로 나가야함을 몰랐다. 시간의 흐름이 지혜의 강으로 데려간다는 것을 알기에는 어렸다.

　어둠과 밝음은 누가 이야기하지 않아도 매일 찾아왔다. 산등성이를 따라 내려오는 햇살은 어스름을 천천히 지웠다. 어떤 날은 배고픈 암소가 긴 한숨으로 어둠을 밀어내기도 했다.

　산 초입 비탈진 밭을 서성이던 장끼 울음소리와 푸드덕 날개 짓으로 순식간에 어둠은 사라졌다. 일찍 눈을 뜬 닭들은 넓은 마당을 쏘

다녔다. 그런 날은 뒷집 대밭에서 하얀 바탕에 검은 반점이 윤나게 찍힌 닭 알 몇 개를 찾을 수 있었다.

소나무 진이 가끔씩 솟는 마루는 칙칙하게 빛을 맞았다. 새벽잠 없는 할머니는 빛보다 일찍 일어났다. 할머니의 치맛자락에 쏠리는 어둠은 쉽게 밝음이 되었다. 밀려난 어둠은 새벽하늘에 뜬 달 곁에 몰렸다가 서서히 사라졌다.

밤마다 어둠은 수많은 생각을 던지고 갔다. 지붕과 지붕 사이에 빛나는 별들은 검은 감나무 가지를 밀어내며 침묵과 사유(思惟)를 날랐다. 아이는 이해하지 못했지만 밤이 되면 별빛과 달빛은 끊임없이 찾아왔다. 우는 날이든 웃는 날이든 밤의 빛은 평화이기도 하고 칼날이기도 했다.

겨울밤 방문을 흔드는 바람은 날카로웠다. 침묵 속에서 이불을 뒤집어쓰고 빛을 찾았다. 졸 듯 가물대는 등잔불은 어둠보다 가녀렸지만 빛이 밤을 지키고 있음은 다행이었다. 짙은 어둠에 잠이 들면 꿈조차 찾아오지 않았다. 바람이 흔드는 문풍지는 감나무 가지에 걸린 연처럼 낮게 울었다.

어린 시절의 밤은 길었다. 잠자리에 들어도 눈앞에서 수많은 별들이 흔들리며 떠올랐다. 고샅을 헤집던 바람은 다시 햇살이 어둠을 밀어낼 때까지 돌담 사이에 머물며 웅얼댔다. 미처 불쏘시개나 염소먹이가 되지 못한 감나무 마른 낙엽들은 막다른 골목 끝에서 모여 서로 부딪히며 울었다.

가스랑대는 잎들을 하나하나 집어다 아궁이 곁에 쌓아두지 않음을 뉘우쳤다. 대밭 언저리에서 긴 세월 버티고 선 높다란 돌감나무 가지 끝에는 대소쿠리만 한 솔부엉이가 어둠처럼 앉아 있었다. 무서웠다.

산협에 갇힌 작은 마을의 아침 해는 붉은 노을을 헤집거나 꼭대기 듬성듬성 시늉뿐인 작은 소나무들을 밟고 떠올랐다. 달은 나무들을 밀어내며 오는데 해는 많은 것들을 밟고 오는 이유를 알 수 없었다.

산속에 터 잡고 사는 노루나 꿩은 이슬 젖은 풀잎을 뒤집어쓰고 고즈넉하게 떠오르는 해를 바라보았을 것이다. 햇살에 밟힌 잎들은 진저리를 치면서 하루를 시작했다.

마당을 기어 다니는 개미는 해가 뜨자마자 흙더미를 쌓으며 집을 지었다. 개미집 사이로 지나가는 지렁이는 몸부림을 쳤다. 해가 떠올라야 생명의 시간이 흐르고 삶이 이어지는 것을 안 것은 한참 후였다.

온 세상을 밝히는 햇빛은 산을 밟고 구름을 헤치며 어김없이 찾아온다. 그림자 뒤에서 바라보는 세상은 눈부시다. 눈부심으로 세상을 본다는 것은 위대한 것을 보는 경외심과 하찮은 것을 대하는 존중심이 같아진다는 의미다.

천천히 떠오른 해는 나뭇잎에 걸려 마을을 맴돌았다. 나뭇가지보다 더 여리고 작은 잎에 햇살이 걸려 있는 것은 신기하고 측은했다. 강렬한 햇살 아래서 시들고 파멸되는 잎이 있음은 아이러니였다.

작은 웅덩이만 한 하늘을 가진 산골마을의 밤하늘은 고적(孤寂)하면서도 풍요롭다. 어제의 별은 오늘도 여전히 그 자리에서 빛난다. 바람에 흔들리는 대숲 너머 가지마다 달린 돌감 홍시도 아랑곳하지 않고 초저녁부터 새벽까지 별들은 나타나고 모습을 감춘다. 달빛은 매일 다른 발걸음으로 찾아온다.

하늘이 맑은 날 저녁이면 감나무 가지에 달빛이 서린다. 뒷산은 낮게 다가오고 개울을 흐르는 물소리는 또랑또랑하다.

멀리서 소쩍새 울음소리 가난하며 달빛을 흔드는 바람 소리는 차갑다. 많은 시간이 흘렀다. 감나무 가지에 걸려 흔들리는 달빛으로 아이는 어른이 되었다. 그 많았던 생명 그 눈부시던 달빛이 다 어디로 갔는지 당최 알 수 없다.

어른이 된다는 것은 지혜의 강물을 흘려보낸 후 상흔의 강바닥을 서성임을 이제야 조금씩 깨닫는다. 지나간 시간을 회억하며 홀로 어릴 적 고향집 바깥마당에 서있다.

꽃, 할미꽃

어릴 적 산골에서 자란 사람이라면 누구나 꽃에 대한 추억 하나쯤은 있기 마련이다. 배가 고파 꽃을 따 먹어보기도 했지만 모양과 향기에 취해 어떤 맛을 지녔을까 궁금해서 조심스럽게 맛보기도 했다.

마냥 쏟아지는 봄 햇살 속에 꿈을 달고 피어나는 꽃은 생동하는 봄 그 자체다. 꽃은 눈이나 코로 즐기는 것이지 입으로 즐기는 것은 아니다. 보릿고개를 건너던 그 배고프던 시절에 우리는 꽃도 먹거리의 하나로 생각했다. 먹는 꽃으로는 참꽃이 최고다.

진달래나 두견화로 부르는 산야의 흔하디흔한 꽃을 참꽃이라 이름한 옛사람들의 지혜는 가끔은 먹먹함으로 때로는 아릿함으로 느껴진다. 예쁘고 향기로운 꽃이 무슨 소용, 배고픈 사람들이 먹을 수 있는 꽃이 참한 꽃 참꽃이지.

꽃들은 저마다의 멋과 맛을 가지고 있다. 싱싱 상큼한 참꽃, 달콤 비릿한 아카시아, 아삭 떨떠름한 감꽃에 쌉싸름한 소나무 꽃까지. 꽃은 저 나름의 소용에 따라 향기와 맛을 지녔음이 틀림없다. 냉이꽃은 맵고 장다리꽃은 알싸하다. 찔레꽃을 씹으면 비릿한 향기를 풍긴다.

봄이 깊어가면서 온갖 꽃들이 피어난다. 눈밭에서도 피는 매화는 이미 저물고 온산을 울긋불긋 물들이는 참꽃은 산등성 골짜기마다 한창이다. 산자락 바위 곁에서 다홍치마 두르고 이른 새벽 우물가 서성이는 새아씨같이 은근하고도 화사한 몸태를 자랑한다.

노란 별 떨기 같은 생강나무꽃도 이즈음이 가장 볼만하다. 꽃 이름치고 예쁘지 않은 것이 없으며 꽃 모양치고 아름답지 않은 것이 없다. 한해의 절기 중 지금처럼 생기 충만한 시기가 있을까.

모든 꽃이야 자신의 유전자를 퍼뜨리고 후손을 남기기 위해 자연 순환의 섭리에 따르는 것이겠지만 사람이 꽃을 보고 느끼는 감정은 제각각이다. 꽃은 기쁨이요 희망이며 새로운 날에 대한 기대다.

계절마다 꽃은 피어나지만 그래도 요즘 피는 꽃이 주는 기쁨은 크다. 추운 겨울을 지나면서 위축되고 힘들었던 마음에 위안과 활력을 주기 때문일 테다.

총총히 별이 달린 듯 피어나는 산수유나 생강나무꽃, 화려한 산 벚나무꽃을 보면 어린아이같이 마냥 가슴이 부풀어 오른다.

하지만 꽃을 보면 슬픔이 묻어나는 꽃도 있다. 할미꽃이 그렇다. 유난히 봄 햇살을 좋아하는 듯 할미꽃은 양지바른 곳에서 자리를 잡고 핀다.

할미꽃은 아무 데나 피는 꽃이 아니다. 해마다 피는 곳에서만 피면서 쉬이 세를 넓히지도 않는다. 봄볕이 따스한 무덤가에 피는 꽃이다. 숲이 우거지거나 나무가 크게 자라 햇볕이 잘 들지 않는 곳에는 아예 자취조차 찾을 수 없다.

이른 봄 남향이나 동향으로 자리 잡아 따스한 봄 햇살이 하루 종일 내리는 곳에서 하늘이 아니라 땅을 보고 꽃망울을 터트린다. 이루 말할 수 없을 만큼 신비로운 자색으로 꽃을 피운다.

꿀이나 꽃가루를 탐하여 찾아드는 나비나 벌들도 별로 없다. 워낙 이른 봄에 피어나니. 채 봄이 오기 전부터 유난히 바쁜 뒤웅벌이나 할미꽃 속을 들락거리며 온통 노란 꽃가루를 뒤집어쓰고 잉잉댈 뿐이다.

고향에는 아무 데서나 볼 수 없는 할미꽃이 봄마다 피어나는 곳이 있었다. 가냘픈 고사리도 솟고 달콤한 삘기도 제법 찾을 수 있는 양지 바른 곳이었다.

마을을 조금 벗어나 초등학교 가는 신작로 근처 산자락 무덤가에 해마다 할미꽃이 피었다. 무덤가에는 지난가을에 말라 죽은 억새가 옅은 봄바람에 가느다란 소리로 서걱거렸다.

누렇게 탈색된 마른 잔디에는 아직 봄 색깔이 묻어 들지 않았지만 그 죽음 같은 풍경 위에 할미꽃은 피어났다. 오래된 봉분은 거의 알아볼 수 없을 정도로 낮고 작았다.

어린 마음에 무덤 속 귀신도 멀리 다른 데로 이사를 갔으리라는 엉뚱한 생각을 하며 소담하게 핀 꽃을 천천히 살폈다. 꽃대가 길지 않은 할미꽃은 숨죽여 피어 있는 것처럼 보였다.

피어나자마자 할머니 꽃이라니. 어린 마음에 할미꽃 이름이 마뜩잖기도 하고 가련하기도 했다. 하늘을 쳐다보며 해 바라기도 못 하고 이슬 한 방울 선뜻 들이키지 못한 어린 꽃이 할머니라니.

언젠가 할머니는 할미꽃은 귀신 붙은 꽃이라 해서 집으로 가지고

감나무 가지에 걸린 달빛으로 자라기

오면 안 된다고 했다. 꺾자마자 시들어 버려 아무리 빨리 집으로 가지고 와 물에 담가도 그 영롱하고 신비로운 꽃모습을 보기가 힘들었다.

무덤가 양지쪽에 피어 있던 그 꽃은 며칠간 잊어먹다가 어느 날 다시 보면 호호백발 꽃술만 남기고 꽃잎들은 흔적도 없이 사라졌다.

꽃술만 남은 무덤가는 이윽고 파란 잔디 융단이 깔리면서 봄이 제대로 무르익는다. 산골짝에는 두견새 울음 들리고 꺼병이들은 무덤가를 지나 보리밭 이랑으로 줄달음쳤다.

아삭하고 달콤한 찔레순은 나날이 하늘을 향해 뻗었고 훈훈한 봄바람에 하얀 찔레꽃이 무덤 옆 계곡에 무리 지어 피어났다. 진하디 진한 찔레꽃 향에 취해 학교를 오가는 발길은 자연스레 할미꽃을 잊었다.

어느 날 할미꽃이 생각나 자라던 곳을 찾아가면 세가 성한 수크령이나 삘기에 덮여 흔적조차 찾기가 어려웠다. 봄이 가고 여름이 시작된 것이다.

언젠가 갔던 고향의 그 신작로에는 이제 할미꽃이 피지 않는다. 무덤도 사라지고 푸른 봄기운을 받아 연초록 융단을 펼치던 잔디도, 상큼했던 삘기도 없어졌다.

감나무 몇 그루가 심겨진 옛날의 무덤가는 밭으로 일구어져 나른한 봄볕에 고즈넉했었다.

모르긴 해도 지금 고향의 산자락 양지바른 어디쯤에는 분명 할미꽃 몇 송이가 홀로 피어 봄을 맞고 있을 것이다. 끊길겼던 할머니의 삶처럼. 봄을 맞아 도심의 길거리에 내어놓은 화분들 속에서 만난 뜻밖의 할미꽃이 반가워 어릴 적 무덤가에 피었던 그 추억 속으로 꽃 맞이를 떠난다.

감나무 가지에 걸린 달빛으로 자라기

영혼의 음식 열무김치

가난의 강을 어렵게 건넜다고 해서 풍요의 시대를 마음껏 즐기는 젊음들을 바라보며 매일의 삶에 주눅 들 필요는 없다. 마찬가지로 황혼의 들녘에 서서 기억의 수장고(收藏庫) 문을 열고 회한의 시간을 반추해 보거나 지난했던 삶을 성찰해 보는 것을 굳이 비탄의 감상으로 바라볼 필요는 더더욱 없다.

세파에 긁힌 자국들은 때로는 치유되지 않는 상처일 수 있으나 한편으로 그 자체가 오롯한 삶일 수도 있기 때문이다.

긍정과 부정 중에 자신을 일으켜 세우는 것이 긍정이긴 하나 부정이 만들어 내는 성장의 효과도 결코 간과해서는 안 된다. 아침 햇살은 가슴 뛰는 희망을 가져오지만 어스름 달빛이 만드는 신선한 이슬도 절망을 녹여내는 데 커다란 보탬이 된다.

뜨거운 태양 아래서는 사색보다 활동이 훨씬 유용하지만 은은한 달빛 아래 성찰은 자신의 미래를 설계하는 일이기도 하다.

인간의 영혼을 단순히 정의하기 어렵지만 영혼이 만들어지는 과정 속으로 들어가 보면 나름의 정체성을 이해할 수 있다.

음식이 영혼이었던 시절이 있었다. 영혼의 음식이란 어떤 것일까. 치열한 삶의 과정에서 오늘의 자신이 있도록 했던 음식이 아닐까.

영혼의 음식은 어린 시절의 음식이고 가난의 음식이며 평생 동안 잊을 수 없는 음식이다. 영혼(靈魂)이란 육체에 깃들어 마음의 작용을 맡고 생명을 부여한다고 여겨지는 비물질적 실체를 말한다. 그 자체로 보이지는 않지만 보고 느끼고 사유하며 행동을 유발하는 자신의 주인이 영혼이다.

그 영혼이 평생을 기억할 음식이란 신앙이며 치유요 본인의 삶이 녹아 있는 인생여정 그 전부다.

특히 가난하고 곤궁하던 시절 삶을 부정하고 싶을 정도로 가련하고 지겹게 느껴지기만 하던 음식들이 나이를 먹어가면서 영혼의 음식으로 바뀌어 가는 것은 참으로 신이하고 불가사의하다.

그 모양 냄새 맛조차 숨기고 감추고 싶었던 너무도 구차하게 생각되던 음식이 영혼의 음식이라니.

가난의 시간을 함께 지켰던 생각이나 벗이 차마 잊히지 않는 어느 사이 인생여정의 동반자가 되어 넌지시 때로는 갑자기 마음 앞으로 다가서는 것을 보면 삶이란 참으로 알 수 없는 시간들의 직조(織造)임이 분명하다.

부끄러워서 아님 창피해서인지 그것도 아니면 먹고 싶은 것을 함부로 말하는 것이 남자답지 못하다는 집안의 전해온 교육이나 체면 탓인지 아내에게 어떤 음식을 해달라고 이야기해 본 적이 별로 없었던 것 같다.

평범한 도시인의 삶이 늘 그러하듯 유별날 것도 특별한 것도 없는 일상의 식사가 계속 이어지지만 상에 오르는 음식에 대해 이런저런 평이 없으면 요리를 할 의욕도 발전도 없다는 아내의 말이 순간적으로 가슴을 묵직하게 눌렀다.

사내라면 차려진 음식에 대해 어떤 타박도 해서는 안 된다던 할머니, 어머니의 가르침이 요즘 사람들에겐 어쩌면 무관심으로 보일 수 있겠다는 생각이 들면서 무뚝뚝함으로 일관했던 지금까지의 날들에 마음고생이 심했겠구나 하는 미안함을 느낀다.

이런저런 음식이야기를 화제에 올리며 오일장에서 열무김치 재료를 샀다. 한참 동안 운전을 하며 더 이상 대화 진전이 없다가 어색한 정적을 깨뜨리기라도 하려는 듯 아주 무덤덤하게 입을 열었다.

"아 그렇지 뭘 좋아한다고 이야기를 하면 좋겠지만 그렇게 살아오지를 못해서 그런지 그런 이야기를 하는 것이 쑥스러운 짓 같아서 말이야. 산골 생활 속에서 뭐가 맛있고 뭐가 맛없다는 이야기를 하는 것은 전혀 온당치 못하다고 교육받고 자란 탓이라 그런 것 같은데"

하면서 뒤끝을 흐렸다.

아내는

"그래도 이제는 이야기를 하고 해야지요. 정성 들여 음식을 만들고 그 맛이 어떤지 계절에 따라 어떤 음식을 먹고 싶다면 그것도 주부 일을 도와주는 것이 되기도 하고"

라고 별 감정 없는 어투로 말을 잇는다.

잠시 여러 생각이 스쳐 지나가면서 좋아하는 음식이 무엇이었는지 먹고 싶은 음식이 어떤 것인지를 떠올려 본다.

그렇다. 가난의 강을 건너면서 원해서 먹는 음식이 아니라 오로지 살기 위해 주어진 음식을 먹어야 했던 기억만이 아득히 먼 세월의 우물에서 길어져 올라왔다. 분명 허기와 굶주림으로 고통받던 시대의 삶을 살았던 사람들에게는 누구 할 것 없이 영혼의 음식 한두 가지는 있었다.

지지직대며 돌아가는 아날로그 필름을 통해 재생되는 오래된 영화의 한 장면처럼 스멀스멀 사라진 시간의 우물 속으로 들어가 보니 여기저기 음식이 보였다. 추운 겨울 살얼음이 덮인 동치미, 결혼식 손님상에 차려져 나오던 잔치떡국, 김장배추김치를 곁들인 차가운 메밀묵 그리고 고개를 절레절레 흔들며 눈물과 함께 먹던 열무김치였다.

오래전 시간으로 영혼의 여행을 떠난다.

도시락을 싸가야 한다는 이야기를 할 때부터 조바심을 쳤다. 장마가 몰려왔다 간 뒤 텃밭은 무참해졌다. 자갈돌이 드러나고 푸성귀 씨가 말랐다. 뜨거운 햇살에도 일찍 가을을 찾아 나선 고추잠자리 덕분에 파란 하늘은 점점 높아졌다.

질척거리며 고랑을 적시던 물길을 이기고 살아남은 고추는 높아지는 하늘만큼이나 검붉은 색으로 물들어 간다. 붉은 고추에 앉는 붉은 꼬랑지 고추잠자리는 투명하고 하늘하늘한 날개로 번쩍 햇살을 되쏜다.

겹겹이 햇살을 막는 우거진 감나무 잎사귀 아래 괭이로 쪼고 호미로 골을 쳐 심은 열무들도 튼실한 떡잎 두 개를 보이더니 며칠간 내린 큰비에 자취 없이 사라졌다.

풀들이 우거진 텃밭 가장자리 감나무 아래 버려진 듯 숨겨진 열무 몇 포기가 보인다. 약이라고는 구경도 못 한 열무 잎은 구멍이 숭숭 나고 바랭이 풀과 경쟁한 탓에 멀대같이 웃자랐다. 그나마 얼마나 귀한 가. 조심히 뽑고 가린 다음 집 앞 개울에서 정갈히 씻어 김치를 담는다.

양념이라야 밥물에 소금과 풋고추, 마늘을 다져 넣은 것이 전부지만 항아리에 담가 부엌 아궁이 옆에 두고 하루만 지나면 시큼 아삭하게 먹을만할 것이다. 가난하고 곤궁한 한여름 산골 부엌에서 열무김치만 한 것이 또 있을까.

도시락, 그 여름날 보리밥에 군내 쉰내 나는 열무김치 한 종지와 같이 싸간 도시락은 아픔이고 슬픔이었다.

도시락을 싼 보자기에는 집을 짓지 못하고 죽은 누에영장 물처럼 김칫국물이 번졌고 스멀스멀 번지는 열무김치 냄새에 옆자리 아이는 자꾸만 코를 벌렁거렸다.

점심시간이 되자마자 교실 구석에서 숨듯이 혼자서 밥을 먹었다. 그렇게 영혼은 상처 입었고 어느 순간 그 열무김치는 영혼이 되어 몸속 깊이 스며들었다.

세상을 어느 정도 알만한 나이가 되면서 이제는 계절과 관계없이 열무김치를 찾는다. 어린 시절 상처였던 그 열무김치가 만병통치약이라도 되는 듯.

먹거리 귀하던 그 여름날 군내 나고 쉰내 나는 열무김치 반찬 한 가지로 도시락을 싸던 어머니의 영혼은 어땠을까.

　가난의 강을 내내 따라다녔던 열무김치가 어느덧 영혼의 한자리를 차지하고 담박한 황혼을 걸어가라고 이야기한다.

　식은 보리밥도 갓 삶아낸 메밀국수도 열무김치 국물에 스치듯 담갔다 먹으면 그 고졸한 맛으로 해서 영혼마저 맑아지는 느낌이다.

감나무 가지에 걸린 달빛으로 자라기

아버지의 발걸음으로

아무리 돌아보아도 아버지의 자취가 없다. 울타리가 없는 집은 위태롭고 허전하다. 달빛도 햇살도 거침없이 스쳐 가지만 보호막 없는 오두막은 비바람에 쉬이 허물어진다. 야생의 그림자는 계속해서 고통과 고난을 만들고 무너지지 않으려면 참고 이겨내라 주문을 건다.

아버지는 버팀목이자 한 가정의 최후 수호자다. 어렸을 때 세상 떠나신 아버지는 기일(忌日)에만 어머니의 울음소리를 타고 오셨다.

자비와 인정은 제대로 갖추어진 가정 안에서나 기대하고 떠올릴 수 있는 사치의 단어다. 죽음의 공포가 배회하는 고원에서 바람을 맞고 선 수사자의 갈기를 떠올려 보라. 세상이 문을 닫은 그 집에 아버지는 없었다.

차라리 아버지의 부재가 편했던 적도 있었다. 언젠가부터 아버지 역할을 맡은 큰형은 아버지의 가르침을 따라 할 수는 있었지만 아버지일 수는 없었다. 오래도록 마음속에 아버지는 부재했다. 숱한 전율의 시간을 보내고 이제 아버지의 자리에 섰다.

나이를 먹으면서 시대의 변화에 따라 스스로 변해가는 것은 너무도 당연한 일이다. 문제는 너무 앞서 변하거나 변하지 못하는 것이다. 남보다 뒤처져 변하는 것까지 나무랄 일은 아니다 싶다.

우리는 근엄(謹嚴)과 권위로 세상의 어려움을 맞닥뜨리며 외롭고 고독한 투쟁으로 살아온 아버지를 두었던 세대다. 전쟁의 상흔으로 무너져 가는 나라에서 말이 아니라 행동으로 살아남아야 했던 아버지 세대의 가르침은 머리가 아닌 가슴으로 이해해야 했다.

애정은 깊었으나 밖으로 드러낼 줄 몰랐고 녹록하지 않은 삶으로 해서 표현은 투박하고 서툴렀다. 보리가마니를 진 아버지, 나뭇짐을 진 아버지의 긴 그림자는 저녁노을로 붉게 물든 황토벽에 힘겹게 그려졌다.

그나마 그런 아버지라도 가진 이는 마음 한구석에 만들고 그려가야할 지도가 있었다. 회중전등과 지도를 들고 밤길을 걷는 아이와 등불하나로 바람을 맞으며 걷는 아이의 미래 세상은 다를 수밖에 없다.

한동안 나라를 시끄럽게 했던 부모찬스나 정의와 공정까지를 이야기하고 싶지는 않다. 삶이란 오롯이 자신의 의지와 설계로 만들어지고 이어져야 한다는 것은 너무나 자명한 진리이기 때문에.

대부분 아버지들은 배움도 가짐도 부족했던 탓에 전쟁터에 버려진 부상병처럼 오직 살아남기 위한 몸부림으로 처절한 날들이었다.

울 수도 의논할 이도 없었던 아버지들은 윗대로부터 물려받은 몇 뙈기의 땅과 초라한 오두막을 밑천 삼아 삶을 시작해야 했다. 그나마 땅뙈기라도 가진 이는 행운이었다.

그 시절은 그랬다. 군역과 조세부담으로 삶은 피폐했고 수시로 요구하는 부역과 공출 앞에서 살고자 하는 의지마저 흔들렸다.

격변과 혼란 속에서 돌덩이보다 무거운 삶의 무게를 견디지 못한 이들은 고난과 번민으로 삶을 포기하거나 때론 버티고 버티다 도저히 이겨내지 못하여 이른 나이에 세상을 등졌다.

가족의 생계를 위해 헌신한 가장의 이름을 인정하고 불러줄 사람은 없었고 아버지란 이름이 의당 짊어져야 할 짐의 무게 앞에서 속절없이 무릎을 꿇었다. 당시 아버지들은 지치고 쓰러지는 남자아이는 보듬어도 울음을 쉬이 만드는 아이는 절대로 용서하지 않았다.

울음으로 아버지에게 얻을 것은 아무것도 없었다. 흐르는 강물 소리에 울음을 뒤섞어 보내고 얼굴을 바꾸었다. 시간이 흐른다고 그냥 아버지가 되는 것은 아니다.

일본 강점기를 살아오시면서 아픈 시대는 아버지를 길들였을 것이다. 그런 아버지는 강고했고 때로는 유약했다.

우리는 힘들게 사시는 아버지를 보며 자란 탓에 일찍이 철이 들었다. 지금도 그렇지만 그 시대에도 없는 이들은 관(官) 앞에서 움츠렸고 권력에 굴종했다. 반면 관(官)과 가진 자들의 권력 그런 것이 참을 수 없었던 이들은 인적 자취 없는 산골로 숨어들어 살았을 것이다.

어쩌면 고향마을은 세상이 싫거나 세상을 외면한 사람들이 모여 살던 곳인지도 모르겠다. 그런 궁핍과 가난을 유전자처럼 물려받은 우리는 도시의 여느 아이들보다 더 살아남기 위해, 앞서가기 위해 몸 부림쳤다.

뒤를 돌아보기는커녕 주위마저 외면한 채 앞만 보고 달렸다. 미래를 위해 무엇을 준비해야 하는지 알지 못했고 더불어 손잡고 가야 할 이가 누군지 생각하지 못했다.

굶주림과 배고픔 해결이 가장의 가장 큰 책무로 알았고 가족과 자식에게 무엇이 부족한지 거들떠볼 틈이 없었다.

이해와 관용의 눈은 떠보지도 못했고 음식이 아닌 삶의 지혜를 갈구하는 자식의 간절한 기도를 이해할 염도 하지 않았다. 가장 큰 잘못은 익숙한 존재에 대한 소중함을 전혀 자각하지 못했다는 것이다.

그렇게 시간이 흐르고 나니 전혀 다른 세상이 순식간에 도래했다.

매일매일 그때의 아버지를 떠올린다. 남기고 갈 것이 없는 오늘이 무섭다. 아버지가 된 지 오랜 시간이 지났는데 남길 것이 아무것도 없다니.

세상을 두려워하지 않는 투박하고 강건한 아버지가 되기 위해 오늘도 길 위에 선다. 하찮고 가치 없다고 생각하는 모든 것들을 외면한 채 최대한 씩씩하게 걷는다.

김이 무럭무럭 솟아오르는 만둣집을 지나고 이런저런 밑반찬이 맛있어 보이는 반찬가게도 무덤덤하게 건너뛴다. 2천 원에 세 개라고 커다란 글씨로 호객을 하고 있는 찹쌀꽈배기집 앞에서 잠시 멈칫거린다.

나잇살이나 먹었음 직한 아주머니가 지나가는 말투로 뜬금없이 말을 걸어온다.

"세상살이가 만만치 않은가 봐요. 웬 찹쌀꽈배기집이 한 집 건너 한

집이래요. 너도나도 원조라는 이름을 내걸고 장사를 하면서 어째 전부 알바생들인지 몰라. 원조란 처음 시작했다는 뜻인가?"

순간 강건함으로 무장했던 마음을 풀어놓는다. 예전 같으면 아예 대꾸할 가치도 없는 말은 듣지 못한 듯 무시했겠지만 당연한 상술로 포장한 가게 앞에서 순진하게 늘어놓는 말이 재미있어

"그러게요. 가게마다 젊은 친구들이 장사를 하면서 원조라고 써 붙여놓은 것을 보니 원조란 말이 부모나 형제자매의 원조를 받아 꽈배기를 만들고 있는 모양입니다"

눙치듯 이야기하면서

"저도 지나치면서 몇 번 이 집 꽈배기를 사 먹어보았는데 맛이 그런대로 괜찮습디다. 오죽하면 대학까지 나온 젊은이가 원조대학찹쌀꽈배기라는 긴 이름의 빵을 만들어 팔고 있겠습니까. 참 어렵고 힘든 세상입니다"

라는 쓸데없는 말까지 보탰다. 그러자 그 아주머니는

"그래요. 그렇지요"

하고는 꽈배기 한 봉지를 사고는 발걸음을 총총히 옮긴다.

누구에게도 쉽게 곁을 주지 않고 바람 부는 언덕의 수사자 형형한 눈빛처럼 오늘도 살고자 했지만 삶이 묻어 있는 단순한 말 몇 마디에 그냥 무너진다.

언제부턴가 한적한 공터를 지키고 있는 붕어빵집이나 골목길 모퉁이에서 어렵게 자리 잡고 있는 작은 빵집들을 보면 아버지의 발자취

처럼 살아야겠다는 결심을 지키기가 어렵다.

어쩌면 변해가는 세상, 모든 사람과 단절되고 비(非)대면이 일상이 되고 있는 오늘이 두려워 그런 것인지 모르겠다. 키오스크(Kiosk)란 괴물과 마주하며 살아야 하는 미래를 상상조차 하지 못했을 우리 아버지들이지만 울면 안 되는 세상을 준비해야 한다는 신념은 있지 않았을까.

오늘도 아버지들의 발걸음은 할 수 있는 일도 없으면서 바쁘다. 아이들만은 디지털 세상에 필요한 제대로 된 열쇠를 만들어 주어야 할 것이라고 중얼거린다. 정작 아버지 자신은 비대면의 디지털 세상을 들어갈 엄두도 내지 못하면서 말이다.

아버지가 계시지 않아 아버지의 노릇조차 배우지 못한 젊은 날들에 회한이 밀려온다. 그나마 아버지의 발걸음으로 뚜벅뚜벅 걸으면서 형형한 눈빛으로 세상을 향해 불어오는 바람이라도 지켜보아야 할듯하다.

눈 내리는 날의 풍경

눈이 내린다. 눈이 내리는 밤이면 시간으로 찌들어 누렇게 변한 한지가 유난히 하얘진다. 싸락눈이건 함박눈이건 처음 눈이 내릴 때는 소리가 들리지 않는다.

아니 오히려 무서울 정도로 사위가 조용하다. 눈이 어느 정도 내려 쌓이기 시작하면 그때부터 눈 내리는 소리가 들린다.

눈은 몇 가지 소리가 있다. 눈이 내리는 소리, 내리면서 쌓이는 소리, 쌓인 후 떨어지는 소리가 그것이다.

사실 눈이 내리는 소리는 바람의 소리일 테다. 빗소리가 눈 내리는 소리보다 훨씬 크게 들린다. 비와 함께 몰려오는 바람은 눈바람보다 더 강하다.

비는 바람을 몰고 오나 눈은 바람에 날려 오는 것 같다. 눈은 바람에 실려 때로는 하늘하늘 가끔은 사락사락 내린다. 이런 눈 내림은 소리가 없다.

비는 쏴아쏴아 하고 몰려오기도 하지만 눈은 몰아치지도 몰려오지도 않는다. 평화롭고 안온하게 날리며 내린다.

계절에 따른 바람의 세기가 달라 그렇기도 하겠지만 어쩐지 눈과 바람은 사뭇 어울리지 않은듯하다.

그렇다고 눈 내리는 소리는 전혀 없는 그런 적막만은 아니다. 마음을 열고 귀 기울이면 분명 눈 내리는 소리도 들을 수 있다. 듣는다기보다 느낀다고 해야 할지 모르겠지만 말이다.

눈 내리는 소리는 어떤 곳에서 어떤 마음으로 다가가냐에 따라 다른 소리 다른 느낌으로 다가온다.

양철지붕 아래 누워 듣는 소리는 아주 작은 바스락거림이다. 모래를 뿌려가며 긴 모시실을 감는 할머니의 한밤중 길쌈 소리다.

기와지붕을 이고 있는 방 안에서 듣는 눈 소리는 짙은 안개가 녹으며 떨어지는 투닥거림이다. 할아버지가 작은 톱으로 가늘고 마른 대나무를 쓸 때 나는 소리다.

눈 내림이 주는 소리는 마음을 채우기도 하고 비우기도 한다. 내리는 눈을 하염없이 바라보면 삶에 찌든 영혼을 씻어주는 느낌을 받는다.

초가지붕에 내리는 눈 소리가 더함도 보탬도 없는 자연의 눈 소리다. 두툼한 짚과 느슨한 새끼줄이 바람의 방해를 적당히 막아 편안한 눈 소리를 만들어 준다.

지붕 위에서 잠자는 바람과 섞여 맞춤하게 가라앉은 짚으로 스며드는 소리는 아련하고 아늑하다.

양철지붕이나 기와지붕에 내리는 눈은 닿는 순간부터 녹기 시작한다. 초가지붕의 짚은 내린 눈을 감싸 안는다. 초가지붕의 눈은 질서 있게 쌓인다.

초가지붕에 눈이 쌓이기 시작하면 장독대에도 나뭇가지에도 눈이 쌓인다. 마당가 감나무 아래 널브러져 있는 마른 철 나뭇단에 쌓이는 눈 소리도 초가지붕 위와 같은 스르륵 눈 소리다.

기억 속 어릴 적 눈은 언제나 밤에 내렸다.

북간도에 살았던 영혼이 맑은 시인은

"순이가 떠난다는 아침에 말 못 할 마음으로 함박눈이 나려, 슬픈 것처럼 창밖에 아득히 깔린 지도 위에 덮인다"

고 마치 꿈속같이 아침에 내리는 눈 풍경을 그렸다.

남녘의 고향마을에는 좀처럼 낮 눈이 내리지 않았다. 설혹 내리더라도 쌓이지 않고 금방 녹아 눈 같은 기분이 들지 않았었다.

뒤란을 돌아가는 돌담 너머 옆집 대밭에는 밤눈이 자주 쌓였다.

눈 내린 밤이 지나고 아침이 오면 세상은 빛났다. 높은 산 위로 떠오른 해는 지붕이 높은 마루 위는 물론 벽과 천정, 방 안까지 하얀 눈을 밀어 넣었다.

옆집 대밭에 터 잡고 사는 산비둘기는 밤새 눈 속에 뒤척이다 먼동이 트기도 전에 눈밭을 뒤로한 채 푸드득거리며 어디론가 날아갔다.

비둘기 날갯짓에 덩달아 쳐지고 움츠렸던 대나무 가지들도 눈을 털어냈다. 여린 댓가지는 칙칙거리며 비명을 질렀다.

헛간 구석에 늦잠을 자던 염소는 놀란 듯 일어나 애꿎게 발굽질만 해댔다.

닭이 홰를 내려와 눈 쌓이지 않은 마당가를 헤적거린 지는 오래되었다.

눈이 내린 날 아침이면 집 앞 개울물 흐르는 소리는 유난히 또랑또 랑했다.

눈이 내리면 세상이 고요해진다. 그 고요를 깨는 것은 느린 하품을 하면서 되새김질을 하는 외양간 늙은 암소와 까닭 없이 넓은 마당을 뛰어다니는 강아지 그리고 맨발에 고무신을 끌며 이곳저곳을 기웃대 다 하늘을 쳐다보며 눈을 맞는 아이의 웃음소리다.

약삭빠른 고양이는 눈이 오면 마루 아래로 좀처럼 내려오지 않는 다. 대청마루 곁 마른 수건을 껴안고 숨죽인 채 눈만 껌벅거린다.

햇살이 퍼지면서 양철지붕부터 쉽사리 눈이 녹아 낙숫물이 떨어진 다. 안방이 있는 지붕 용머리부터 녹기 시작한 눈은 아래로 밀리며 눈 물을 만든다.

기와지붕 쌓인 눈은 골마다 다르게 녹는다. 햇살이 드는 쪽부터 천 천히 녹다가 중천으로 해가 오르면 한꺼번에 전체적으로 녹는다. 낙 숫물은 쉬이 고드름이 된다.

초가지붕 눈은 햇살이 내리비친다고 재빨리 녹지 않는다. 녹은 눈 물이 지붕으로 스며들고 녹 듯 말 듯 쌓인 눈이 꺼지고 줄어든다. 추 운 겨울바람도 품는 초가지붕은 두툼하게 솜을 넣어 만든 할머니의 핫치마다.

응달쪽 초가지붕 눈은 아주 천천히 녹으며 긴 고드름을 만든다. 초 가지붕 고드름은 투명하나 이런저런 작은 먼지들이 섞여 먹기가 쉽지 않다.

감나무 가지에 걸린 달빛으로 자라기

오늘같이 추운 날 고향마을의 어느 거리 어느 지붕 위에 눈이 내렸으면 좋겠다. 소리도 없이 천천히 내려 마을을 따뜻하고 정갈하게 감싸주면 좋겠다.

오래도록 가보지 못한 그 산 그 마당가에 쌓인 눈으로 얼굴을 씻었으면 좋겠다.

감나무를 심다

한 길쯤 위에 하늘이 낮게 다가와 있다. 산꼭대기로부터 흘러내려 온 개울 위 두 마지기쯤 될만한 골짝 다락논에는 듬성듬성 감나무들이 서있다. 기억이 없는 것을 보면 아주 오래전에 아버지는 궁벽한 살림을 늘리기 위해 산을 개간하여 논을 만들었을 것이다.

산이나 개울에 널려 있는 돌을 날라다 켜켜이 둑을 쌓고 작은 돌들을 채웠으리라. 기껏해야 지게와 삼태기, 조악한 괭이와 삽이 동원된 논 만들기는 오로지 등짐으로 팔 힘으로 이 거룩한 농토를 개간했음에 틀림없다.

북으로 비탈진 산 아래 논이라 일조량도 충분하지 못하고 산골 물이 흘러들어 벼나 보리를 심으면 냉해나 수해가 가실 날이 없었지만 논 한 뼘 밭 한 고랑이 귀하던 시절에 든든한 재산 구실을 했다.

문전옥답은 아니지만 한때 이 산골 논은 벼나 보리를 심어 모자라는 식량에 보탰었다. 지게를 지고 다니는 것이 조금은 창피하던 시절, 집에서 10여 분 남짓 떨어져 있고 별로 보는 사람이 없는 외진 곳이라 바지게에 두엄을 져다 날라도 부끄럽지 않아 좋았다.

깊은 골짝이지만 봄은 의외로 일찍 찾아들었다. 커다란 바위 아래에서 주련처럼 추운 겨울을 장식하던 희고 투명한 고드름이 설핏설핏 금이 가기 시작하면 흐르는 개울물 소리에 맞추어 버들개지는 봄기운을 머금었다.

한여름이 아니라도 땀 젖는 일이 끝나고 나면 그냥 그대로 풍덩 뛰어들어도 좋은 웅덩이가 맞춤하니 있었고 논으로 물이 흘러드는 도랑에는 기름종개나 새우, 가재가 살았다.

찔레 순이나 국수나무 여린 대궁을 꺾어 허기도 달래고 벌이 잉잉대는 찔레꽃 향기를 맡으며 구름 두둥실 떠가는 푸른 하늘을 마냥 올려다보기도 했었다.

오늘은 이 산골 논에 환갑 나이 든 막냇동생이랑 감나무를 심는다. 여러 해 전에 그냥 묵혀둘 수가 없다며 큰형은 감나무며 대추나무를 심었었다. 깊은 골짜기다 보니 추운 날씨에 약한 감나무들이 여러 군데 냉해를 입고 고사했다.

과실수란 수시로 사람이 드나들며 약도 치고 잡초도 없애주어야 하나 멀리서 오가는 큰형의 발걸음이 충분하지 않았는지 사위질빵이나 칡 같은 산중의 덩굴식물이 자꾸만 감나무를 휘감는다.

원래 이 땅의 주인이었던 흔한 풀들이 자신들 세력권이며 자신들 땅이라는 주장을 뭐라 할 수는 없다. 다만 아버지의 고된 노동과 자식에게로 이어진 추억 어린 발길이 그냥 자연 속에 묻히는 것이 안타까울 따름이다.

참으로 오랜만에 괭이질을 한다. 산비탈 아래쪽은 물이 질퍽거리고 둑을 쌓아 올린 개울 근처 땅은 푸석푸석 메말랐다. 한 자 깊이 구덩이를 파는 데도 돌에 닿은 괭이는 자꾸만 튄다. 마치 온돌방 구들을 놓듯이 커다란 돌들을 괴고 자갈을 깐 위에 흙을 담아 부어 만든 논이라 그런지 땅심이 그리 깊지 못하다.

묘목 수에 맞추어 구덩이 몇 개를 팠음에도 서툰 괭이질 탓인지 맥이 탁 풀린다. 곁에서 연신 땅을 파면서 농사꾼의 일은 힘이 아니라 요령으로 해야 한다는 동생의 말이 새삼스레 가슴에 와닿는다. 감나무를 심기 위해 구덩이 몇 개를 파는 데도 이렇게 힘이 드는데 두 마지기 논을 개간할 때의 수고는 어떠했을까.

사실 감나무를 심는 데 드는 비용이나 노력에 비해서 얻는 수확은 별것이 아니다. 어린 묘목이 자라 감이 열리기까지 몇 년의 시간이 필요하고 이 과정에서 쏟아야 하는 정성도 여간 많이 드는 게 아니다. 멧돼지나 고라니가 내려와 어린 나무 순을 따 먹는 것도 막아야 하고 야생의 덩굴나무들이 침노하는 것도 제때 제거해 주지 않으면 안 된다.

나뭇잎을 갉아 먹는 벌레가 심한 여름철에는 무더운 뙤약볕 아래서 해충을 일일이 손으로 잡아주거나 해충구제 약을 수시로 뿌려야 한다. 이렇게 몇 년을 노심초사 가꾸고 나면 감이 열리지만 이후에도 기르는 정성과 가꾸는 노력은 변함없이 필요하다.

수확한 감은 돈으로 환산하면 얼마 되지 않을 것이다. 세상에는 돈보다 가치 있는 것들이 많다. 건강도 행복도 돈으로 살 수 없는 것처

감나무 가지에 걸린 달빛으로 자라기

럼 자연 속에서 나무를 심고 가꾸는 것도 돈을 주고 할 수 있는 일이
아니다.

나무 심기는 세파에 찌든 심신을 치유하는 데 큰 도움이 된다. 볼
때마다 자라고 달라지는 나무를 보는 재미나 힘든 노동으로 수확한
감을 형제들과 나누는 기쁨도 각별하다.

서리가 내릴 때쯤 큰형이 보내오는 감은 우애(友愛)이자 정성이다. 마
트에서 파는 상품성 있는 감처럼 크거나 때깔이 좋지는 않지만 농약
을 치지 않고 키운 투박한 감은 정성과 사랑이 느껴진다.

감이 지니는 느낌 중에 질박함이 있다면 깊은 산골에서 딴 대봉이
딱 그러하다. 드디어 묘목을 전부 심었다. 나무가 심겨진 구덩이 주위
를 정성스레 밟으며 잘 자라주기를 주문처럼 읊조린다.

아버지가 이 논을 개간하실 때도 아마 지금 이때쯤의 이른 봄이 아
니었을까 싶다. 봄부터 가을 추수 때까지는 농사일에 바빠 산을 개간
할 엄 내기가 어려웠을 것이고 얼음이 녹고 땅이 푸석푸석해지면서
해가 길어지는 지금이 새 땅을 만들기에 적기(適期) 같아 보인다.

여명이 트자마자 바지게 위에 삼태기와 괭이를 얹고 이곳으로 왔을
것이다. 늘어나는 입과 커가는 아이들을 보면서 어떻게 살아가야 할
것인가를 얼마나 고민하셨을까. 몇 마지기 논농사와 작은 밭갈이로
가정을 꾸리고 자식을 키워내야 하는 그 막막함 또한 오죽하셨을까.

가난한 집의 장손이 짊어지고 가야 했던 그 지난한 세월의 무게가
좀이나 무겁게 느껴졌을까. 아니 그런 고민과 막막함과 무게를 생각할

여유나 있었을까.

언감생심(焉敢生心), 산을 개간하고 논을 만들던 그 수고를 만분지일
도 느낄 수 없겠지만 괭이질 몇 번에 먼 산을 올려다보았을 아버지를
생각한다.

자식들은 전부 도시로 나가 터를 잡고 산 지 오래고 까먹고 버린 소
라껍데기같이 텅 빈 고향의 논배미에서 대봉 묘목을 심으며 이런 시
절이 오리라 생각조차 하지 못했을 아버지를 떠올린다.

먼 산을 올려다보는 눈에 자꾸만 아른아른 골바람이 기웃대는 것
은 날씨가 따뜻해지면서 산을 타고 내려오는 봄바람 탓이려니.

쑥버무리

보릿고개를 넘어오면서 굶주림과 허기를 달래준 최고의 구황(救荒) 먹거리는 단연 쑥일 테다. 산으로 들로 나물을 캐러 다니긴 했지만 그런 것들이야 밥도둑일 뿐이다.

쑥은 밥으로 국으로 먹기도 하면서 쌀가루나 밀가루를 묻혀 밥솥에 넣어 찌거나 채반에 얹어 김으로 쪄내면 훌륭한 한 끼 식사로서 손색이 없었다. 기억 속의 쑥은 그다지 즐겨 먹었던 음식이 아니다.

지금에야 건강식품이라면서 떡이든 국이든 없어서 못 먹지만 어릴 때 쑥은 쌉쌀한 맛과 특유의 향으로 먹을 것이 없는 상황에서나 겨우 한두 번 손이 가고 말았었다.

명절이나 기제사 후 광주리나 소쿠리에 말라비틀어진 채 마지막까지 굴러다니던 것이 쑥떡이었고 밥맛이 없다고 투정하는 아이 코를 붙들고 억지로 입을 벌려 마시게 했던 것도 쑥물이었다.

그중에서 가장 먹기 싫었던 음식 중 하나가 쑥버무리다. 버무리 또는 버무리떡은 쌀가루에 콩이나 팥 또는 쑥 등을 한데 버무려 찐 떡을 말한다. 쑥버무리는 지방마다 그 이름을 달리해 부르는데 애병(艾餅), 쑥 범벅, 쑥 털털이, 쑥설기 등이 있다.

쑥버무리는 이른 봄 어린 쑥을 뜯어서 날것 그대로 멥쌀가루와 섞고 소금으로 간을 하여 시루에 찐 떡이다.

아낙들이 산으로 나물을 캐러 가거나 읍내 장을 보러 갈 때면 삼베 보자기에 쑥버무리를 싸 가서 끼니를 때우기도 했다.

가난한 집 아이들은 학교 점심 식사용으로 싸 오기도 했는데 보란 듯 내놓고 먹기가 창피하고 부끄러워 동산 너머 숨어서 먹던 아이들 도 있었다.

쑥버무리는 사카린이나 당원 등으로 단맛을 내고 소금 간을 약간 하여 보슬보슬하게 만들면 맛도 그렇게 나쁘지 않았다. 다만 그 시절, 쑥 자체가 어른들이나 가난한 집 아이들이 먹는 음식으로 각인되어 있지 않았나 하는 생각이 든다.

옛날, 봄이 되면 할머니나 어머니는 물론이고 어린 여자아이들까지 쑥 캐는 일에 나섰다. 해는 길어 먹을 것은 없고 배고프면 쑥이라도 캐면서 길고 긴 봄날을 보냈다.

그 시절, 쑥은 허기를 덜어주는 먹거리이자 다양한 식재료였다. 쑥 의 쓰임새는 참 많았다. 떡도 떡이지만 요즘은 부침개나 차로 마시는 것도 일반화되었다.

쑥이 가장 무성하게 자랐을 6~7월 경 대궁의 끝부분만 잘라 만든 차가 향도 좋고 약리성분도 최고라고 한다. 이 시기에 대궁 전체를 잘 라 그늘에 말려서 쑥뜸이나 쑥 찜질, 쑥 목욕물 용도로 사용하는 것 도 좋은 활용법이다.

감나무 가지에 걸린 달빛으로 자라기

단군신화에 등장할 정도로 역사가 오래된 쑥은, 특유의 향을 내는 정유 성분인 시네올(Cineol)을 함유하고 있어 체내의 유해 세균 성장을 억제하고 면역과 해독작용에 뛰어난 효과가 있다고 한다.

쑥의 종류는 다양하다. 언젠가 뛰어난 항암제로 언론의 주목을 받았던 개똥쑥도 쑥의 한 종류다. 그 외에도 물쑥, 인진쑥, 제비쑥 등 쑥 종류는 여러 가지다. 쑥은 음식의 재료뿐 아니라 차나 약재, 염색제, 화장품 등으로도 활용된다.

쑥이 약재로 사용되는 것은 정유 성분 때문이라고 하는데 이것은 쌉쌀하면서도 상쾌한 향과 시원한 맛을 낼 뿐만 아니라 만성 폐쇄성 폐 질환이나 천식 치료, 백혈병 예방 효과 등에 특효하며 비타민과 무기질이 풍부하여 피로 회복에 효과가 있다.

쑥은 몸을 따뜻하게 해주는 성분이 풍부하여 사람의 면역체계 강화에도 도움이 되며 쑥에 함유된 칼륨은 피를 맑게 하고 혈관의 수축과 이완 기능을 개선하며 콜레스테롤 수치를 낮추는 효과가 있어 고혈압이나 동맥경화 예방에도 효과적이라 한다.

또한 쑥의 타닌 성분은 혈중 과산화지질의 생성을 억제하여 세포의 노화를 예방하고 강력한 항암 효과가 있는 것으로 알려졌다. 한방에서는 쑥을 복통, 구토, 지혈 및 빈혈, 진통, 해열, 해독, 구충, 소화 작용 등을 돕는 중요한 약재로 사용하고 있다.

쑥은 강한 생명력의 상징이다. 신화 속에서 쑥을 먹은 곰이 사람이 되었다는 은유는 쑥이 인간에게 얼마나 이로운 것인가를 상징적으로 말하고 있다.

모든 것이 파괴되고 흔적도 없이 사라지고 나면 맨 먼저 나타나는 것이 쑥이라는 식물이다. 허물어진 자연을 다시 세우는 것도 쑥, 쑥대밭이다.

쑥은 사계절 채취와 이용이 가능한 몇 안 되는 식물이다. 따뜻한 남쪽마을에서는 겨울에도 쑥을 볼 수 있는데 식물학자들 연구에 의하면 사실 겨울 쑥이 약성이 가장 강하다고 한다.

봄이 무르익어 가면서 개나리 벚꽃도 지고 온 들판이 쑥 향으로 가득하다. 코로나 역병으로 사회적 거리두기가 일상이 된 지금, 인적 드문 가까운 산이나 들판으로 나가 자연 속에서 심신의 활력도 불어넣고 용도도 다양한 쑥 보따리를 해보는 것도 좋겠다.

어린 쑥을 캐다 국도 끓여 먹고 쑥버무리를 만들어 옛날 추억에 젖어보는 것도 나쁘지 않을 것이다. 코로나바이러스가 쉬이 잦아들 것 같지 않으니 올여름까지 쑥이나 캐면 어떨까.

쑥은 거칠고 질길수록 약리성분이 좋다고 하니 아예 느긋하게 대궁 쑥으로 자랄 때까지 아이 어른 할 것 없이 온 식구들이 쑥 채취 삼매경에 빠져보는 것도 괜찮겠다.

캔 쑥은 말린 쑥이나 냉동 쑥으로 보관하여 장복하다 보면 건강까지 챙길 수 있을 것이니.

감나무 가지에 걸린 달빛으로 자라기

대봉홍시, 그 달콤한 추억

지금은 계절에 관계없이 이런저런 과일이 차고 넘친다. 마트는 물론이고 작은 과일 가게들이 거리거리 골목골목 생겨난다.

날씨가 차가워지면서 과일 전문 가게에 진열된 종류가 더 다양해진다. 남쪽 지방에서 올라온 밀감 종류에 딸기가 제철이고 예전에 듣지도 보지도 못했던 용과에 열대성 과일도 풍성하게 판매대를 장식한다.

상자째 쌓여 있는 바나나며 일반 서민이 선뜻 사 먹기에는 가격이 만만치 않은 망고니 하는 수입 과일도 가게 한가득 이다. 이름도 낯설고 맛을 몰라 섣불리 손이 가지 않는 과일도 여러 가지다.

어느 땐가부터 젊은이들로부터 외면당하는 과일이 오래도록 우리 입맛을 사로잡던 감이다. 과일 전문 가게에도 이젠 단감이든 홍시든 전면에 진열되어 있지 않다.

밀감이며 딸기가 들어가는 입구에 비치되어 있고 혹 감은 안 파냐 물으면 그제야 별로 팔 기대 없는 표정을 지으며 손가락으로 감 상자를 가리킨다. 그렇다고 감 가격이 특별히 싸지도 않다.

바나나 외국산 포도보다 고가면 고가지 결코 저가는 아니다. 나이 지긋한 사람들도 가격만 물어보고 고개를 주억거리다 발길을 돌린다.

오일장에서 만나는 홍시도 천대받기는 일반이다. 나이 지긋한 장꾼이 대부분인 재래시장에도 감이 팔리지 않긴 매한가지다.

게다가 홍시는 많이 사기도 어렵다. 하나만 먹어도 배가 부를 정도로 크기도 큰 데다 많이 사면 가지고 가기도 쉽지 않다. 이래저래 호감이 갈만한 부분이 적다.

단감은 영감이나 대감 같이 '감' 자로 돌림한 양반이라 높은 계급의 과일 아니냐며 우스갯소리를 하던 어린 시절이 생각나 혼자 피식 웃었다.

한류가 세계문화 시장을 석권하고 있다고 난리인데 아직 우리의 감은 제값 받기가 어려운 모양이다.

온 세상을 얼어 붙일 듯 심한 추위가 거의 한 달 내내 극성이다. 어린 시절, 불쏘시개를 모으기 위하여 바지게를 받혀둔 채 밭둑이나 산기슭에 서있는 감나무 아래서 떨어져 쌓인 낙엽들을 갈퀴질하다 보면 재수 있게도 제법 먹을만한 홍시가 걸려들기도 했다.

차갑게 익은 홍시를 만나는 것은 임도 보고 뽕도 따는 것처럼 낙엽도 모으고 군것질거리도 생기는 일거양득이었다. 차가운 겨울, 예전 같으면 제대로 익은 홍시가 맛을 자랑하는 시기다.

설날이 가까워 오고 지독할 정도로 모진 추위가 돌담을 지나 고샅에서 똬리를 틀고 앉아 웅얼대기 시작하면 늦가을 갈무리하여 커다란 항아리에 소담하게 저장해 두었던 홍시가 그 넉넉하고 달콤한 맛을 내기 시작했다.

터질 듯 부푼 홍시껍질은 투명하고 알른알른하다. 새색시 다홍치마가 저리 붉고 풍성할까. 이른 봄 햇살에서부터 여름의 폭우와 가을의 무서리가 섞이어 달달하고 감미로운 맛과 향을 풍긴다. 가을이 몽땅 들어앉은 과일이 정녕 홍시다.

예전 겨울 홍시는 아무나 먹을 수 있는 예사로운 과일이 아니었다. 멀리서 온 귀한 손님이나 오랜만에 친정 찾은 고모, 백년지객 사위에게나 선뜻 나가는 귀하디귀한 특별 과일이었다.

설 차례상이나 겨울에 돌아오는 기제사에 소용되어 감추고 숨겨두어 더 특별한 과일이 되었다. 얼음이 박힐 정도로 차가운 대봉홍시를 대접에 녹여 껍질을 제거한 후 절편을 찍어 먹는 맛이란 호사 중에 호사였다.

집안 행사나 설이 가까워 오면서 절편이 만들어지면 집안 어른인 할머니가 홍시에 찍은 떡을 맨 먼저 맛보셨다.

손주들의 초롱초롱한 눈망울이 개다리소반 위 홍시에 꽂혀 있으니 할머니인들 애련한 눈빛 탓으로 홍시 맛이 제대로 혀에 느껴지기나 하셨을까. 한 입도 채 베어 무시기 전에 상을 물리시던 모습이 아직도 생생하다.

홍시 중에서도 가장 알른알른하고 탱글탱글했던 대봉홍시는 때론 아버지의 과일이기도 했고 어머니의 과일이기도 했다.

산골마을에 처음으로 대봉을 고욤나무에 접붙여 키운 이가 아버지라고 어머니는 이야기한 적이 있다. 집 마당가에만 해도 서너 그루의 대봉감나무가 있었다.

집에서 멀지 않은 밭둑과 산에는 더 많은 감나무가 있었다. 지금도 적지 않은 열매를 내주고 있는 그 많은 대봉감나무를 아버지가 미래의 수익까지 생각해서 심었는지 알 수 없지만 감 수확기가 되면 어머니는 대봉홍시를 팔아 적지 않게 가용에 보태셨다.

과일이 귀하던 그 시절, 잘 익은 대봉홍시는 최고의 주전부리였다. 어릴 적 밤 길어 배고픈 겨울, 삶은 고구마에 동치미 국물로 궁금함을 때우다가 혹 갈무리해 둔 홍시라도 없나 하고 부엌이며 장독대 항아리를 뒤적거리고 다녔다.

자꾸만 아이들이 여닫는 방문으로 밀려드는 찬 기운 탓에 허리춤이 시렸던 어머니는 말없이 일어나셔서 아래채 고방 자물통을 열고 나가셨다. 이윽고 커다란 항아리에다 소금물에 담가 떫은맛을 뺐었다가 겨우내 먹을 수 있도록 마련해 둔 달콤 짭짤한 침시를 소쿠리 가득 꺼내놓으시곤 했다. 대봉홍시와 비할 바는 아니지만 아삭하고 싱싱한 감 맛은 한겨울 밤의 별미였다.

연연히 이어지는 대봉과의 인연은 많은 세월이 흘렀지만 아직도 진행 중이다. 작년에는 수고 많게도 큰형이 부쳐주기도 했고 고향 간 김에 따 왔던 대봉 덕분에 달포도 넘게 흥청망청 홍시를 즐겼다.

상자로 가져온 대봉은 한꺼번에 연시가 되어 거의 끼니를 삼을 정

　　　　　　감나무 가지에 걸린 달빛으로 자라기

도로 먹으면서 싫증이 나기조차 했다.

어렸을 적엔 사실 홍시를 그다지 좋아한 편은 아니었다. 단감이나 담근 감이 오히려 좋았고 잘 만들어진 곶감이 훨씬 맛있었다. 하지만 날씨가 추워지면서 다시 홍시로 눈길이 간다.

그래도 돈을 주고 사 먹자니 어색한 것이 홍시다. 네다섯 개에 만 원쯤 한다. 때깔도 모양도 어릴 적 고향에서 보던 그런 대봉홍시는 아니다.

투명도도 떨어지고 모양도 암팡지지가 않다. 지역마다 감 모양도 조금은 다를 것이다. 아직도 고향 대봉이 최고의 대봉이라 생각하고 산다.

양반 과일이라 제상에 반드시 오르는 감이지만 돌담을 경계로 터 잡고 사는 감나무는 성질이 순하고 자리다툼이 심하지 않다. 큰바람에 가지가 쉬이 부러지고 거름이 부족하거나 기후가 맞지 않으면 해거리도 많이 하는 나무다.

그러면서도 사계절 다른 풍경을 선사하고 사람에게 이로움을 아낌없이 주는 나무도 그렇게 많지 않다. 그중에서도 홍시가 주는 선물은 특별하다.

과일이 귀한 겨울철이야 다르지만 집안에 감나무가 많은 탓에 늦가을이 되어 감이 익기 시작하면 마치 전등처럼 달린 홍시가 지천이었다.

풍성하고 한가로운 가을풍경을 만드는 데 홍시만 한 것이 없다. 어스름 짙어가는 초가지붕 위 밝은 보름달 아래 하얀 꽃 사이로 푸르게 빛나는 박 그림도 좋고 대바구니 가득 가을햇살 담고 익어가는 붉디 붉은 고추도 그럴듯하지만 푸른 하늘에 점점이 전등이 되어 걸린 홍시가 최고다.

눈이 시리도록 파란 하늘에 울긋불긋 감잎 사이로 흔들리는 작은 등불이라니. 조선의 선비들이 감나무를 집안에 반드시 한두 그루는 심고 가꾸어야 할 최고의 나무라고 했는지 깨닫게 된다.

설날이 며칠 남지 않았다. 소반 위 놋대접에 정갈하게 놓여 있던 대봉홍시가 눈앞에 아른거린다.

사르르 녹은 홍시껍질을 젓가락으로 조심스럽게 벗겨낸 후 적당히 굳은 절편을 찍어 맛있게 먹던 옛날 풍경이 그려진다.

세월이 흐르면서 사라지고 잊혀가는 아쉬움 중 하나, 30촉짜리 전등같이 밝게 빛났던 대봉홍시와 절편에 대한 추억이다.

귀향(歸鄕)

섣달그믐밤이 되면 언제나 떠오르는 것은 호롱불이다. 남포등이다. 온 집안 곳곳에서 눈물을 흘리듯 밤을 밝히던 촛불이다.

고소한 들기름 냄새와 달달한 단술 내음에 섞여 어둠을 밀쳐내던 그 등불은 아이들에게 기다림이었지만 할머니께는 애통절통이자 넋이 하늘로 날아오르는 한풀이였다.

많은 이들에게 촛불은 염원이고 종교다. 불을 켜고 어둠을 밀어내는 것은 만남의 기대이자 헤어짐의 준비다.

가장 잘생기고 똑똑했다는 셋째 아들의 원통한 죽음과 끝내 돌아오지 못한 고혼(孤魂)을 기다리며 섣달그믐밤에 귀향의 등불을 밝히는 할머니가 평생 내려놓을 수 없는 신앙이며 자기치유였다.

마을 공동묘지 한구석에 자리한 북해도(北海島) 삼촌 묘소에는 징용 끌려가기 전 입었던 옷과 책을 태워 넣었다는 것을 어른이 된 뒤에야 알았다.

할머니는 삼촌 묘에 한 번도 가지 않으셨다는 것도.

바닷가를 피해 굽이굽이 돌아앉은 산협마을은 높지 않은 산들로 빙 둘러싸여 있었지만 겨울이면 유난히 해가 짧았다.

서산에 해가 걸린다 싶으면 금방 먹물 같은 어둠이 마을 전체를 감

쌌고 삼태기 몇 개를 이어놓은 정도 크기의 하늘에는 온통 별들이 몰려들었다.

산꼭대기로부터 불어 내려오는 산바람은 마음대로 윙윙대다가 나지막이 울안을 지키고 선 돌담에 막혀 작은방 뒷문 문풍지에서 밤새도록 웅얼댔다.

기와집이건 초가집이건 가느다란 기둥에 매달려 어렴풋이 어둠을 밝히던 호롱불이 삼태성 발걸음보다 훨씬 일찍 꺼지고 나면 작은 마을은 새벽 부엉이 울 때까지 칠흑 같은 어둠에 잠겨 오로지 협소한 하늘을 따라 흐르는 미리내로 시간을 쟀다.

그런 어둠과 추위가 절정에 이를 즈음이면 섣달그믐밤이 찾아왔다. 춥고 어둡던 겨울밤은 길었다. 그런 산협마을의 어둠도 섣달그믐밤만은 홀홀히 밀려났다.

성냥으로 불을 켜는 할머니의 손은 떨렸고 밝혀진 불에 비손을 하는 표정은 간절했다. 경주 씨족이 번창하고 건강해서 큰 고을 이루기를 지성으로 빌었다. 손자들은 할머니 등 뒤에서 킥킥대며 덩달아 절을 해댔다. 할머니는 미동도 없이 빌고 또 비셨다.

들리지 않을 정도의 낮은 목소리로 웅얼대듯 북해도 삼촌 명복을 빌 때는 거의 울음이었다. 집안에 시집온 윗대 할머니의 성씨를 하나하나 불러가며 빌고 또 빌었다.

마을의 모든 집들은 거의 동시에 등불을 켰다. 부자건 가난한 이건 이날만은 집안이 훤하도록 집집마다 환히 등불을 밝혔고 마을 공동

감나무 가지에 걸린 달빛으로 자라기

우물 용왕께도 촛불로 복을 빌었다.

등불을 켜는 마음은 집 떠난 이가 섣달그믐밤만이라도 돌아오길 염원하는 간절함이었고 돌아올 이 없는 집은 밝은 불빛을 따라 조상의 혼령이라도 다녀갔으면 하는 바람이었다.

아이들은 맛있는 음식을 배부르게 먹을 수 있다는 기대로 설날을 기다렸고 단 며칠이지만 어른들은 일손을 놓고 마음껏 술추렴을 할 수 있는 기대감으로 마음은 달떴다.

가난했던 그 시절 한 해 가장 큰 행사이자 명절은 정녕 설이었다. 먹고살기 바빠 조그만 이익을 두고 날을 세워야 했던 이웃 간에도 작은 설음식 하나로 정을 새롭게 쌓기 좋은 날도 이때였다.

며칠 전부터 마당을 정갈하게 쓸고 헛간 토벽에 걸어둔 시래기도 말끔하게 걷어 시렁 위로 옮겨 정리했다. 굴뚝 위 녹슨 양철조각도 수리하고 감나무 아래 버리듯 던져둔 나뭇가지와 장작도 가지런하게 자르고 다듬어 아궁이 근처 빈자리에 꽉꽉 채워두었다.

혹 눈이라도 내리면 어쩌나 하는 걱정으로 나물거리를 삶고 단술을 만들기에 충분한 땔감은 달포 전부터 미리미리 준비했다.

설은 그냥 오는 것이 아니고 온 식구가 나서서 부지런히 맞아야 수월하게 집안으로 들어서는 귀한 손님이었다.

집안 여자들이 준비해야 하는 설은 말 그대로 설움 그 자체였다. 소한 대한 무렵에만 들던 섣달그믐밤 언저리는 언제나 맹추위가 기승을 부렸다.

집 앞 개울은 작은 빙벽과 얼음폭포가 되어 보기만 해도 진저리를 치게 했다. 한낮의 짧은 해는 돌담 아래 우뚝우뚝 솟은 서릿발도 녹이지 못한 채 하루 수명을 다했고 큰방 문 앞마루에 올려다 놓은 대접물은 밤마다 얼음덩이가 되었다.

낡아 버리기 직전의 아이들 속옷으로 만든 걸레는 더운물을 붓기 전에는 마치 꽁꽁 언 동태가 되어 마루 한구석도 훔치기 어려웠다.

난사 중의 난사(難事)는 제기를 꺼내고 닦는 일이었다. 한동안 쓰지 않아 푸른 녹이 난 놋그릇은 아무리 닦아도 좀처럼 광택이 나지 않았다. 쌀뜨물에 담그고 고운 기와 가루로 힘주어 문질러야 겨우 윤이 났다. 마당가 양지바른 곳에 멍석을 깔고 온몸에 땀이 흐르도록 용을 쓰며 제기를 닦는 일은 남자들이 도와주기도 했지만 오롯이 여자들 몫이었다.

부엌일에서 물러난 할머니는 손 작은 아이들을 어르고 달래가며 호롱과 남포등의 유리에 낀 검정을 닦아냈다.

말개진 호롱과 남포등에 한가득 석유를 채우고 아끼던 새 심지로 갈고 돋운 다음 미처 어스름이 내리기 전에 불을 밝혔다. 방방이 등잔이며 촛불로 어둠을 밀어내고 헛간이며 외양간은 물론이고 고방이며 통시(화장실)에도 등을 매달았다.

어둡던 온 집안이 환한 불빛으로 밝혀지면 외양간 늙은 암소는 초점 잃은 커다란 눈망울을 불안하게 끔쩍거리며 쉬이 잠을 이루지 못했고 홰에 오른 닭들도 밤새 부스럭댔다.

　며칠 동안 전이야 떡이야 뿐만 아니라 나물에 단술에 설음식 준비로 바빴던 어머니와 누나는 섣달그믐밤에도 바닥이 절절 끓는 방에 몸 뉠 틈이 없었다.

　새로 사 온 설빔의 단춧구멍이 어떻게 뚫렸는지 잔술은 제대로 준비되었는지 확인하고 설날 아침상에 오를 떡국 고명까지 챙기고 나면 밤새 켜둔 등불들이 희미해져 가며 설날 아침이 서서히 밝아왔다.

　아버지도 미리 뽑아 꾸덕꾸덕해진 몇 말도 넘는 가래떡을 작은 손작두로 밤새 썰어 바쁜 손을 보탰다. 한 가락 두 가락 가래떡을 써는 아버지의 얼굴에는 엷은 웃음기가 가시지 않았다.

　어쩌면 힘들고 어려웠던 한 해 농사가 이날 때문이었는지 모를 일이다. 아이들은 눈썹에 쌀가루 칠을 해가며 눅진한 가래떡 조각을 얻어 홍시를 찍어 먹는다.

　할머니의 삼시랑 이야기에 깔깔대고 투닥거리던 아이들도 눈까풀이 무거워진 듯 섣달그믐밤에 잠자면 눈썹이 하얘진다는 말에도 버티지 못하고 이내 잠이 들었다.

　할머니가 기다리는 사람은 이번 섣달그믐밤에도 끝내 귀향하지 않았다. 할머니가 기다리는 사람이 누구인지 다들 알지만 아무도 입에서 그 이야기를 꺼내지 않았다.

　방 안 초는 녹을 대로 녹아 불이 잦아들고 사랑채 귀퉁이에 걸어둔 남포등도 유리에 낀 검댕이 탓에 흐릿했었다. 채 눈 한 번 붙이지 못하고 차례상을 준비했던 어머니는 떡국을 끓이시면서 정지(부엌)에서 그릇 부딪히는 소리를 냈다.

어머니는 조개든 굴이든 해산물을 넣어 설 떡국을 끓이는 일에 진심이었다. 김 한 장을 받아 찢어 넣은 떡국은 손가락을 꼽아가며 기다렸던 간절함을 보상하기에 충분했다.

설을 기다리고 차례를 지내면서 조상을 기억하는 일은 가문의 근원과 자신의 근본을 찾는 일이다. 섣달그믐밤에 밤새워 등불을 밝히고 집 떠난 이의 귀향을 기다리는 일 또한 자신의 시원(始原)을 찾아가는 것이기도 하다.

올 섣달그믐밤에도 고향집을 찾지 못한다. 온 집안에 불을 밝히고 마을을 이루고 살라 하던 할머니의 비손은 뿔뿔이 도심으로 흩어져 사는 후손 탓에 이룰 수 없는 염원이 되고 말았다.

그래도 누군가 섣달그믐밤 고향집에 들러 불을 밝히면 할머니의 소원대로 귀향하는 꿈을 꾸고 싶다.

고향은 언제나 마음의 등불이기 때문이다.

감나무 가지에 걸린 달빛으로 자라기

장작

작년까지만 해도 겨울철 실내 온도에 대해 크게 신경 쓰지 않았다. 신경은커녕 몇 도에 맞추어 놓는 것이 적당한지 알려고조차 하지 않았다. 아파트가 정남향인 탓에 아무리 추운 날씨더라도 해 뜰 시간만 지나면 굳이 보일러를 가동하지 않더라도 실내 온도가 20도는 쉽게 넘어서기 때문이다.

하지만 올겨울은 사정이 영 딴판이다. 많은 사람들이 춥다 춥다 해서 그런 것도 있겠지만 난방비 폭탄 이야기가 어느 언론 할 것 없이 떠들어 대니 실내 온도를 어지간히 높이고도 몸이 움츠러들면서 더욱 춥다고 느낀다.

매달 가스사용량을 확인하고 현관 옆에 부착된 기입장에 적을 때마다 너무 많은 양을 사용한 것이 아닌가를 고민한다. 태양이 작년에 비해 급격히 방사열량을 줄였거나 아파트 앉은 방향이 특별히 달라지지 않았을 텐데 전년보다 실내 온도가 낮은 것은 분명 올겨울 특별히 발달한 한랭전선에 기인했을 터이다.

한동안 겪어보지 못한 혹심한 추위가 지속되면서 연초부터 전기료 인상이니 가스요금의 현실화니 등 난방비 폭탄으로 민심이 흉흉하다. 우크라이나와 러시아의 전쟁에 따른 국제 가스요금의 상승에 기인한 바 크지만 유난히 심한 한파가 장기간 한반도에 머물렀던 탓도 있을 것이다. 거기다 탈원전정책으로 인한 전기료 인상이 지속적으로 이야기되는 상황에서 공공요금이 서민들 가계에 더 큰 주름을 만들까 봐 좌불안석일 수밖에 없다.

정치권에서 쏟아내는 난방비 인상 원인에 대해서도 일반 서민은 피곤하고 지친다. 그동안 국제 가스요금 인상분을 소비자 가격에 연동하여 현실화하지 않은 전정권의 대중인기영합을 탓하기도 하고 대기업이 별 노력 없이 번 이익을 횡재세란 이름으로 국가가 회수하여 서민들 난방비 지원에 사용하여야 한다며 국민을 볼모로 서로에게 손가락질을 해댄다.

사실 난방비 폭등은 예고된 미래이자 당연히 앞으로도 겪게 될 고난이다. 난방연료는 그것이 무엇이든 간에 하늘에서 저절로 떨어지거나 아무 곳이나 땅을 파면 얻을 수 있는 무한재가 아니다.

어쩌면 지금 야단법석을 떨고 있는 난방비 폭탄문제는 미구에 도래할 자원빈곤 세상에 비하면 작은 소동에 불과할 뿐일지도 모른다. 아무리 자원부국이라 해도 그 생산량이 무한할 수는 없다.

하물며 석유 한 방울, 천연가스 한 통 나지 않는 나라에서 전량 수입에 의존하는 상황이라면 난방비 폭탄이 문제가 아니라 난방지옥, 난방전쟁이 시도 때도 없이 일어날 수밖에 없음은 불을 보듯 뻔하다.

이런 난방비 문제는 정권유지나 획득을 위한 수단으로 생각하면서 포퓰리즘적 가격정책으로 국민을 우롱하거나 한시적 가격 억누르기로 국민을 속여서는 국가적으로 엄청난 문제를 야기하게 된다. 작금에 벌어지고 있는 정치권의 네 탓 공방은 참으로 후안무치한 삼류 정치의 민낯 그 이상도 이하도 아니다.

급격한 산업화에 의해 수출대국이 되어 해외로부터 석유나 가스를 수입하여 사용하기 전 일반 서민의 난방연료는 대부분 석탄이었고 임산물이었다.

읍 정도의 작은 도시에는 연탄을 때는 집보다 장작으로 취사와 난방을 하는 집이 더 많았다. 산골은 당연히 나무를 연료로 사용했고 평야지대의 농촌도 농업부산물을 난방재료로 활용했었다.

어느 대통령 시절에 대대적인 나무심기 사업을 추진함으로써 세계적 모범의 녹화국가가 되었다고 하지만 온전히 산에서 나는 임산물만을 난방연료로 사용했다면 지금처럼 산이 울창한 수림으로 뒤덮이지는 않았을 것이다.

주로 나무를 난방연료로 사용하는 현재 북한의 헐벗은 산 모습을 보면 이를 쉽게 짐작할 수 있다. 수입연료가 취사난방을 책임지다 보니 비로소 나무가 인간의 남벌(濫伐)에서 놓여났다.

난방비 폭탄이 가정 살림살이까지 주름을 만드니 옛날 장작이 생각난다. 나고 자란 고향마을 들판이 별로 넓지 않았음에도 다른 마을에 비해 궁핍하기보다 풍요로웠던 것은 산이 많았던 그곳에서 가격 괜찮은 장작을 인근 도시나 읍내에 내다 팔 수 있었음이 그 이유 중 하나

일 것이다.

　가을걷이가 끝나고 조금 한가해지면 어느 집 할 것 없이 겨우내 아궁이에 땔 장작을 준비하느라고 바빴다. 산이 있는 집들은 면사무소에서 정식으로 벌채 허가를 받아 목재가 될만한 나무는 제재소나 대규모 목재상에게 판재용으로 팔고 그 외에 볼품없는 나무들은 난방용 장작을 만들어 읍내로 실어 날라 돈을 만들었다.

　읍내에서 자취를 하는 학생들도 주말마다 장작을 불 때기 편하게 패고 잘라 버스 가득 싣고 갔었다. 장작 몇 토막만 있으면 엿도 사 먹을 수 있고 강냉이튀김도 바꾸어 먹을 수 있던 시절이었으니 장작이 곧 돈이었다.

　장작 하면 언제나 잊히지 않는 기억 하나가 작은형이다.

　당시 겨우 일 년 양식 정도로밖에 수확되지 않는 벼와 보리만으로는 어떤 미래도 준비할 수 없었다. 농지세며 수세는 물론 각종 농자금으로 필요한 가용(家用) 돈을 만들고 동생들 학비를 마련하기 위해서 겨울만 되면 작은형은 산에 매달려 살았다.

　관청을 들락거리며 벌채 허가를 얻기도 하고 간벌이나 죽은 나무를 모아서 틈만 나면 장작을 만들었다. 오늘은 몇 짐의 나무를 지고 왔니 몇 평의 장작을 쌓았느니 하면서 연신 머리 위로 솟는 김과 흐르는 땀을 훔치며 흐뭇해하기도 했었다.

　작은형이 바깥마당 곁에 나뭇짐을 내려놓는 소리만 들리면 괜히 제발 저려 책상서랍 속 유리구슬이나 딱지를 세고 있다가도 급하게 밀어 넣고 책을 펴들고 공부씨름 시늉을 내던 그때가 아련히 생각난다. 형이 가끔은 나무 자르는 톱질이라도 거들라고 하면서 방문을 연 적도 있었다.

겨울철 하루라도 장작을 패지 않으면 손에 가시라도 돋을 것처럼 유난을 떨어댈 수밖에 없던 그 심정을 아직도 온전히 다 알 수는 없지만 없는 살림에 혼자되신 어머니에 줄줄이 가방을 들고 서있는 동생들이 그런 절박한 형을 만들었을 것이다.

학교도 가지 못한 채 젊은 청춘을 산판일과 장작 패는 일에 바쳐야 했던 작은형의 설움과 울분을 어찌 짐작이나 할 수 있을까. 지금도 그 시절을 되돌아보면 삶의 많은 부분을 빚진 형님께 미안하고 고마울 따름이다.

지금 생각해 보면 장작 패는 일이 삶을 이어가고 미래를 준비하는 일이었던 형님과 단지 친구들과 놀고 싶은 시간을 빼앗는 심술궂은 괴롭힘으로 생각했던 철부지 동생의 어리석음 간격은 참으로 컸었다.

유난히 추운 겨울, 난방비 폭탄이 회자되면서 새삼 어린 시절 장작에 대한 추억을 소환해 보았다. 작은형의 장작 패는 수고 탓에 그 춥고 가난했던 유년의 겨울을 무사히 건넜음은 물론 오늘의 나를 있게 했다.

오늘 다시 장작을 생각한다. 산업화시기를 이끌었던 대통령의 미래를 예측했던 혜안과 거국적인 녹화사업, 수출 중심의 산업재편과 근대화로 연료혁명을 이루었다. 이에 따라 자연스럽게 장작 수요를 없애면서 우리의 산야는 풍부한 산림자원 국으로 변모한 것이다.

생존과 생활의 기본인 취사난방의 필요성은 향후에도 계속 될 것이고 태양열 산업의 획기적 발전이나 무한자원이라 할 수 있는 수소나 물을 이용한 연료화 사업의 극적인 변화 없이는 난방비 문제도 해결되지 않을 것이다.

당분간 다시 장작을 활용하는 방안을 생각해 보았으면 싶다. 그냥 나무만 가득한 산야를 가성비 좋은 나무로 바꾸어 식재하고 간벌한 나무는 효율적이고 지속 가능한 연료로 대체하여 사용하는 방법도 진지하게 검토해 보면 어떨까. 발전한 기계 산업용 로봇을 이용한 산림관리 장비도 개발하여 세계시장에 내놓고 연료난도 해결하는 방안은 없을까.

미래는 준비하는 국가, 대비하는 사람에게만 풍요의 열쇠를 넘겨주는 법이다.

감나무 가지에 걸린 달빛으로 자라기

정월 대보름 나물 단상

어릴 때는 몰랐다. 아는 것은 별로 없고 모르는 것이 천지인 시기였으니 몰랐던 것이 당연했다.

노란 치자 물에 계란 노른자와 밀가루 섞어 옷을 입힌 가자미 튀김보다 보꾹에 덩그러니 매달려 볼품없이 말라가던 멧나물이 더 맛있다는 것을. 혀끝은 신생(新生)하여 깊은 풍미를 느낄 수 없었고 몸은 젊음으로 충만하여 묵은 맛의 흐뭇함을 받아들일 수 없었다.

무지(無知)의 시간은 덧없이 흘렀으니 깨달음의 나이가 되었지만 곁에는 그런 손맛 가진 이도 사라지고 깊은 맛을 지닌 재료를 구하기도 쉽지 않다.

이제는 조금 알 것 같기도 하다. 계절의 변화에 따라 이런저런 계절 음식을 챙기고 특별한 날이 되면 특별한 음식을 정성껏 준비하여 가족은 물론 이웃 간에도 나누던 그 의미와 즐거움을.

올겨울 추위는 쉽게 물러가지 않는듯하다. 아무리 엄혹한 추위가 계속된다 해도 계곡 얼음바닥 밑에는 봄의 기운이 흐르기 마련이다.

이때쯤이면 남녘 어느 고을 양지바른 곳에서는 복수초 노란 꽃망울이 계절을 바꾸고 또 어떤 곳에서는 철 이른 설중매(雪中梅)가 그 은은한 봄 내음을 스멀스멀 풀어내고 있을지도 모르겠다.

나이 들어감이 마냥 기다림이었던 시절은 아주 멀어졌다. 이제는 나이 먹음이 자꾸만 아쉬움이다.

시간의 소멸과 새로운 생명이 탄생이 교차되는, 봄이 다시 잠을 깬다고 느끼는 이 시기를 넘기기 어쩐지 유독 어렵다. 몇 번이나 이런 시간을 맞을 수 있을지 하는 두려움이 생기기도 한다.

미각을 자극하고 호기심을 불어넣는 세계 여러 나라의 맛있다는 음식이 차고 넘치는 세상이지만 한두 번 찾는 경우는 있어도 몸이 기억하고 주기적으로 먹고 싶은 음식이 그리 많지는 않다.

미슐랭이 어떻고 별점이 몇 점이니 등 세계적 요리가 방송을 타고 선전되지만 선뜻 사 먹어보리라는 생각이 들지는 않는다. 나이를 먹어갈수록 질박하고 단순한 전통 음식에 관심이 많아진다.

세 살 버릇 여든까지 간다는 말이 있지만 어릴 적 입맛은 평생 가는 모양이다. 송충이는 솔잎을 먹어야 하는 법이라고 이미 몸에 인이 박혔으니 어찌 그것이 쉬이 바뀔 수 있으랴.

계절의 변화에 따라 먹거리를 달리하고 입맛에 따라 이런저런 음식을 찾는 일이 구차해 보이기도 해서 가능하면 무덤덤하게 준비되는 밥상에 섭생을 맡기는 편이지만 아무리 그래도 정월 대보름 푸짐하고 맛깔스러운 나물 기억에서 쉬이 벗어날 수 없다.

봄이 햇살을 탐하듯 몸도 나물이 주는 새로운 기운을 원한다. 사람의 몸도 작은 우주 그 자체다. 겨우내 얼었다 녹기를 반복한 노지 시금치나물의 상큼하고 달달한 맛도 그렇지만 들기름을 두르고 지지듯 볶은 취나물이나 아주까리잎나물의 그 고소함과 깊은 풍미 넘치는 맛이 기다려지기 마련이다.

명절 나물에 빠지지 않던 고사리는 어떤가. 한때 암증을 유발한다고 언론에 보도되면서 멀리했던 고사리나물은 또다시 없어서 못 먹고 비싸서 발길을 돌려야 하는 음식이 되었다.

식물성 단백질이 가장 많은 식재료라 산문에 머무는 이들이 절대적으로 먹어야 하는 음식이면서 오히려 수명연장에도 도움이 된다고 하니 가난한 도시 서민이 찾기에는 힘겨운 비싸고 고급진 한우(韓牛)나물이라는 생각조차 갖게 한다.

봄이 오느라 그런지 겨우내 움츠린 몸이 기지개를 켜고 싶어 그런지 나물이 자꾸만 눈앞에 어른거렸다. 사실 며칠 전부터 은근히 아내에게 나물타령을 했었다. 이른 봄 미역 향이 어떻고 봄동이 제철이라는 둥.

요즘 마트에 가면 정월 대보름 특수를 노려 호박고지나 가지고지와 같은 이런저런 마른 나물거리를 불린 후 무치고 콩나물이나 시금치 등을 곁들인 예닐곱 종류의 나물을 오밀조밀 예쁘게 포장하여 만 원 정도의 가격에 파는 곳이 많다.

도시에는 의외로 나물에 갈증을 느끼는 이들이 많은지 진열대에 올려놓기가 바쁘게 팔리는 모양이다.

대량으로 만들어 한 끼 거리로 포장하여 판매하는 옛 모습의 나물

맛이 어떨지 궁금하기도 하고 손이 많이 가는 나물을 굳이 만들어 먹자고 채근하기가 저어하여 사 먹어볼까 하는 생각이 들지 않은 것도 아니지만 막상 포장 나물 앞에서 선뜻 손이 나가지는 않았다.

마침 정월 대보름을 앞두고 이곳 재래시장이 열렸다. 아침부터 쓸데 없이 이런저런 바쁜 일로 해거름쯤에야 시장에 들렀다. 이미 파장 분 위기다.

오랜만에 재미 좀 보았다는 장사꾼에 만들어 온 두부가 벌써 동이 났다며 한숨을 쉬는 아주머니, 오늘 같은 장날이 한 달에 한두 번만 있어도 좀 살겠다는 아저씨까지 정월 대보름 준비 장이 여느 장날과 다르긴 다른 모양이다.

아침에 일어나자마자 적어둔 나물거리 메모지를 들고 부랴부랴 시장에 갔지만 붐비는 장꾼들 탓에 나물거리 고르기가 쉽지는 않았다.

간이 손수레를 끌며 사람들 틈을 비집고 시장을 두세 바퀴 돈 다음 장사꾼의 얼굴을 예의 살펴본 후 물건을 골랐다.

봄동, 시금치, 취나물, 무, 고사리, 도라지, 달래 등을 산 후 마지막으로 물미역을 샀다. 생필품 가격이 장난 아니게 올랐다고 했지만 정월 대보름을 앞둔 시점의 나물가격은 한마디로 비쌌다.

하기야 삶을 영위하기 위해 장마다 시난고난 옮겨 다니며 돈벌이를 해야 하는 장사꾼들에 비하면 입을 호강하겠다고 물건을 사러 온 주제가 싸고 비싼 것을 입에 올릴 처지는 아니지 싶다.

한 시간여를 돌아 장보기를 끝냈다. 검은 비닐봉지 여러 개를 손수

감나무 가지에 걸린 달빛으로 자라기

레 가득 담은 채로 차에 싣는다. 나물을 만들기 위해 아내가 쏟아야 할 수고는 생각도 않고 이미 코끝에는 고소한 들기름 참기름 냄새로 마음이 흐뭇하다. 집으로 돌아오는 길, 하늘가 어디쯤 성근 구름 사이로 뜬 달이 반 이상 차올랐다.

드디어 입춘이자 정월 대보름 하루 전이다. 옛날 같으면 오늘 저녁이 정월 대보름 밤에 이런저런 나물로 배가 터지게 먹을 날이다.

정월 대보름은 평소와 달리 찹쌀과 오곡으로 지은 밥에 온갖 나물로 겨우내 지친 몸과 잃어버린 입맛을 찾는 날이다.

어릴 적에는 잡곡밥은 물론 바다 향 짙은 생미역이나 모자반이 상에 오르면 도리질을 했었다. 밥에 들어간 밤이나 콩 등은 골라내기가 일수였고 미끈거리고 약간은 비릿한 해초류 나물 근처에는 젓가락도 가지 않았다.

바싹한 돌김 한 장을 받아 참기름 방울이 들어간 간장으로 꾸역꾸역 밥을 싸 먹었던 적도 많았다. 나이가 들어야 제대로 느끼는 맛도 있는 법인가보다.

새벽 운동을 다녀오니 온 집안이 고소한 참기름 냄새로 가득하다. 나물 만드는 일에 특별히 도와줄 일도 방법도 모르다 보니 혼자 운동을 가긴 했지만 주방 가득 늘어놓고 갖은 나물 준비에 바쁜 것을 보니 미안하고 겸연쩍다.

접시에 소담하게 담아둔 나물을 젓가락으로 이것저것 집으면서 어

릴 때 취나물이 향이 어떠했고 무나물 맛이 달짝지근했다는 등 도와
주지 못한 염치없음을 능친다.

　오곡밥과 함께 한 가지씩 나물을 음미하듯 맛보며 마음이나마 어릴
적 생동감 넘치는 봄날이 오기를 기원한다.

　아직도 옷깃으로 스며드는 찬바람은 쌀쌀하다 못해 살을 에는 겨울
이지만 옛 추억의 보름나물을 먹으며 가슴 한쪽에 입춘대길(立春大吉)
입춘첩(立春帖)을 붙이고 건강한 봄을 기다린다.

복사꽃이 피는 봄

입춘이 지나고 남녘으로부터 봄소식이 들리기 시작하면 마치 아이가 비 오는 날 무지개를 기다리듯 꽃소식을 기다린다.

눈 속에 피는 복수초도 좋고 봄바람 냄새만 맡고도 하늘거리는 현호색도 흐뭇하다. 골목이 긴 도심의 남향집 나무 울타리 아래는 더러 노란 영춘화도 꽃망울이 부풀고 있을 것이다.

봄을 기다리는 것은 복사꽃을 기다리는 일이다. 복사꽃이 피지 않으면 진정한 봄이 왔다고 할 수 없다. 복사꽃은 봄꽃 중에서도 그리 일찍 피는 꽃은 아니다.

반면 매화는 봄꽃이라기보다 겨울 꽃에 가깝다. 겨울이 물러가기도 전 꽃망울을 터트리는 것이 매화다. 어쩌면 매화는 눈 속에서도 그 은은한 향기를 풍기며 핀다고 해서 설매(雪梅)라는 말까지 있으니 봄이 되어 그냥 피는 꽃이 아니라 참으로 겨울을 밀어내며 봄을 이끌고 오는 꽃이라 할만하다.

봄은 약동이고 새 생명이다. 봄은 어떤 나이 할 것 없이 청춘의 가슴 뜀 같은 것이 스멀스멀 온갖 감성에 풀무질을 해대는 시기다.

겨울잠에 빠졌던 대지는 온기가 돌기 시작하고 따스한 햇살에 흙머리를 뒤집어쓰고 우뚝우뚝 서있던 바위 근처 서릿발도 순식간에 허물어진다. 왠지 쓸쓸했던 겨울은 아지랑이 아른대는 햇살만으로 오히려 나른해진다.

돌담 아래 양지바른 곳에는 봄까치꽃이나 광대나물 새싹들이 조심스레 땅을 헤집고 봄을 맞이하기 시작한다. 사립문 근처 민들레가 미처 꽃을 피우기 전까지 냉이와 꽃다지가 썰렁한 공터를 메운다.

벌써 방송이나 언론에는 봄꽃 소식이 봇물을 이룬다. 탐매 기사가 실리고 산청 삼매 꽃망울 틔움이 실시간으로 중계된다. 매화 소식이 곧 봄소식이 된 것은 어쩌면 당연한 일인지도 모른다.

원정매가 꽃망울을 터트리자 남명매도 정당매도 은은히 매화 향을 바람결에 흘리기 시작했다며 곧 매화꽃이 만발한 봄이 올 것처럼 소란하다.

유난히 매서운 추위가 오래 머물렀던 올겨울이다. 급격한 물가상승으로 가뜩이나 팍팍한 서민들의 삶이 고통을 넘어 포기하고 싶을 정도로 어려운데 상대적으로 걱정하지 않았던 전기요금마저 폭등하고 난방비 폭탄은 현실화되었다.

날씨가 따뜻해지면 난방비라도 줄어들 것이라는 기대로 더욱 봄을 기다린다. 윙윙대는 벌의 날갯짓과 나풀거리는 나비의 봄나들이가 그리움이 된다.

꽃이 느끼고 보는 것이 전부가 아니었던 시절이 있었다.

예전에는 해 길어 더욱 배고팠던 날들이면 봄꽃으로 허기를 달래기

감나무 가지에 걸린 달빛으로 자라기

도 했다. 어느 산곡을 가나 지천인 참꽃을 지금이야 눈으로 즐기고 향기로 느끼며 자연의 일부로 바라보기만 하지만 가난의 세월일 때는 그러지 못했다.

소나무나 굴밤나무 사이에 어렵사리 꽃을 피운 참꽃을 보이는 대로 따 먹었다. 싱그럽고 풋풋한 꽃내음이 서럽기도 했고 알싸한 풋내음이 오히려 고픈 배를 더 고프게 만든다는 생각도 했다.

꽃 몇 줌을 따 먹는다고 배가 부를 리 만무(萬無)다. 학교를 파하고 집으로 오면 텃밭에서 벌과 나비를 불러들이며 봄을 만들고 있는 장다리나 갓 대궁을 꺾어 먹기도 했다. 굵고 소담한 대궁 서너 개를 먹으며 톡 쏘는 알싸함이 느껴지다가 끝내 배가 아리기도 했다.

삐삐(삘기)를 뽑아 먹거나 송기를 꺾어 먹고 찔레 순, 국수나무 새순을 잘라 먹는 것은 봄이 한창 무르익었을 때다.

온 산야가 연초록 융단으로 뒤덮일 때쯤 복사꽃이 핀다.

초등학교 시절 음악시간에 흥얼거리듯 불렀던 「고향의 봄」 가사에 나오는 꽃 대궐을 만드는 복숭아꽃이 복사꽃이다.

복사꽃은 해 길어지고 배고파지면 피는 꽃이다. 이루 글로써 표현하기 어려울 정도로 신비롭고 오묘한 색깔과 자태를 가진 꽃이다. 복사꽃은 달빛 아래서는 은은한 흰색으로 보이나 밝은 대낮에 보면 붉은색과 연분홍에 노란 무늬까지 뒤섞인 요염한 색깔의 꽃이다.

복사꽃을 한문으로 도화(桃花)라 한다. 동양 점성술이나 사주학(四柱學)에서 중요하게 다루는 살 중 하나가 도화살(桃花煞)이다. 사람이나 물건을 해치는 독하고 모진 기운을 살이라고 하는데 얼굴이 불그스레한 홍기가 돌아 아름답게 보이는 것을 말한다.

점성술에서 이야기하는 도화살이 믿을만한 것인지를 떠나 처연하리만치 아름다운 복사꽃을 왜 하필이면 나쁜 살 앞에 갖다 붙여 부정적 의미를 가지게 했는지 알다가도 모를 일이다.

요즘 젊은이들이나 연예인들 사이에는 도화살이 매력살이라 하여 오히려 생의 긴 여정에서 도화살이 꼭 필요한 시기가 있고 이를 동경하기까지 한다고 하니 열매로서의 복숭아뿐만이 아니라 꽃으로서 복사꽃도 그 아름다움과 이로움을 인정받을 때가 있긴 한 모양이다.

고향마을 앞산 언덕배기에 복숭아나무 몇 그루가 있었다.

지금은 흔적조차 없어졌지만 꽤 나이가 많았던 그 나무는 봄이 익어가기 시작하면 가지 끝마다 소담스럽게 꽃을 피워냈다. 꽃 대궐의 꽃이라는 노랫말 때문에 특히 더 화려하고 예뻐 보였을지 모르겠다.

어른들은 복사꽃의 아름다움을 애써 외면하는 것으로 생각되었다. 아마도 도화살이란 이미지가 덧씌워진 꽃이라 그랬을 것이다.

대나무 숲이 우거진 그곳에는 몇 그루의 감나무와 밤나무도 있었다. 댓잎에 부서지는 햇발은 찬란했고 아직 잎이 움트지 않은 감나무를 스치는 바람 소리는 건조했다.

복사꽃은 오래가지 않았다. 낮이면 쏟아지는 따스한 햇볕과 밤이면 찾아드는 차가운 달빛에 맞추어 바람을 따라 시나브로 꽃잎이 떨어졌다. 꽃잎이 떨어져 나간 가지 끝에는 푸른빛의 조그만 복숭아가 앙증

감나무 가지에 걸린 달빛으로 자라기

맞게 달렸다. 봄이 익어가고 있었다.

봄을 기다리는 많은 이들이 봄꽃으로 매화를 이야기한다. 그 은은하고 그윽한 향기로서 세상의 오염을 씻어내고 하얀 눈밭에서도 꺾이지 않고 피는 강인함이 삶에 지친 사람들에게 여유와 감동을 준다는 것에 동의한다.

그럼에도 복사꽃이 더 그립다. 연초록 풀잎들과 짙푸른 하늘도 단지 들러리로 만들어 버리는 그 오묘하고 신비로운 자태의 복사꽃 아름다움을 무엇과 비교할 수 있을까.

입춘이 지나자마자 성급하게도 복사꽃이 피기를 기다린다. 생강나무 노란 꽃이 지고 참꽃도 시들어 갈 때쯤 본격적으로 꽃 대궐이 만들어질 것이다. 고향에 가도 복숭아나무를 볼 수가 없다.

하지만 봄이 무르익기 시작하면 산 벚꽃과 야생 복숭아꽃들이 화려한 꽃 대궐을 고향의 이 산 저 언덕에 만들기 시작할 것이다.

목마름도 배고픔도 없는 고향의 산길을 걸으며 꽃 대궐 담장 안을 들여다보고 싶다. 봄비라도 함초롬히 내려 복사꽃 꽃잎에 영롱한 이슬이라도 맺힌다면 더 바랄 게 없겠다.

그 찬란한 봄은 마냥 어린 날로 데리고 갈 것만 같다.

문둘레와 사립문

나이를 먹어가면서 바뀌는 것이 한둘이 아니다. 주위를 둘러싼 자연이 바뀌는 것은 당연한 일이겠지만 인간의 모든 것도 바뀐다.

얼굴이 바뀌고 신체가 바뀌고 보고 느끼고 생각하는 것들이 다 바뀐다. 그중에서도 가장 많이 바뀌는 것이 마음이다. 어리고 순진했던 마음, 두려움과 희열을 느끼는 마음, 무심과 유심의 마음, 피하고 바라는 마음이 수시로 때로는 온종일 바뀌기도 한다.

사람 마음의 오르내림은 분명 죄는 아닐 것이다. 일상을 대하는 좋고 나쁨의 기준을 바꾸는 것도 다른 것에 피해를 주지 않는다면 천성이 무람한 사람이라고 할 수 있지 않을까.

그런 면에서 인공물보다 자연에 마음이 가까워지고 작고 사소한 것들에 마음이 간다면 제대로 나이를 먹어가는 것이 아닐까.

사람과 자연을 분리하지 않던 선인들의 겸손했던 삶을 추억한다. 사립문은 그 생각만으로 정겹다. 높다란 솟을대문은 누군가를 주눅 들게 하고 무거운 철 대문은 뭔가를 감추고 있는 집 같아 쉽게 다가가기 저어된다.

태어나고 자랐던 고향집 대문은 여러 번 바뀌었다. 아주 어릴 적에는 아예 대문이건 사립문이건 어떤 문도 없었다.

감나무 가지에 걸린 달빛으로 자라기

이후 외양간 송아지가 뛰어나가고 새끼염소 네 발 뛰기를 하며 마을 길을 소란스럽게 하다 보니 간짓대에 거적때기를 꿰어 막았다가 어느 날부터 철 대문을 만들어 걸었다. 세상 변화에 따라 대문이 바뀌는 것을 뭐라 할 일은 아니다.

사립문은 싸릿대나 대나무 울타리에 곁붙어 있어도 그럴듯하고 돌 담이 지나가다 머문 곳에 생뚱맞게 달려 있어도 멋쩍지 않다. 사립문 은 들고 열어도 괜찮고 밀고 들어도 누가 무어라 그러지 않는다.

왠지 사립문을 밀고 들어가면 눈까지도 새까만 하릅강아지가 누군 지도 모르는 방문객에게 물색없이 꼬리를 흔들다가 뒷다리 사이로 꼬 리를 감추고는 깽깽하며 마루 밑으로 내처 도망 거절을 할듯하다.

사립문은 해마다 새로 만들어야 하나 가진 것 없는 주인 양반은 농 사철이면 농사일에 바쁘고 농한기에는 술추렴에 바빠 오늘내일하다 가 수삼 년을 그저 그럭저럭 지내다 보니 낡고 쓰러져 가는 사립문은 제구실을 못 해 옆집 고양이도 앞집 씨암탉도 수시로 드나들면서 삼 줄에 묶인 강아지를 애태운다.

여름 장마가 찾아들면 주막 순방에 나선 민돌 아재가 불콰한 얼굴 로 언제 사립문을 밀고 드실지 몰라 봉자누나네 외짝 사립문은 언제 나 닫힌 듯 열려 있었다.

며칠씩 쏟아붓는 장맛비로 물러진 감꼭지에 붙어 있기 힘든 웃자 란 서리단감은 아침나절에 불어오는 세찬 남풍에 힘없이 떨어져 사립문 둘레를 파랗게 수놓고 감잎과 함께 떨어진 철 이른 사마귀는 누구랄 것 없이 보이는 대로 앞발을 곤두세우고 호령이 가관이었다.

자발없이 바쁜 봉자누나는 후줄근 장맛비가 단감나무를 흔들고 가면 떨어진 감잎을 쓸어 사립문가에 모아둔다고 바빴다.

사립문은 어디에서부터 생긴 말일까. 사립문은 사전에서 사립짝을 달아서 만든 문이라고 설명되어 있다. 사립짝은 나뭇가지를 엮어서 만든 문짝이다. 살팍은 사립문 밖이라는 뜻의 고향 사투리다.

사립문 근처에는 일 년 내내 꽃다지, 광대나물, 속새 등 이런저런 풀들이 시나브로 나타났다 사라지기를 반복한다. 특히 봄이 오면 강남 갔던 제비가 찾아들 듯 하얀 민들레가 여기저기 자리를 잡고 꽃을 피운다.

사립문 옆에 자리 잡은 민들레가 진짜 민들레다. 민들레의 어원이 원래 문 둘레에 핀다 해서 문둘레였다는 설이 있다.

하늘은 녹(祿)이 없는 사람을 내지 않고 땅은 이름 없는 풀을 키우지 않는다는 말은 깊은 함의를 가지고 있다. 수많은 풀들 중에 사립문 옆에서 자주 자란다고 민들레란 이름을 얻은 것은 어찌 보면 행운이다. 우리들의 유년시절에는 민들레가 피어 있는 사립문은 흔하게 볼 수 있는 풍경이었다.

느리게 하얀 구름이 흐르고 해는 중천(中天)을 가로지르는데 알자리를 보느라고 꼬꼬댁거리는 암탉이라도 마당 곁을 도는 집이면 사람기척이 없어도 사립문은 고즈넉하게 홀로 오가는 길손을 맞았다.

감나무 가지에 걸린 달빛으로 자라기

바쁜 농사철이 되어 집주인이 돌아올 기척이 없으면 설핏 기운 해 사이로 달이 떠오르고 짝을 찾는 산비둘기의 젖은 울음도 혼자서 들어주었다.

민들레는 가진 땅이 없지만 살고 싶은 곳에 살면서 마음껏 꽃을 피우듯 사립문도 오는 객을 경계하겠다거나 주인 양반 허락 없이 찾아드는 도둑을 막아보겠다는 의도 따위는 전혀 없는 수수밭의 허수아비 같다.

생긴 것도 엉성하지만 살팍(사립문 밖)을 지나는 사람들에게 집안 소식을 고해바치는 품새로 뻐딱하게 앉아 그저 지나가는 눈길조차 스스럼을 없앤다.

그래도 사람들은 사립문이 닫혀 있으면 집안사람이 훤히 보여도 그냥 들어가기 뭣한 듯 괜히 어흠 어흠 큰기침을 해가며 사립문의 존재감을 지켜주었다.

사립문은 밀면 미는 대로 들면 드는 대로 거부도 저항도 못 했지만 가난한 서민들의 삶이 그러했듯 자신의 처한 처지를 한탄도 원망도 하지 않고 비바람 찬 서리를 있는 대로 맞으면서 부스러기가 될 때까지 제자리를 지켰다.

굵은 새끼줄 사이사이에 고추라도 끼고 사립문 위 나무에 척 걸쳐지는 날에는 제법 큰소리를 치고 싶었을 것이다. 게다가 오두막 옆 외양간에 살던 누렁이가 큰아들 학자금에 팔려가면서 달고 다니던 워낭이라도 얻어 달면 사람이 드나들 때뿐만이 아니라 어둠이 몰고 오는 소슬바람에도 사립문은 딸랑딸랑하면서 마냥 신이 나 했다. 그래 봤자 사립문 옆에 묶인 하릅강아지는 눈만 휘둥그레지고 멋모르는 옆집 검둥이는 도둑 드는 소리인줄 알고 애가 타서 짖어댔지만 그래도 그게 어디냐. 밀면 밀리기만 하는 사립문이 산 강아지를 놀려먹었으니.

　하지만 이제는 고향에 사립문이 없다. 봉자누나네 사립문도 구실아재네 사립문도 흔적 없이 사라졌다. 있을 땐 눈에도 들어오지 않던 사립문이 하나둘 사라지고 나니 절절하게 그립다.
　언젠가부터 하얀 민들레가 사라지면서 이 집 저 집들도 철 대문으로 바뀌고 삼단 같은 머리를 쓰다듬으며 사립문 열고 고샅길을 알뜰히 쓸어대던 누나들 소식마저 어디에서도 들을 수 없다.
　시간이 참 많이 흘렀다. 지금은 그 사립문, 대문도 녹슬어 주저앉고 간혹 지나다니는 길고양이 발걸음만 조심스럽다.

흐르는 강물처럼

숲이 우거지면서 계곡의 뾰족하고 커다란 바위들도 순해졌다. 물길이 예전 같지는 않지만 갈대숲을 지나 바위를 쓰다듬으며 바다로 흐르는 물소리는 여전하다.

시멘트 옹벽을 따라 흐르는 강물 소리는 안으로 울음을 삼키고 자연의 길을 다시 만들고 있는지도 모를 일이다. 태풍 '링링'이 지나간 산과 들은 많은 물을 강으로 흘려보냈지만 넉넉한 강은 이를 다 품고 흐른다.

구름이 일렁이는 하늘은 서쪽의 붉은색 외 모든 것이 어둡다. 며칠째 분 큰바람과 쏟아지듯 내린 비로 쫄쫄 굶었을 회색 왜가리 한 마리가 검은 하늘을 날아올랐다가 방죽 위에 내려앉아 낚싯줄을 던져놓고 있는 우리를 멀거니 내려다본다.

커다란 왜가리 밥상 곁에 앉아 낚시하는 우리가 마뜩잖아 노려보고 있는지도 모를 일이다. 아니면 고기 없는 강에서 열심히 낚아보아라 하면서 빈정대고 있을 수도 있겠다.

폭풍우가 몰아치고 간 날 저녁 강가, 별 하나 없는 밤에 왜 윤동주 시인의 「별 헤는 밤」 시(詩)에 나오는 시인 프랑시스 잠이 생각날까. 시인은 위대한 것은 인간의 일들이라고 했다. 우유를 담고 밀 이삭을 따고 소를 풀과 숲에 풀어놓고 돌보며 사는 일상들.

프랑시스 잠(Francis Jammes)은 화려한 도시 파리에서 멀리 떨어진 프랑스 오트-피레네 지방에서 태어났지만 처음에는 베아른 지방의 오르테즈에서, 다음에는 바스크 지방의 아스파랑에서 살다가 그곳에서 생을 마감했다.

자기의 고향 시골을 무척 좋아하고 있었던 그는 당시 프랑스 문단 상징주의 말기의 퇴폐로부터 해방되어 신고전주의라는 독자적인 경지를 열었다. 그의 시는 그가 사랑했던 고향과 전원을 주제로 소박하게 노래했다.

시인 윤동주가 고향 함경도를 떠나 북간도에 이주해 살면서 아름다운 자연을 읊은 프랑시스 잠을 「별 헤는 밤」에서 끌어낸 것은 먼 이국생활에서 상처받은 영혼을 어루만지는 데 잠의 시에 나오는 목가적 풍광들이 도움이 되어서였을까.

태풍이 몰아치는 산속에서 막내랑 벌초를 끝내고 오후에는 비가 잦아들어 푸른 강물이 하얗게 포말을 이루어 바다로 쏟아져 들어가는 사천 강에 앉아 오랜만에 낚싯대를 드리웠다.

고기를 낚기보다 낚시를 던져놓고 흐르는 강을 바라보며 은퇴 후 나름의 삶을 만들어 가는 동생과 이런저런 이야기를 나누고 싶어서다.

형제이긴 하지만 그동안 사는 데 바빠 서로의 마음속에 제대로 들어가 본 적이 없었다. 막내가 어릴 때 집을 떠나 살다 보니 형과 동생의 역할에 대한 그의 속내가 궁금하기도 했다.

주춧돌과 중간 돌 그리고 맨 윗돌에 대한 막내 이야기는 다소 생경하면서도 공감이 가는 이야기였다.

형제란 무엇인가? 한 부모님에게서 태어나 처음에는 가족으로, 나중에는 식구(食口)로 살면서 서로 기대고 밀어주고, 남들 앞에서는 죽기 살기로 챙기다가 집에 들어와서는 원수처럼 싸우기도 하는 것이 형제다.

어느 정도 시간이 지나면 어른이 되고 독립된 가정을 이루면서 각자 자신의 받은 혜택과 대우를 되새기며 애증(愛憎)을 느끼는 경쟁관계가 되기도 한다.

당시는 많은 형제는 물론 삼촌과 사촌들까지 어울려 살던 그 가정(家庭)이 하나의 작은 사회 공동체였다. 나름의 질서와 위계(位階)가 있었고 양보와 배려심이 작동했다.

요즘은 형제가 거의 없는 시대가 되었다. 형이 동생을 가르치고 동생은 형을 본받아 가문의 전통을 만들어 감은 물론 사회 구성인으로서 균형 잡힌 인성을 갖추는 데 형제가 기여하는 것은 상당했다.

어릴 때는 형이 가르쳐야 하나 나이가 들어가면서부터는 동생이 하는 이야기를 듣는 것이 형 노릇을 제대로 하는 것이라는 것을 조금씩 알 것만 같다.

윗대로부터 물려받은 얼마 되지 않는 재산을 분배하면서 형제간 우애가 금 가는 것을 넘어 아예 원수가 되어 법정에 서는 일도 비일비재하다.

인간의 탐욕이 얼마나 무섭고 인성 파괴적인지. 가난이 행복이란 말은 어쩌면 맞는 말인지도 모르겠다.

무심(無心)으로 낚싯대를 던져놓고 어릴 적 가난의 이야기, 장작을 패고 꼴을 베며, 재피(초피)나무 뿌리를 풀어 송사리와 갈겨니를 잡고, 커다란 지렁이를 꿰어 장어 낚시를 하던 것들이 프랑시스 잠이 갈파했던 것처럼 그 시대 고향의 언저리에서 볼 수 있었던 사람들의 위대한 일 중 하나일 것이다.

동생의 시간과 나의 시간은 같이 흘렀겠지만 소통과 교류는 많지 않았다. 어른이 된 그를 본 것은 그가 군 입대한 후였고 동시대의 인생여정을 하고 있다고 생각되기 시작한 것은 그렇게 오랜 것 같지는 않다.

마음속에는 아직도 어린 막냇동생이고 거리를 두고 격을 지켜야 하는 한참 나이 많은 형이라는 생각이 강하다.

그러나 오늘은 특별하다. 흐르는 강물을 바라보며 가난을, 옛날을 이야기한다. 강물은 우렁우렁 흐르고 형제간 이야기는 도란도란 지나간다. 그러면서도 막내는 온 신경이 낚싯대 끝에 가있는 듯 제법 큰 메기 두 마리를 낚아 올린다.

이 생(生)에 와서 자신이 하고자 해서든 어쩔 수 없이 맡겨져 했든 어느 정도 할 일을 마무리를 한 후 고향에 와 지나간 삶을 회억(回憶)

감나무 가지에 걸린 달빛으로 자라기

해 보는 것은 의미 있는 일이다.

누구를 탓할 것은 아무것도 없다. 모든 것은 자신으로부터 시작된 것이니까. 되돌아보면 휘몰아치던 태풍이 지나간 뒤처럼, 한때 용광로처럼 끓어올랐던 삶에 대한 열정도 식고 주위의 사소한 것들이 새로운 느낌으로 다가오며 가슴을 따뜻하게 한다.

어둠이 점점 두꺼워지고 한참을 바라보던 왜가리도 어느덧 사라졌다. 흐르는 강물처럼 남은 인생도 동생이나 형제 등 여러 사람과 어울리며 강굽이를 돌아들 때마다 이런 소리도 만들고 저런 소리도 들으며 쉼 없이 흘러갔으면 싶다.

이제는 강물을 바라보며 자신의 커다란 바위에 부딪는 물소리에 말을 쏟아내기보다 강바닥에서 밀려 올라오는 자갈들, 모래들 이야기를 들어보아야 할 때다.

밤이 깊어지고 하늘이 맑아지며 별들이 창을 열어젖힌다. 별로 나눈 이야기도 없는데 살아온 삶의 대부분을 이야기한 것처럼 느껴진다. 고향의 강가에서 낚싯줄을 던져놓고 이야기를 나눌 수 있는 것만으로도 커다란 축복이자 행운이다.

메밀꽃 향기

밤이 점점 낮보다 길어지기 시작하는 추분이 지나자 맑은 가을 하늘에는 기다렸다는 듯 남쪽으로 향하는 기러기 떼 높이 난다. 기러기 울음소리는 계절을 바뀌게 하는 묘한 구슬픔이 있다.

새들이 남녘으로 날을 때, 더운 여름이 가신 도심의 공터에는 가을을 재촉하는 꽃들이 핀다. 화려한 봄꽃은 아니지만 서늘해지는 날씨에 맞추어 피는 가을꽃들은 나름 도심을 장식하기도 하지만 겨울을 준비하는 나비나 벌들에게 마지막 만찬을 제공하는 기특함이 있다.

둥근 가을달이 뜬 동산을 올라본 적이 있는가. 좁은 돌담 사이사이에 뿌려져 수없이 피어나는 메밀꽃 향기를 맡아본 적이 있는가. 셀 수도 없이 많은 별들이 쏟아져 내리는 강둑 따라 엷은 저녁 안개가 피어오르는 들길을 걸어본 적이 있는가.

가난한 농부가 가뭄과 목마름에 신음하며 뿌려둔 메밀이 농부의 땀 냄새를 풍기며 눅눅한 저녁 그림을 만들고 있는 그곳에서 알 수 없는 설움으로 울어본 적이 있는가. 가을이 지는 밤을 메밀꽃 핀 들녘에서 자신을 찾아보는 것은 축복이다.

가을이 느낌이 그러하듯 가을에 피는 꽃도 쓸쓸하고 애잔하다. 산길을 따라 피어 있는 구절초가 그렇고 취나물꽃이 그렇다. 굳이 심지

감나무 가지에 걸린 달빛으로 자라기

않아도 해마다 들녘에 피는 쑥부쟁이나 감국꽃도 애틋하고 안쓰럽다.

서리 맞은 국화나 가을바람에 흔들리는 코스모스 또한 파란 하늘 아래 호젓하고 고독한 풍경을 만들기는 마찬가지다. 자꾸만 짧아지는 해와 차가워지는 바람을 맞고 서있다 보니 보는 이의 감정이 이입되어 가을꽃은 쓸쓸해지는 것이리라.

달이 환하게 뜬 밤에 남녘 산골길을 걷다 보면 희다 못해 푸른색이 도는듯한 가을꽃무리를 만난다. 예전에는 쉬이 볼 수 없는 풍경이다. 취나물꽃이다. 산자락에 붙은 작은 따비밭에 무리 지어 핀 참취꽃은 은은히 부서지는 달빛을 머리에 이고 가을 향기를 뿜어낸다.

산들바람에도 작은 돌담을 따라 나지막이 흩어지는 참취꽃 향기는 쑥 향처럼 알싸하고 맵싸하다. 밤이슬이라도 촉촉이 내린 밤, 보는 이 없는 산 초입 작은 밭에 흰 비단을 늘어놓은 듯 핀 취나물꽃은 무섭도록 적막한 느낌을 준다.

가을꽃 하면 떠오르는 꽃은 메밀꽃이다. 굳이 이효석의 「메밀꽃 필 무렵」이라는 소설이 그려내는 풍경이 아니더라도 마치 소금을 뿌려놓은 듯 하얗고 신비롭게 피는 메밀꽃은 가을이 주는 느낌을 흠뻑 담고 있다.

외로움과 고독, 쓸쓸함과 청초함이 뒤섞인 메밀꽃 그림이다. 휘영청 높이 뜬 만월 아래 눈이 시리도록 하얗게 핀 메밀꽃이 만들어 내는 풍광은 계절의 진객(珍客)이다.

가뭄이 심해 벼나 콩 등 다른 작물을 심지 못하고 파종 시기를 놓치면 땅을 놀릴 수 없어 마지막에 뿌리는 것이 메밀이다. 어린 메밀은 아릿한 맛이 있지만 나물이 귀한 계절에는 어린 메밀대를 잘라 나물을 해 먹기도 했다.

메밀꽃이 피면 나비와 벌들이 셀 수도 없을 정도로 모여든다. 메밀꽃 향기는 시골 냄새를 풍풍 풍긴다. 메밀꽃이 뿌려놓은 소금처럼 핀 곳을 지날 때는 노릿하고 아리아리한 냄새가 메주를 띄우는 초가집 골방 같아 정겹기도 하다.

산골 따비밭에 시원한 그늘이 내리면 찬 이슬 속에서 까만 메밀은 다섯 꼭지를 이리저리 굴리며 익어간다.

잘 익은 메밀을 수확해서 한 아름 다발로 만들어 지고 오는 지게는 한껏 무겁다. 일이 바빠 타작마당에 팽개쳐 둔 메밀은 며칠 지나면 쉽게 떨어진다.

메밀은 크게 환영받는 곡식은 아니었다. 동네잔치가 있을 때 고급스러운 부조를 못 해 죄송한 마음으로 만드는 품앗이 묵이 메밀묵이었다.

맑은 밤하늘 별인 듯, 황톳길 터벅터벅 짚 신발 염장이가 지고 온 소금인 듯 어두운 밤도 몰아내던 메밀꽃은 배고픔이자 서러움의 꽃이었다.

메밀 타작도 온전히 곡식 타작마당이 아니었다. 일 년의 소출을 귀히 여기기는 벼만 한 것이 없었지만 보리든 콩이든 남자 어른들이 팔

뚝을 걷어붙이고 타작을 했다.

하지만 메밀 타작은 대부분 여자들 몫이었다. 그것도 타작 틈을 주는 것이 아니라 짬짬이 시간 날 때 허드렛일 하듯이 허락되었다.

홀태 질은 꿈도 못 꾸고 타작마당 한 귀퉁이에 집안에서 제일 낡은 멍석을 깔고 행여 이곳저곳으로 튈까 봐 작은 나뭇가지로 두들겨 타작하던 그림은 지금 생각해도 가난하고 스산하다.

타작 후 갈무리도 여느 곡식처럼 대우받은 것은 아니다. 허름한 자루에 담겨 고방 모퉁이나 사랑방 구석에 버려지듯 놓여 있었다.

요즘 사람들은 메밀로 만든 음식은 무엇이든지 건강식이라며 즐긴다. 묵이며 전병에 각종 국수까지 메밀을 재료로 한 식품이 마트마다 차고 넘친다.

우리나라에 메밀이 갑자기 생산량이 폭증했을 리는 없고 아마 대부분 수입산이 우리 식탁을 점령하고 있을 것이다. 세상이 변하면서 천대받던 것이 귀물로 둔갑하는 것도 다반사다.

들판이 바둑판처럼 정리되고 필요할 때면 언제든지 관로(管路)를 통해 풍부한 수량이 제공되는 시골 논밭에는 더 이상 메밀이 심겨지지 않는다.

겨울을 준비하느라 정신없이 바쁜 꿀벌이 메밀꽃 심겨진 작은 밭가를 잉잉대며 나는 소리도 이젠 들을 수 없다.

멀어져 버린 시간들, 그 아릿하고 비릿하며 쿰쿰하기조차 했던 메밀꽃 냄새, 찬 이슬 내리는 아침에 사각사각 소리 내어 베던 메밀이 그럽다. 어린 시절, 가난한 풍경이 주던 작은 행복들은 별 게 아니었다.

아침 이슬에 젖은 잠자리가 까닭 없이 날개를 접고 잠들었던 메밀밭에서 푸른 잎들 사이로 무리 지어 피던 메밀꽃이 그립다. 가을은 메밀로 인해서 쓸쓸하기도 하고 풍성하기도 했다.

비릿하기도 하고 노릿하기도 한 메밀꽃 냄새 속에서 고향을 느끼고 싶다. 힘들고 가난했던 시간을 기억하게 하는 메밀꽃 냄새도 이제는 어디서 만날 수 있는 향기가 아니다.

하지만 고향의 향기는 세월이 흘러도 전혀 변하지 않는다. 어쩌면 유전자가 되어 대를 이어 몸속에 남아 있는 것이 아닌지 모르겠다.

아버지를 찾아서

어린 시절 아버지의 부재(不在)는 슬픔이자 두려움이었다. 그것은 때론 무서울 정도의 과감함이나 무모할 정도의 도전을 만들어 주기도 했지만 그 끝은 대체로 회한과 쓸쓸함으로 마감되었다.

평소 아버지의 부재는 느끼지 못하거나 수면 아래 감추어져 있었지만 경제적 어려움이 걷잡을 수 없이 커지거나 어머니의 한숨이 깊어지면 세상에 대한 원망과 함께 거침없이 온몸을 휘감아 돌았다.

아버지가 길이고 성장의 나침판이 된다는 것을 안 것은 나이를 한참 더 먹은 뒤의 일이다. 부재한 아버지로 인해서 아버지가 어뗘해야 하는지 정녕 몰랐다.

길을 모르고 길을 가는 것만큼 답답하고 어리석은 일이 있을까. 노릇을 모르면서 노릇을 해야 하는 일만큼 한심한 것이 또 있을까.

길도 노릇도 전혀 알지 못하면서 반세기 가까운 시간을 엎치락뒤치락 반풍수 구실을 하고 살아왔다면 믿는 사람이 있을까.

아니 길과 노릇을 전혀 보지도 알지도 못했다고 한다면 그것은 정녕 허풍이거나 자신이 청맹과니에 다름 아니라는 고백일 수도 있겠다.

아버지의 역할은 부존(賦存)하는 것이나 당신이 부존재 했으니 생존과 성장의 길을 헤매고 있을 때 그 답답함과 한심함은 어디에 비할 수 있었으랴.

아버지, 엄한 모습도 자상한 마음도 가지고 계셨겠지만 참으로 안 타깝게도 기억 속에 남아 있는 아버지는 아무것도 없다.

나이를 먹는다는 것은 그만큼 행복의 감정을 잃어가는 것이다. 우리의 삶은 잃음의 연속이다. 떠남과 상실을 구분하지 못하는 나이에 아버지를 잃은 것은 참으로 참담한 일이다.

어느 날 아버지는 사라지셨다. 죽음을 이해하기에는 너무 어렸고 상실이 아픔인 것을 느끼기엔 고통에 대한 개념이 확립되지 않았다. 망각이 성장을 돕는 것인지 성장을 함으로써 망각의 늪에 빠지는 것인지 알 수는 없다.

온 산에 하얗게 눈이 내려 쌓인 겨울 어느 날, 애착이 무엇인지 알기도 전에 아버지는 혼자 쓸쓸하고 차가운 소멸의 땅으로 사라지셨다.

삶이 상실의 연속이며 소멸과 망각의 무덤으로 이루어진 것이라 한다면 이때 이미 어느 정도의 삶은 완성되었다.

생에서 가장 가까운 혈연의 사라짐이 인지능력조차 갖지 못한 철부지 때 발생한 처연하고 우울한 일이라 해도 그것은 마찬가지다.

이 세상의 모든 어머니는 바쁜 천사를 대신해서 오고 아버지는 천사와 같은 어머니를 보호하기 위해서 온다는 말이 있다.

운명이든 선택이든 보호받지 못한 천사는 소명을 다하지 못하거나 고난과 질곡의 시간을 보내다 이 땅을 하직하게 된다.

아버지의 부재에 따른 어머니의 통한은 시간이 흐를수록 커지고 아팠을 것이다. 어느 날인가 아버지가 누워계시는 소멸의 땅에 눈길을 주시며 심상한 어조로 버리듯 내뱉던 어머니의 말씀을 생생하게 기억한다.

"세상 걱정이란 걱정은 다 지고 사시더니 아무것도 모른 채 그 골짜기에 혼자 누웠으니 좋소. 그리도 일찍 가실 양반이 일은 왜 이리도 많이 저질러 놓고 갔는지. 이리 이야기한다고 해도 알아듣지도 못할 것을"

그 시대의 보통 아버지들이 그러했듯 그나마 남아 있는 흐릿한 기억 속 아버지 당신께서는 언제나 바쁘셨다.

농사철이면 이곳저곳 흩어져 있는 논에 물꼬를 보러 다니셨고 산에서 나무를 해오시고 아침마다 소여물을 준비하셨다. 틈틈이 소잔등을 쓰다듬거나 억센 갈퀴 같은 것으로 털을 골라주시곤 흡족한 웃음을 보이셨다.

혹 마당에 펴둔 멍석 위에서 곡식을 쪼는 닭을 보면 벼락같이 지게 작대기를 휘둘러 쫓으시곤 몹시 큰소리를 지르시곤 했다.

이런 기억이 실제 아버지 당신의 기억인지 아니면 마을 어른들의 일상 기억이 마치 아버지의 기억으로 전환 왜곡되어 저장된 것인지 자신이 없기도 하다.

철부지 시절, 기억된 아버지는 잠시도 쉴 틈이 없으셨지만 엄하면서도 자상하기도 했던 양반이었다.

아프게도 고통의 기억은 오래가는 법이다. 존재와 부존재의 의미도 깨닫기 전 세상 떠난 아버지는 딱 스무 살까지 마음속 한곳 어디쯤에 똬리를 틀고 살아계셨다.

말씀은 아니하셨지만 지극한 걱정의 눈빛으로 수시로 꿈에 찾아오셨다. 꿈에 아버지가 찾아오셨던 다음 날은 세상에 대한 조심으로 조금은 위축되기도 했다.

아침에 집을 나설 때면 마치 습관처럼 아버지가 계셨던 사랑방(한 집안의 가장으로 위엄을 갖추고 계실 때 기거한 방)과 안방(병환이 깊어 세상하직을 준비하던 때 잠시 계셨던 방)을 한 번 더 기웃거리곤 했다.

군문에 들어가기 위해 서울로 간 뒤 아버지는 영 찾아오지 않으셨다. 서울이 어디라고 아버지가 찾아오시랴 하면서 한편으론 쾌재를 불렀고 또 한편으로 조금 서운하기도 했다.

하지만 방학 때가 되어 고향집으로 가면 어김없이 한두 번은 꼭 꿈에 보이셨다. 방학이 끝나고 서울로 올라가면 신기하게도 더 이상 나타나지 않으셨다.

어른이 되고 가정을 이룬 후에는 꿈에서 다신 아버지를 보지 못했다.

꿈속 아버지는 모든 언행을 조심하라는 경고였을 것이라는 생각을 자주 했다. 세상을 떠난 후 20여 년이 흐른 뒤 그렇게 아버지와의 완전한 결별이 이루어졌다.

아버지가 살아계셨다면 얼마나 좋았을까 하는 순간들이 여러 번 있

감나무 가지에 걸린 달빛으로 자라기

었다. 이후 까마득히 잊힌 아버지는 산소에 갔을 때나 허망한 기억 속 아버지로만 살아났다.

세상 떠나시던 때 아버지 연세를 훌쩍 넘긴 어느 날부터인가 자꾸 만 아버지를 알고 싶다는 생각이 들었다. 형들이 기억하는 아버지는 어떠했는지 모른다. 물어볼 수도 묻고 싶지도 않았던 아버지다.

당시 어렸던 동생들은 어떤 기억을 하고 있는지 모르겠다. 기억은 다 다를 것이다. 어떤 아버지로 기억하던 그것은 별 의미 없는 것이다.

작은형은 같이 일하러 가자고 했던 것과 바로 위의 형은 가정형편 이 어려우니 공민학교를 가라고 하셨다는 이야기를 오래전 아버지 기 일에 형들은 푸념처럼 한 적이 있다.

아버지가 살아계셨다면 여쭙고 싶은 것이 많았다. 오래도록 걸어오 면서 여쭈어 보지 못하고 걸어온 길은 답답하고 위태했다.

게다가 바깥 울타리가 없는 집은 썰렁하고 위험함 그 자체다. 아버 지는 세상 어떤 것과도 비교할 수 없는 든든하고 튼튼한 울타리다.

형들도 울타리일 수는 있다. 하지만 단단함이나 촘촘함이 분명 다 른 울타리다. 아버지가 만들어 준 은혜나 울타리는 갚거나 기억하지 않아도 서운해하지 않을 은혜요 울타리다.

부모와 자식 간의 거래는 거의 일방적이다. 아무리 많이 받는다고 해도 갚아야 할 빚이 아니다.

형제들 간 은혜는 많이 다르다. 갚거나 갚지 않거나 오랜 기억으로 남아 있고 서운함과 미안함이 내재되어 가끔은 불편함으로 나타나기도 한다. 각자의 가정을 이룬 후에는 더욱 그렇다.

　오늘은 아버지를 찾아서 갈 수 없는 길을 떠난다. 너무 오래전 일이
라 기억할 수 있는 것은 없지만 상상할 수 있는 것은 무수하다.
　부디 그 기억들이 사실과 진실에 부합되기를 마음 저리도록 기도하
지만 전혀 그렇지 않을 것이다. 그것이 두렵다.
　그렇다고 아버지를 찾지 않고서는 풀 수 없는 문제를 더 이상 버려
둔 채 길을 가는 것은 어려운 것을 넘어 무의미하기조차 하다. 아버지
가 찾아지지 않을 것을 안다.
　그렇다. 아버지는 부재다. 찾을 수 없는 아버지를 찾는 것은 헛되고
헛된 일이다. 기억 속 아버지를 살려내고 상상 속 아버지를 형상화하
여 풀지 못했던 의문을 여쭙고 답을 찾는 것은 생이 남아 있는 한 영
원히 마음 한구석 자리한 숙제다.
　철부지 때의 아버지가 오늘도 그냥 아버지다. 그래도 아버지를 찾아
떠나고 또 떠난다.

어머니의 잠

집에는 고만고만한 방이 다섯 개 있었다. 혼자 독방을 가지는 것이 꿈이었던 어린 시절, 방을 가지는 갈망은 컸다. 지금 생각하면 슬며시 웃음이 나오는 비밀 같지도 않은 비밀이었지만 나름 감추어야 할 비밀이 만들어졌다고 생각하는 어느 날부터 혼자만의 방이 너무도 갖고 싶었다.

세상이 보이기 시작하면서 아래채 큰 사랑방은 아버지의 방이었고 작은 사랑방은 큰형과 둘째 형 방이었다. 안채 큰방은 할머니의 방이었고 할머니가 세상을 떠나신 후 어머니 방이 되었다. 안채 작은방은 누나 방이었고 가운데 방은 나와 바로 위 형의 방이었다.

그렇게 지정된 방에서 나이가 들어가며 방을 옮겨 다니는 시간들이 계속되었고 기억할 수도 없는 어느 날 아래채 큰 사랑방이 내 방이 되었다.

어머니로부터의 독립, 혼자서 쓸 수 있는 방이 주어지면서 진정한 남자가 되었다. 하지만 태어나고 자란 집을 영원히 떠나는 순간은 의외로 빨리 왔다. 다른 형제들은 어떠했는지 모르지만 큰형은 결혼 후에도 집에 오면 항상 안방에서 자면서 새벽이 되면 잠을 일찍 깬 어머니와 두런두런 세상 살아가는 이야기를 나누었다.

먼 친척의 집안 대소사 이야기부터 시집간 누나의 살림살이까지 두서없이 생각나는 대로 화제에 올렸다. 하지만 나는 어머니와 그런 잠결의 이야기나 꿈의 대화를 나눌 기회도 없었고 공동의 관심사로 다룰만한 소재도 없었다.

너무도 젊은 나이에 일찍 집을 떠나 아는 것이 없었고 어머니가 이야기하고 싶은 것에 대한 관심도 부족했다.

나이 마흔이 훨씬 넘은 어느 날부터인가 나도 고향집에 가면 안방 어머니 곁에서 잠을 자기 시작했다. 할머니가 된 어머니는 초저녁 일찍 잠자리에 드셨고 방문 창호지에 어스름이 물러가기도 전에 잠자리에 누운 채 이런저런 이야기를 하는 것을 여전히 좋아하셨다.

먼 고향 길 오느라 피곤하기도 하고 잠이 부족하기도 했던 나는 잠결인지 꿈결인지도 모르고 잘 알지도 못하는 친인척이나 어머니 지인들 이야기에 건성으로 예 예 답하면서 새벽 늦잠에 빠져 있기도 했다.

지금 와 생각하니 일찍 남편을 떠나보내고 오랜 세월 얼마나 외롭고 적적하셨으면 나이 든 아들이 잘 알아듣지도 못할 세상 사는 이야기를 그리도 하고 싶어 하셨을까 하는 생각에 제대로 이야기 들어드리지 못한 그때가 참으로 후회된다. 이 세상 모든 어머니들이 아들을 평생의 연인으로 생각하고 살아간다는 말이 이제야 마음에 와닿는다.

오래된 감나무 가지를 움켜진 새벽 하얀 달이 철 지난 누런 창호지에서 느리게 그림을 그리다 사라지고 늦게 일어난 뒷집 수탉이 바쁘

감나무 가지에 걸린 달빛으로 자라기

게 울어대면 어머니는 미처 못다 한 금문리 왕고모집 외사촌 시누 이야기를 머릿수건에 묶으시곤 부엌으로 들어가셨다.

이야기를 들어도 그곳이 어딘지도 모르는, 멀리서 온 아들에게 따뜻하게 재진('재빨리 밥을 짓다 또는 익히다'라는 의미의 사투리) 쌀밥 한 그릇을 먹이는 것이 혼자만의 적적함을 한풀이하듯 이야기하는 재미보다 훨씬 낫다는 것을 알고 계셨다.

그래도 속으로는 '오랜만에 왔으면 장단 맞추어 가며 제대로 들어주는 척이라도 좀 하지' 하셨을지도 모를 일이었다는 생각을 이제야 한다.

어머니의 매일 밤잠은 방문 틈으로 밀려드는 바람으로 달빛으로 깊지도 순하지도 못했을 것이다. 초저녁이든 새벽이든 어머니 정신은 깨어 있었고 보는 듯 아니 보는 듯 눈길이 닿아 있음을 알 수 있었다. 어쩌면 자는 시간에도 마음의 눈은 뜨고 계셨을 것이다.

어느덧 잠이 없어지는 인생 고개를 넘어가고 있다. 대부분 도시 생활이 그렇듯 잠이 없다고 새벽같이 일어나 두런두런 누구와 이야기할 수가 없다. 이른 아침 눈이 떠져도 가만히 침대에 누워 있다 창문에 해가 들면 일어난다.

층간 소음도 신경 쓰이고 적막한 새벽을 일없이 깨우는 것이 마뜩잖은 탓이기도 하다. 그래도 이런저런 상념이 마음을 괴롭히면 어쩔 수 없이 일어나 책상 앞에 앉아 글을 쓴다. 해야 할 일이 많았던 젊은 날에 항상 모자라던 잠이건만 나이 먹어 할 일이 없으니 잠마저 사라졌다.

나이 드신 어머니의 잠이 된 것이다. 잠은 어떻게 자야 가장 좋은 잠일까? 누군가에게 묻고 싶은 말이지만 물음이 그렇게 적확(的確)하지는 않아 보인다. 좋은 잠에 대한 물음은 의사나 생리학자에게 물어보아야겠지만 지금 묻는 잠은 삶과의 관계에 대한 고민을 말한다.

다시 어머니의 잠 속으로 들어간다. 아들이 타고 올 것 같은 막차는 좀처럼 오지 않는다. 오늘따라 웬일인지 오후 늦게부터 눈이 내리더니 장독대에는 눈이 소복소복 쌓였다. 오월 담장 곁에 진한 향기를 내뿜으며 핀 수수꽃다리마냥 쌓인 눈은 구름 속 저녁 해 이울자 그믐밤 아래서도 하얗게 빛난다.

지금쯤 저승고개(고향 길을 걷다 보면 구룡 저수지 제방 지나자마자 돌아드는 곳에 있는 나지막한 고개)를 넘었을라나. 대밭에는 투두둑 쌓인 눈 내려앉고 멧비둘기 날갯짓 소리도 낮게 들린다.

산다는 것이 이리도 기다림인 것을 진작 알았지만 싸륵싸륵 눈꽃 쌓이는 날 그리움은 유난하다. 그래 왔다가 가면서 또 그렇게 보고픔 하나 툭 던져놓고 갈 텐데 눈 내리는 소리로 귀를 씻으며 흘러간 세월을 붙잡고 자식을 기다리는 마음을 알 길이 없다.

오늘 저녁에는 무슨 말을 하며 내일 새벽에는 무슨 이야기를 나눌까. 문풍지 사이로 우는 바람이 들이치면 솜이불 덮어주며 가슴속 응어리를 풀어놓아도 될까.

감나무 가지에 걸린 달빛으로 자라기

나이 드니 세상 쉬웠던 일이 너무도 어려워진다. 이제 잠이 어렵다. 제대로 잠자기가 힘이 든다. 새벽만 되면 잠이란 놈이 지 맘대로 방에서 달아나 이곳저곳을 떠돈다. 불러도 돌아오지 않고 힘들고 고생스러웠던 곳으로 끌고 다닌다. 환하게 불을 밝히고 침대 아래 아무렇게나 던져둔 책을 집어 든다.

　불을 끄고 누우면 눈은 거울처럼 맑아지며 잊혀진 곳들이 보이는데 불을 켜고 눈을 뜨면 책 속에는 흐릿한 개미가 기어 다닌다. 잘 살았거나 헛살았거나 지금 와 무엇이 중요한가.

　하지만 지나간 아픔들이 불쑥 찾아와 제대로 못 살았다며 염장을 지른다. 겨울밤이 깊듯이 지난 삶에 대한 회한(悔恨)도 깊어진다. 새삼스레 어느 눈 내린 밤 어머니의 잠이 왜 그리 뒤척이는 잠이었는지 생각하게 된다.

　기다림과 보고픔으로 잠 못 이루던 밤이 가고 나면 곧이어 영원한 이별과 망각이 찾아오는 것이 자연의 섭리다.

　오늘 밤은 굳이 머리 위를 빙빙 돌면서 곁으로 찾아들지 않는 새벽 잠을 붙들려 하지 않으련다. 아침밥을 지으려 미처 다하지 못한 이야기를 낡은 무명수건에 묶고서는 툭툭 털고 일어나시던 어머니처럼 진한 커피 한 잔을 타서 책상 앞에 앉는다.

　그때 어머니의 잠들지 않는 잠이 어떠했는지 알아야 할 나이가 되었으니까.

목련꽃 진 자리에서

이른 봄 모든 나무들이 뿌리로부터 물을 뿜어 올리고 추운 겨울을 떨쳐내기 바쁠 때 홀로 고고(孤高)히 꽃을 피우는 목련은 벼슬길에 오르지 않은 선비다.

늦은 밤 떠오르는 달빛을 벗 삼아 창문에 어른대는 목련꽃등은 말 그대로 꽃등[2]으로 찾아오는 와사등이다. 목련꽃을 따라 울 밑 그늘 자리까지 봄이 찾아온다는 말이 백목련에 대한 괜한 헌사(獻詞)가 아니다.

무리 지어 핀 백목련꽃 아래를 지날 때 달빛도 별빛도 숨어드는 것은 엄혹한 겨울을 이겨내고 피워준 꽃에 대한 찬사의 마음이 곁들어 있음이 틀림없다.

목련꽃은 고귀함이다. 고귀함은 하늘 높이 있어야 하는 것이 아닌가. 파란 하늘에 점점이 등불을 준비하고 있다가 어느 날 하나씩 둘씩 꽃잎을 열고 바람에 몸을 맡긴다. 잎이 필 자취 하나 없는데 오는 봄을 맞는 자태는 고고하고 숙연하다.

꽃잎을 키우고 보호할 잎조차도 홀홀히 떨쳐내고 아직 차가운 바람 속에 거침없이 자신을 드러내는 것이 고귀함이 아니면 무엇일까. 헐

---

2 '곳등'을 어원으로 하고 있는 '꽃등'은 사전적 의미로 맨 처음이라는 의미로 쓰인다. 여기서 꽃등은 꽃으로 만든 등이라는 뜻으로 썼다.

벗은 나목은 꽃을 보내고도 상당한 시간을 그대로 버틴다. 지는 꽃을 추억하는지 스러진 꽃잎을 아쉬워하는지 알 수는 없다.

목련은 하늘에 있는 봄을 느낄 수 있는 꽃이다. 목련 꽃봉오리를 신이(辛夷)라고 한다. 매운맛을 지니고 있는 꽃이라는 의미와 띠 풀의 어린 싹이라는 의미를 동시에 가지고 있다.

털붓 같은 모양의 목련은 두툼한 떨켜로 겨우내 한풍(寒風)을 꿋꿋이 참아내고 햇살이 온기를 품기 시작하면 여지없이 봉우리를 터트려 꽃을 피워낸다.

선인(先人)들이 차가운 바람에 의해 상한 몸을 추스르는 데 신이를 다려서 사용한 것은 삶이 준 지혜임이 분명하다.

사는 동네 야트막한 언덕에 화려한 벚꽃이 만개했다. 가끔은 딱따구리가 찾아와 고사목을 쪼며 깊은 산중 소리를 선사하기도 한다. 휘휘 늘어진 벚꽃 가지에는 작은 새들이 모여 꽃잎을 쪼아 먹는다. 봄이 주는 풍요함을 누리는 것들은 비단 사람의 마음만이 아니다.

벚꽃이 휘날려 꽃비로 변하기 시작하면 곧 여름이 올 것 같은 느낌이 든다. 오래된 벚나무 옆에는 사람들의 관심을 별로 받지 못하게 생긴 자목련과 백목련 나무가 어울려 산다. 고귀함과 화려함이 함께 있을 때 어떤 것이 사람의 마음을 더 흔드는지를 가늠해 볼 수 있기까지 하다는 것을 무리를 지어 핀 꽃에서 찾는다면 지나친 비유일까.

벚꽃은 만개하여 한껏 봄을 노래하고 수명을 다한 목련꽃은 아직 푸름을 찾지 못한 잔디 위에 떨어져 생을 마감하고 있다. 고귀함이든 범상함이든 그 종말은 애잔하고 쓸쓸하다.

옛 선비들이 동백을 정원에 심지 않았음이 목이 떨어지듯 뚝뚝 떨어지는 꽃모습이 권력을 잃고 쫓겨나는 자신의 모습 같아 그랬다는 이야기도 있고, 목련을 뜨락에 심지 않았던 이유는 청신하고 단아함을 구하다가도 그 마지막이 너무 지저분하고 초라해 보였다는 말이 전해지는 것도 일견 이해되기도 한다.

생의 마지막 순간까지 고아한 향기로 남기가 어려운 것은 인간이나 꽃이나 매한가지다. 산책길을 따라가는 강아지들도 목련꽃이 떨어진 자리에서 오랫동안 맴돌며 코를 킁킁댄다.

땅으로 돌아가며 마지막으로 내뿜는 향이 어떤지 알 길은 없다.

시들고 죽어가는 것이 어찌 꽃만일까. 봄이 죽어간다. 봄이 죽음은 한 해가 그렇게 또 속절없이 떠나감을 의미한다. 목련꽃이 시들어 지기 시작하면 거침없이 여름이 올 것이고 금방 겨울로 접어들 것이다.

무더운 여름을 푸른 잎들에게 온전히 내어주기 위해 재빨리 피고 사라지는 것을 보면 목련꽃은 언제 어느 자리에 있어야 하는지를 아는듯하다. 자연의 질서에 맞추어 있을 곳과 해야 할 일을 아는 것은 사람도 깨닫고 배워야 할 일이다.

꽃 한 송이가 피고 지는 것도 어쩜 그렇게 배려와 질서 속에서 서로를 존중할까.

어느 악사(樂士)는 노래했다.

　　　　　　감나무 가지에 걸린 달빛으로 자라기

"아픈 가슴 빈자리에 하얀 목련이 핀다"고.

그렇다. 봄을 기다리며 추운 겨울을 아프게 견뎌낸, 홀로 고독했던 사람에게 등불처럼 다가왔던 목련이 지는 것은 커다란 상심 그 자체다.

위로는 순식간에 사라지고 또다시 꽃이 진 자리를 시간의 그물이 엮고 풀기를 여러 번 되풀이해야 다시 꽃을 볼 것이다.

목련꽃이 떨어져 흙으로 돌아가는 모습은 처연하다. 하얀 꽃잎은 누렇게 변색되고 달콤하고 짙은 향기를 내뿜으며 이름 모를 작은 벌레들을 모은다. 지는 꽃잎만으로도 애달픈데 탈색과 변색을 거치며 온갖 작은 벌레들에게 뜯기는 고귀함이라니.

어릴 적 살던 고향의 어느 집 담장 근처에도 목련이 피는 것을 본 적은 없었다. 넓고 시원한 커다란 잎은 다른 나무들과 어울려 살기에는 너무 욕심이 많아 보인다.

작은 뜨락을 가진 시골 초가집이나 비록 넓은 마당을 가진 기와집이라 하더라도 넉넉한 터를 별 쓰임새 없는 목련에게 내줄 집은 많지 않았을 것이다.

어느 구석에는 감나무를 심고 어느 틈새는 앵두나무에게 양보하였으며 우물가 장독대 옆에는 포도덩굴을 올려야 했다.

우람한 몸집을 키우며 오직 하늘 높이 올라 등불 같은 꽃을 피운 뒤 넓은 잎으로 그늘이나 만드는 나무를 누가 즐겨 집 안에 심으려 했을까.

삶이 여유롭고 단아한 꽃을 즐기는 사람들이 늘어나면서 목련도 뜨락의 한 곁을 차지할 수 있게 되었다. 어느 날 서울 사는 고향친구가 보내온 목련꽃 사진 한 장을 보며 가슴이 벅찼다. 처음에는 벽화가 아닌가 하는 생각을 했었다.

무리 지어 핀 목련꽃이 아니라 가지 끝을 따라 마치 등잔불처럼 핀 백목련은 애잔하고 쓸쓸했다. 아파트 벽체를 따라 핀 목련꽃은 도심의 삶에 어울리지 않는 나 자신 같아 울컥했다.

그린 듯 박힌 듯 핀 아파트 벽 목련이라니. 잎 하나 피지 않은 이른 봄에 훌훌히 꽃잎을 떨구며 목련이 빗물 속에서 지고 있다.

봄은 이렇게 가고 또 다른 봄이 올 것이다. 이른 봄추위 속에서 피어나 봄을 툭 떨구고 간 목련꽃이 주는 가르침이 적지 않다.

감나무 가지에 걸린 달빛으로 자라기

선창에서 만난 생각들

시내를 들어서기 전 사천읍내와 삼천포 선창으로 이어지는 도로는 새롭게 공사를 하는지 어지러웠다. 왼편으로 우뚝 선 상사바위는 짙은 어둠 속에 깃들어 하늘과 합쳐져 있다.

몇 개의 가로등이 비추는 길 양옆에는 만개한 벚꽃만이 심심하다. 떠나야 할 때를 아는 꽃잎들이 춤을 추며 흩날린다. 빛 사이로 떨어지는 꽃잎은 나비처럼 파닥인다.

자연에서 삶과 죽음의 경계는 무의미하다. 빛이 어둠을 밀어내는 것이 아니라 어둠이 빛을 감싸는 것이 진실에 더 가깝다. 어둠이 죽음이라면 죽음이 삶을 감싸고 있는 것이 아닌가. 보고 느끼는 모든 것의 장막 뒤에는 영원한 어둠과 죽음의 세계가 태초의 모습으로 존재하지 아니한가.

남녘 바다는 쓸쓸하다. 새벽하늘에는 달이 떠있다. 보름이 되기 며칠 전인지 모르겠지만 만월에 가까운 달은 뿌연 흰색이다. 허공에 흩어질 듯 찰기가 없는 달은 구름 한 점 없음에도 창백하기만 하다.

남해 섬은 바다 위에 떠있는지 황사 가득한 하늘에 매달려 있는지 알 수가 없다. 붉은 색깔의 다리가 구불구불 이어진 끝에는 흐릿한 바다와 함께 먹물을 흩뿌린 듯 몇 개의 섬이 점점이 자리를 잡고 있다.

매달린 섬 사이로 갈매기 난다. 멀어졌다 가까워지면서 나는 새는 먹이를 구하는 것인지 자신의 구역을 경계하는 것인지 비행 궤적이 일정하다.

동녘이 붉게 물들기 시작했지만 공원 오르는 길은 괴괴하고 적막했다. 갯내음과 꽃내음이 적당히 섞인 공원 안은 바닷가 마을로 시집간 큰누나 냄새가 떠돌아다니고 있는듯했다.

바람이 불지 않는 공원 안은 이런저런 봄꽃들이 밤새 화장을 지우지 않아 은은한 향기가 감미롭기조차 했다. 바다 쪽으로 천천히 걷다 보니 평생을 가난 속에서 오로지 시를 쓰며 살았던 가난한 시인의 기념관이 보였고 어둠을 밝히는 전등이 떨어지는 꽃잎을 안내하고 있었다.

어스름을 밀어내는 여명을 보고자 동쪽 바닷가로 걸음을 옮겼다. 해가 뜨려면 많이 기다려야 할 것 같았다. 가난 속에서 막걸리 한 사발을 놓고 울음 울듯 한으로 노래하던 시인의 기념관이 울음이 타는 가을 강이 아니라 어둠이 타는 바닷가 언덕에 자리 잡은 것은 어떤 의미일까.

평생 동안 삼천포를 사랑하며 떠나지 않았던 시인을 소환하고 추억하는 것조차 누가 될지 몰라 그냥 스쳐 지나간다.

글을 쓰는 문학이란 어차피 가난한 것, 죽음 뒤에 남는 것은 산 자들이 위로받기 위한 것이려니 생전 그가 남긴 것은 자신의 쓸쓸한 마음이 아니었을까. 빛이 움직이기 시작하는 하늘을 보자 갑자기 옛 생각이 떠올랐다. 아쉽고 그리운 생각은 홀로 있을 때 쉽게 다가오는 모

감나무 가지에 걸린 달빛으로 자라기

양이다. 빛도 어둠도 아닌 이 시간에, 달과 해가 그 할 일을 바꾸는 이
때 낯선 곳에서 혼자 삶을 바라보는 것은 지쳐 있는 영혼을 추스르기
에 맞춤하다.

발전소 굴뚝 위로 거대한 구름 덩어리가 하늘까지 닿아 있다. 붉은
빛은 연기덩어리를 비켜 지난다. 오늘은 저 거대한 오염도 하나의 풍
경으로 이해하련다. 삶이란 어차피 불꽃처럼 태우고 사라지는 것이 아
닌가.

멀리 사량도 쪽으로 작은 배가 컴컴한 바다를 가르며 가는 것이 보
인다. 하루치의 삶을 건지러 어두운 새벽을 가르고 있나 보다.

군문을 떠나 고향 근처에서 직장 생활을 하던 어느 날이었던가. 노
산공원의 벚꽃이 푸른 바닷물 위로 흩날리던 날, 어머니를 모시고 목
섬이 바라보이는 갯바위로 왔었다. 바위 위에서 전을 펼치고 해산물
을 파는 장사꾼을 본 어머니는

"저기서 뭘 좀 사 묵고 가자"고 하셨다.

내심 '저런 데서 사 먹으면 비쌀 텐데' 하는 생각이 없지 않았지만
모처럼 바닷가 갯바위 나들이를 왔으니 그쯤이야 하는 생각으로 멍게
와 해삼을 섞어 한 접시를 시켰다. 손이 거친 장사하는 아낙은 플라스
틱 통에 미리 삶아온 고둥을 보태서 소주 한 병과 함께 그릇 가득 내
놓았다.

여러 해를 살았지만 어머니와 바다를 바라보며 단둘이 소주잔을
나눈 것은 처음이었다. 말없이 바다를 바라보며 소주를 드시던 그 장

면이 오늘 이 쓸쓸한 아침에 불현듯 떠오를까.

모르겠다. 꽃잎이 떨어지는 것도 잘 보이지 않는 이 시각에 공원을 배회하고 바다 곁으로 다가가는 이 심란한 마음을. 어둑한 하늘에 몇 마리 갈매기 난다. 달은 점점 빛을 잃고 멀어진다. 공원 계단을 내려서니 이제 막 선창이 깨어나기 시작한다.

억센 남도 사투리가 금방 삶의 한가운데로 끌어들인다. 싱싱한 바다는 한껏 불을 밝힌 용궁시장에서 살아 움직인다. 물방울을 튀기며 숭어가 대야 속을 휘젓는다.

어항에서 도망친 새끼 상어 한 마리가 물기 젖은 시멘트 바닥에서 배밀이를 하고 있다.

어둠은 어디에도 없다. 손님을 부르고 가격을 흥정하는 곳에서 치열한 삶의 의미가 만들어진다.

개시해 달라는 억센 아지매 눈길을 뿌리치고 살아 있는 횟감을 파는 곳을 나와 허름한 가게들이 늘어선 길을 걷는다.

철망으로 만들어진 채반에 이름 모를 생선들이 새벽바람에 몸을 말린다. 검정고양이 한 마리가 눈치를 살피며 잽싼 걸음으로 생선 토막을 물고 골목길로 사라진다. 이를 본 아주머니는 혀를 찬다.

모든 것이 살아 있다. 바다를 접한 커다란 시멘트 건물 속으로 들어섰다. 경매장이다. 그곳에는 모자를 쓴 검은 얼굴의 장사꾼들이 모여 울산 방어진에서 왔다는 가자미 경매에 전쟁을 치르고 있다. 백 마리도 넘을 듯 나무 상자 가득 싱싱한 가자미가 4만 원에 팔린다.

감나무 가지에 걸린 달빛으로 자라기

경매장을 나오니 5천 원을 보태 도매를 하고 있다. 조금 전 소매하는 곳에서는 여덟 마리를 얹어놓고 만 원이라 했다. 대충 계산을 해봐도 경매에서 소매로 넘어가며 쏠쏠한 이문을 남기는 듯하다. 공원에서 느꼈던 고즈넉함과 쓸쓸함이 순식간에 사라지며 삶의 치열함이 그대로 다가왔다.

근처 작은 섬을 이어주는 여객선이 떠나는 선착장에 서서 바다를 본다. 가까이 선 등대는 빛줄기도 없이 그냥 서있다. 여명이 밝아온다. 어물전으로 내려앉듯 갈매기가 낮게 난다.

바람 한 점 없는 바다를 보며 외로움과 쓸쓸함, 삶의 치열함을 다시 생각한다. 멀리 육지와 섬을 잇는 거대한 철교가 다가온다. 선창을 내려다보는 언덕의 집들도 하나둘 불을 밝힌다.

어둠이 밀려간 노산공원에는 연분홍 꽃동산이 펼쳐져 있다. 눅눅하게 마른 가자미 몇 마리를 사서 들고 다시 왔던 길로 되돌아간다. 순간순간 마음을 헤집던 어머니, 큰누나, 갈매기, 가난했던 시인에게 인사를 한다.

안녕 펄떡펄떡 뛰는 날비린내 나는 삶이 살아 있는 선창가의 모든 것들!

Ⅱ

어울려 산다는 것

길거리 도넛 장수

올여름의 끝은 유난히 처참했다. 마스크로 얼굴을 가리고 말없이 길을 걷는 사람들 모습도 처참했고 지겹도록 흩뿌려 댄 지루한 장맛비도 처참했다. 게다가 가을을 데려다 놓은 태풍마저 여느 해와 다르게 강력하여 사람들의 마음을 갈기갈기 찢었다.

하지만 처참함이 오래갈 수는 없다. 땅을 태울 듯 이글거리는 태양 대신 길어진 장마 탓에 도심에서는 보기 흔치 않은 눅눅한 이끼가 자리를 잡고 있는 시멘트 블록 틈 사이로 하찮고 이름 모를 잡초들도 무성하다.

다른 해처럼 비가 잦지 않았다면 발길 드문 인도의 구석에나 비단풀, 쇠비름 등이 겨우 명맥을 유지하며 잔약한 목숨을 이었을 것이나 처참함으로 해서 풍성한 삶을 누리는 것도 있는 것을 보면 미상불 우주의 질서는 어느 한쪽에만 특별히 유리한 것만이 아님을 알겠다.

오랜만에 참으로 푸른 하늘을 본다. 쪽빛이 저런 것일까. 우중충한 도시의 하늘은 자취 없이 물러갔다.

여기저기 구름이 두둥실 뜬 하늘이 저리도 푸른 이유는 많은 사람들이 아프고 힘든 시간을 보내며 하늘에다 희망을 그렸기 때문일 것이며, 파랑새가 나는 파란 하늘을, 고통의 문이 사라지기를 기도하며

감나무 가지에 걸린 달빛으로 자라기

푸른 창문을 하늘에 그렸기 때문이 아닐까.

저리도 푸른 하늘이 도심 속으로 선뜻 찾아온 것도 삶에 지친 모든 것들을 위로하기 위한 자연의 위대한 섭리이리라. 푸른 하늘 하나로 마음이 마냥 넉넉하다.

연세가 아흔 넘으신 장모님이 아이들처럼 팥 도넛을 좋아하신다. 나이가 들면 적당히 단 것이 당기나 보다. 고급 빵집에서 파는 도넛은 여러 가지 향도 섞이고 너무 달기도 해서 탐탁해하지 않으시는데 간혹 밀가루 냄새가 느껴지는 거친 즉석 도넛을 찾으신다.

일요일이면 언제나 아파트 정문 앞 길거리에 옹그리듯 차를 대고 2천 원에 세 개의 수수한 가격에 도넛과 꽈배기를 만들어 파는 이동 도넛 장수가 있다. 요즘 들어서는 거의 매 일요일마다 비가 온 탓에 아파트 정문 옆 공터를 찾아오는 꽈배기를 사다 드리지 못한지 달포가 넘었다.

작은 트럭을 끌고 다니며 팥 도넛과 꽈배기를 만들어 파는 그들은 우리 나이 또래나 될성부른 부부다. 사장님이라 호칭하는 남자는 호리호리한 몸매에 선한 인상인 반면 여자는 억세게 살아온 도심의 여자처럼 통통하고 강해 보인다.

언젠가 도넛 사장과 말을 섞을 기회가 있어

"사 먹는 손님이 끊이질 않는데 가게를 열고 장사를 하시는 것은 어때요?"

했더니

"아, 그러고 싶지요. 제대로 된 가게 하나 갖는 게 평생 꿈이죠. 이거 팔아서 언제 터를 잡을 수 있겠어요. 40년 가까이 이 장사해서 애들 키우다 보니 겨우 입에 풀칠이나 하는 걸요"

하면서 겸연쩍게 웃었다.

장사하는 사람치고 돈 많이 벌었다 이야기하는 사람 없다고, 그 나이에도 작은 트럭을 몰고 다니며 이곳저곳 떠돌이 장사를 하는 이유가 있겠거니 하며 많이 파시라 덕담을 하고 까만 비닐봉지에 도넛 4천 원어치를 사 들고 왔었다.

오래간만에 쏟아지는 푸른 하늘이 반가워 도넛이나 사드려야 되겠구나 생각하고 주말마다 아파트 정문 옆에서 판을 벌이고 있는 도넛 장수를 찾아갔는데 눈에 익은 트럭이 보이지 않는다.

제법 많은 사람들이 줄을 서서 그런대로 맛집이라 할만한 도넛을 사 먹더니 가게를 장만할 만큼 돈을 모아 어디다가 맞춤한 가게를 새로 열게 되었나 하는 생각과 장사를 하면서 여러 사람들을 접하다 보니 코로나로 인해 건강이라도 문제가 생겼나 하는 걱정이 교차되었다.

혹 정문 경비가 알까 싶어

"일요일마다 여기서 장사하던 도넛 사장님이 안 보이네요"

하고 말을 붙였더니

"아 그 뭣이냐. 아파트 주민들이 복잡한 정문 앞에서 왜 장사를 하냐며 몇 번을 이야기하다가 도넛 장수가 계속 오니 시에다 민원을 넣었대요. 저 사거리 공터로 옮겨간 지 제법 되었는데요."

감나무 가지에 걸린 달빛으로 자라기

라며 약간은 퉁명스럽게 대꾸한다.

아는 이 없는 타향에 살다 보면 살갑게 말 한마디 섞은 사람과도 정이 생기고 온기가 나누어지는 법이다.

파란 하늘 탓에 마음이 한껏 부풀어서일까 아님 비 그친 가을 밀가루 냄새 투박한 도넛이 생각나서일까. 경비원 아저씨가 이야기하던, 제법 먼 사거리까지 빠른 걸음으로 걸어가 보니 낯익은 선전걸개를 한 트럭이 인적 드문 공터에 보였다. 아니 어떻게 이런 곳에 와서 장사를 하냐며

"장사는 잘되시느냐?"

고 인사를 건넸더니

"장사가 잘되기는요. 그래도 어쩝니까. 아파트 주민이 민원을 제기했다면서 시청 보건과에서 나와 딱지를 끊고 벌금을 몇 번이나 물다 보니. 하루 장사해서 벌금 물고 나면 남는 게 있어야지요. 차라리 몇 개를 팔더라도 마음 편하게 장사를 해야겠기에"

하면서

"간만에 날씨가 좋네요. 근데 차가 지나가는 것을 못 보았는데 어떻게 오셨어요?

하고 묻는다.

"사장님이 여기서 장사를 하신다기에 도넛이 먹고 싶어 일부러 걸어서 사러 왔지요. 오랜만에 도넛이 많이 먹고 싶네요. 만 원어치만 주세요"

"아니 항상 4천 원어치만 사가시더니 오늘은 웬일이세요? 식으면 맛

이 없는데 2천 원어치만 사가세요. 그냥저냥 팔다 보면 일당은 나와요. 다음 주에 또 사 가시구요"

"걸어오느라 배도 고프고. 몇 개는 가면서 먹을까 해서요. 참 사람들 인심이 야박하네요. 사장님 도넛이 워낙 맛있어 그래도 먹고 싶어하는 사람은 찾아오겠지요. 많이 파세요."

까만 도넛봉지를 흔들며 걸어가는 보도블록은 사람 발길이 뜸해서인지 아직 덜 마른 물기와 이끼로 미끈거린다. 공터로 밀려난 도넛 장수 생각에 마음이 적잖이 불편하다.

뭉게구름이 뭉실뭉실 뜬 하늘은 마냥 푸르고 높다. 봉지에서 도넛하나를 꺼내 입으로 가져간다.

햇살 속을 날아다니는 잠자리 날개의 영롱한 빛이 가을 하늘을 떠다니고 있다. 처참한 날들이 그렇게 멀어지고 있다.

산수유 열매를 벗하다

아파트 한 귀퉁이 바람길에 자리한 고욤나무가 열매 맺기를 그친 지 몇 년이 흘렀다.

화단 나무를 전지하고 모양을 갖춘다는 명목은 그럴싸했지만 정원 가꾸기 기본도 모르는 어리보기 정원사들이었는지 아니면 아무렇게 나 잘라도 괜찮은 평범한 나무라고 생각했는지 모르겠지만 가지는 전 부 잘리고 흉물스럽게 대궁만 남아 어렵게 목숨을 부지했다.

다행히 올여름은 무성한 가지에 건강한 잎사귀를 매달고 그럴듯한 그늘도 만들었지만 고욤을 달기에는 좀 더 기다려야 하나 보다. 고욤 이 있을 때는 직박구리나 곤줄박이 등 산새가 심심찮게 날아들었는 데 한동안 정겨운 새소리를 듣지 못해 서운했다.

고욤이 달리지 않아 안타깝고 마음이 편치도 않아 때로는 모퉁이 길을 외면하며 빙 둘러 다녔다.

어제저녁 질척질척 내리던 비가 멈추기에 쓰레기 분리수거를 하러 가는데 오랜만에 귀에 익은 반가운 직박구리 우는 소리가 들려 고욤 나무가 있는 모퉁이로 가보니 잎들을 다 떨군 나무에는 어스름 저녁 빛만 걸려 있다.

아파트 근처에서 둥지를 만들고 사는 까치들이 영역 주장을 하는지

날카롭게 짖어대는데 두리번거리며 직박구리를 찾으니 나지막한 산수유나무에 앉아 있는 것이 보였다. 순간, 아 저 직박구리가 산수유 열매를 따 먹으러 왔구나 하고 생각했다.

대궁만 남은 고욤나무를 보는 날들이 힘들었다. 고향 산언저리 마음대로 가지 뻗고 열매 맺는 고욤나무가 자주 마음속에 어른거렸다. 감꽃타리[3] 달리지 않는 나무를 보며 몇 번이나 가지치기한 사람들을 원망했다.

쉽지는 않지만 꿩 대신 닭이라고, 고욤나무가 열매 달기를 멈춘 후 마음이 허랑해지면 그래도 꽃도 예쁘고 열매도 탐스러운 산수유나무를 보면서 고향 냄새도 맡고 도심 속 힘든 일상을 위로받은 적이 여러 번이었다.

국적도 불분명한 유사 소나무나 생뚱맞은 개량 마가목에는 똑같이 정원을 가꾸고자 식재했음에도 왠지 정이 가지 않았다.

산수유는 이른 봄에 노랗게 꽃을 피운다. 잎도 나기 전 무리 지어 피는 꽃은 마치 한여름 밤의 별무리 마냥 오묘하다.

실비라도 내려 노란 꽃무리에 오종종하게 빗방울이라도 맺히면 투명한 볼록 거울이 만들어 내는 신비로운 자태는 진실로 봄의 진객(珍客)이라 해도 무리가 아니다.

고향 근처 산에 산수유가 흔하지 않지만 같은 시기, 이른 봄에 피는

3 감꽃타리 : 무리 지어 핀 감꽃의 방언

생강나무꽃이 너무 비슷하다. 단지 차이가 있다면 산수유꽃보다 생강나무꽃이 훨씬 강한 향기를 지녔다는 것이다.

남녘 야트막한 산에는 이른 봄, 생강나무꽃이 지천으로 핀다. 산수유는 사람들이 약재로 쓰기 위해 집단으로 심고 가꾼다. 요즘 도심의 아파트 정원에도 심심찮게 볼 수 있는 것이 산수유다.

산수유는 한 해를 빈틈없이 사는 나무다. 겨울이 끝나기도 전에 꽃봉오리를 매달고 봄을 맞이하다가 여름이면 조밀한 잎사귀를 매단 채 푸른 열매를 촘촘히 키우기 시작한다.

가을로 접어들면 뿌리로부터 뿜어 올린 양분을 조롱조롱 달린 열매에 최대한 보내기 위함인지 푸른 잎들은 붉게 변하며 떨어지고 붉디붉은 열매가 알알이 드러난다. 열매를 먹이로 하는 뭇짐승들이 쉽게 접근하여 많이 따 먹고 가능한 여러 곳으로 흩뿌려 달라는 지혜가 숨어 있음에 틀림없다.

잎을 훌훌 떨어트리고 열매만 매달고 있는 산수유를 보면 숨이 막힐 정도로 아름답고 매혹적이다.

산수유 꽃말은 불변의 사랑이다. 한 해를 빈틈없이 치열하게 사는 나무에 그럴듯한 꽃말이다.

사람이 수확을 하거나 새들이 따먹지 않은 열매는 하얗게 눈이 쌓일 때도 끈질기게 매달려 있다. 겨우내 맑고 투명한 붉은 색을 뽐내다가 이른 봄꽃 봉오리가 맺힐 무렵이 되면 탁한 붉은색으로 변해 떨어진다.

떨어진 열매는 묘하게도 모수(母樹) 아래서는 좀처럼 싹을 틔우지 않는다. 자신이 매달렸던 나무와 맞서지 않는 신비로움이 있다. 하찮은 나무라고 어떻게든 살고 싶은 욕망이 없을까.

하지만 뿌리를 내릴 곳이 아니면 차라리 흙으로 돌아가는 염치와 욕망의 버림이 참으로 가상하다. 불치병을 앓고 있는 아버지를 위해 산신령이 효심 깊은 소녀에게 산수유 열매를 약으로 주었다는 전설이 있을 만큼 건강 약재로 쓰임이 많은 나무이기도 하다.

가을이 어느새 가고 겨울이 깊어간다. 성탄절을 밝히는 작은 전구마냥 붉은 산수유 열매가 화려하다.

한 해의 끝을 향해가는 이때, 전혀 줄어들지 않는 코로나바이러스로 인해 마음은 처량하고 몸은 무겁기 그지없다. 삶을 위로받을 무언가를 찾기도 쉽지 않다. 상처받은 영혼에 위로가 필요한 시기다. 마음이나마 따스하고 싶다.

차가운 겨울바람 부는 날 마음이 따뜻해지는 색깔을 굳이 고르라면 고욤같이 질박하고 무던한 갈색만 한 것이 있으랴만, 욕심 없이 사는 선홍빛 산수유 열매도 마음을 훈훈하게 한다.

몇 년째 열매 맺지 못하는 고욤나무로 인해 허허롭던 마음을 직박구리 모여드는 산수유 열매로 위로받는다.

나날이 차가워지는 날씨에 산수유 열매는 점차 붉은색을 잃고 투명한 겨울을 담으며 말랑말랑하게 변한다. 비록 자연의 일부분으로 삶을 이어가는 한 그루 나무에 불과하지만 새로운 삶을 시작해야 하는 한갓 열매조차 머물 때와 떠날 때를 모를 리 없다.

감나무 가지에 걸린 달빛으로 자라기

배고픈 겨울새들을 유혹하여 새로운 정착지를 찾아가기 위한 부드
럽고 겸손한 변신이다. 오늘도 살아남기 위해 두툼한 방한복에 마스
크를 한 채 도심의 거리를 걷고 있는 사람들의 고단한 삶이 자꾸만 너
무 무거워 보인다.

아파트 정원에서 소담하게 열매를 맺고 차가운 바람을 버티고 있는
산수유를 벗하며 벌써부터 몹쓸 역병이 흔적 없이 물러간 봄을 소망
한다.

가지 잘린 상흔을 이겨내고 먹을 것 귀한 겨울새들에게 생명줄이
되어줄 고욤이 매달리기를 소망한다.

별무리가 되어 화려한 봄을 만들고 푸른 열매를 맺었다가 차가운
겨울 저녁 알알이 붉고 작은 등이 되어줄 산수유 열매도 소망한다.

살아 있는 모든 것들이 서로를 배려하고 나누는 날들이 하루빨리
오기를 간절히 소망한다. 아울러 우리의 눈에 의미 없어 보이는 모든
것들에도 삶을 허락하는 넉넉한 마음도 소망한다.

세상에서 가장 비싼 손가방

평소 손에 가방을 들고 다니는 것을 좋아하지 않는다. 좋아하지 않는다기보다 익숙하지 않다고 하는 것이 맞겠다. 그러다 보니 주머니마다 지갑이나 손수건, 스마트폰까지.

물론 아무리 양복을 입어도 태가 날 몸매가 아니긴 하지만 이것저것 쑤셔 넣고 다니는 장년의 단신(短身) 시골뜨기 출타 모습이 심히 가관일 때가 있을 것이다. 밖에 나가 이 주머니 저 주머니를 뒤적이며 무엇을 찾을 때마다 집사람한테 평소 외출 시 가방 좀 들고 다니라고 핀잔을 받은 적이 여러 번이다.

하지만 학창시절, 겨울이 되면 자취방을 덥힐 장작꾸러미며 일주일 치 쌀자루에 김치단지를 메고 다니던 그 창피함이 아직도 뇌리에 남아 있어 그런지 손에 무언가를 들고 다니는 것이 영 마뜩잖다.

오래전이지만 어른이 되어 도심의 거리를 걷던 어느 날, 많은 여자들이 핸드백이라는 이름의 손가방을 들고 다니는 것을 보았다.

언젠가 프랑스 파리를 여행하면서 파리지앵들이 너도나도 들고 다니는 핸드백 가격이 얼마나 하나 궁금해 샹젤리제 거리 어디쯤에 있는 루이비똥인가 구찌인가 하는 가방전문 판매점을 들어가 본 적이 있다.

감나무 가지에 걸린 달빛으로 자라기

붙여진 가격표를 보고 입이 다물어지지 않아 멍하니 서있는데 직원 한 사람이 다가와 "도와드릴까요" 하는 말에 "단지 구경 중인데요" 하면서 놀라 황급히 뛰쳐나왔다.

그 놀라울 정도의 가격과 머리 뒤통수에 꽂혔을 판매점 직원의 시선이 지금도 기억 속에 남아 있다. 그 이후 핸드백으로부터 심리적으로 더 멀어져 요즘은 숫제 고급 핸드백 가게 근처에도 가지 않는다.

핸드백은 낯선 물건이었다. 학창시절, 가방을 들고 다니긴 했지만 공부에 필요한 것들을 넣고 다니는 책가방은 용도가 분명했다.

세상으로 나가고 난 이후 언젠가 대부분 도심의 여자들이 들고 다니는 핸드백에는 무엇이 들었을까 궁금했던 적이 있다. 지금도 가끔 궁금하기는 하지만 손수건이나 간이 화장품 등 일상의 잡다한 물건들이 뭐 그리 중요하다고 집을 잠시라도 나서면 신줏단지 모시듯 들고 다니는지 충분히 이해되지 않기는 마찬가지다.

이런 이야기하는 것을 남들은 어찌 보면 참으로 뭘 몰라도 너무 모른다고 할지도 모르지만 자라온 환경 탓에 여자들 일상생활에 과문(寡聞)하기 때문일 것이다.

요즘은 남자들도 손가방을 들고 다니는 일도 흔하고 여성용 핸드백 못지않게 값비싼 가방을 들고 다닌다. 어찌 되었든 핸드백은 익숙하지 않은 물건임에 틀림없다.

아버지는 간혹 검정 전화선 같은 것으로 얼기설기 엮어 만든 가방- 어릴 때 이런 가방을 장(場) 가방이라 불렀는데 출타를 하시거나 오일장에 갔다 오시면서 소소한 물건을 넣어 오셨다-을 들고 다니셨던 것으로 기억한다. 하지만 어머니는 기억이 없다. 어떤 손가방을 들고 다니셨는지. 들고 다닐만한 손가방이 단 하나라도 있기나 하셨는지. 혹 손가방이 있었으면 좋겠다고 생각해 보셨거나 다른 사람이 들고 다니는 손가방을 부러워해 보신 적은 있으셨는지.

  살아생전 출타(出他)를 하실 때-굳이 출타라고 하는 이유는 당시 남자 어른들이 집을 나서면 친구나 친지를 방문하고 나름 사회적 모임 성격의 활동이 있었기 때문이지만 여자 어른들은 기껏 마을 밖을 벗어나는 일이라고 해야 오일장을 보러 가거나 일 년에 한두 번 가는 친정나들이가 전부였던 것으로 사회 통념적으로 받아들여지는 출타와 그 격이 달랐기 때문이다.

  물론 어쩌다 초등학교 교문을 들어서는 일도 있었겠지만 그것도 운동회라도 있으면 먹을거리를 싸 들고 오시는 게 전부였다-핸드백을 들고 가실만한 모임이 있기나 하셨을까.

  혹 모임이 있었다면 수시로 얼굴에 찍어 바를 화장품이 아니라도 여자로서 필요한 소소한 것을 지니고 다닐 가방은 필요했을 것이다. 기억하지 못하지만 당연히 모임은 있었을 것이고 들고 가실만한 멋진 핸드백이 있었다면 어찌 들고 가시지 않으셨을까.

  하지만 어머님은 세상 떠나실 때까지 핸드백이란 것을 들고 다니신 적이 없다. 모든 것 홀홀 벗어놓고 저승길 떠나실 때 남겨진 것이라고

감나무 가지에 걸린 달빛으로 자라기

는 자식들이 해준 수수한 반지 몇 개가 전부였다.

일생을 통틀어 가장 먼 거리를 출타하신 나의 임관식 때도 달랑 손수건 한 장 들고 한양 걸음을 하셨다. 보안이 삼엄하고 검문이 깐깐했던 출입 탓에 자식들이 챙겨준 5백 원짜리 지전 몇 장과 주민증을, 시장 가실 때도 매고 다니시던 허리춤 비단주머니에 달랑 넣고 오셨었다.

그날 깨끗이 빨아 가지고 오셨던 손수건도 어릴 적 일 나가신 어머니를 찾다 눈물 콧물 범벅이 된 얼굴을 닦아주시던 그때 국물 흐르던 손수건과 별반 다르지 않았을 것이다.

언젠가 신문에 세계에서 가장 비싼 핸드백에 오를 이탈리아의 고급 액세서리 브랜드가 만든 푸른 광택의 악어가죽 핸드백이 약 78억 원에 나왔다는 기사를 보았다.

이 핸드백은 화이트골드로 만든 나비 문양의 장식 열 개가 달리고 장식된 나비 열 마리 중 네 마리에는 다이아몬드가 들어갔으며, 사파이어와 희귀한 원석인 파라이바 토르말린이 각각 세 마리에 사용돼 총 130캐럿이 넘는 보석이 들어갔다고 한다.

제작 과정은 수작업으로 진행돼 가방 하나를 만드는 데 1,000시간이 소요되었으며 앞으로 단 세 개만 제작해 판매될 예정이란다.

새삼스럽게 세상에 제일 비싼 손가방이 신문 한 란을 차지하고 있는 것을 보면서 많은 생각이 들었다. 값비싼 가방 기사를 올린 기자는 어떤 마음이었을까. 세상 사람들에게 무슨 이야기를 하고 싶었을까.

멋진 핸드백은커녕 제대로 된 손가방 하나 들어본 적 없이 살다 가신 우리 어머니들 세대가 새삼 부럽기조차 하다.

역설적이게도 악어의 가죽을 이용하여 세상에서 가장 비싼 손가방을 만든 제작자는 자연보호를 위해 가방 하나를 판매할 때마다 10억 원의 기부금을 해양 플라스틱 쓰레기를 제거하는 단체에 기부한다니 그 의미를 어떻게 받아들여야 할까.

한겨울을 향해가고 있는 추운 아침, 살벌(殺伐) 팍팍한 이 시대의 현실 속에서 빈손으로 왔다 빈손으로 가는 인간의 삶이 자꾸만 돌아다 보인다. 멋지다는 그 핸드백이 누구에게 필요한 것일까.

사라진 반찬가게

　황량한 겨울 들판에 서면 살아남고 싶다는 소망 외에는 아무것도 필요 없다. 체념과 수긍은 인간이 더 이상 견딜 수 없는 막바지에 들어서면 남겨지는 처절한 생존 욕구의 다른 표현이다.

　바란 것도 이룬 것도 없는 한 해가 저문다. '살았다'기 보다 '견뎠다'가 훨씬 어울리는 올해가 이렇게 덧없이 지나간다. 매년 비슷하긴 했지만 유난히 조심과 격리로 허랑(虛浪)하게 보낸 올해는 조물주(造物主)든 국가든 없었던 한 해로 생각하고 모든 사람에게 나이 한 살을 빼주어야 한다는 말이 농담으로만 느껴지지 않는다. 너나없이 허튼뱅이 한 해였다.

　느닷없이 찾아온 코로나19라는 역병(疫病)이 세상을 많이 바꾸었다. 어제가 어제 같지 않았고 오늘도 오늘 같지 않았으며 내일은 또 어떻게 바뀔지 도무지 가늠이 되지 않는다.

　도심 아파트 주변이 대부분 그렇듯이 우리 아파트 정문 앞에도 아파트가 들어서면서 같이 만들어진 제법 평수 넓은 상가건물이 있다.

　이 건물에는 옷가게, 머리방, 식당과 더불어 빵집 등 도심의 아파트 단지 근처에 필요한 여러 가게가 입점해 있다. 건물 입구 왼쪽 끝에는 이런저런 상호를 내건 가게가 문을 열었다 닫기를 자주 했는데 얼마

전, "엄마 愛 반찬"이란 상호를 달고 반찬가게가 들어왔다.

오직 아파트 고객만을 대상으로 장사를 해서 그런지 들어오는 가게마다 그렇게 오래가지 못했다. 별로 반찬가게에 들릴 일은 없었지만 혹 이용할 기회가 있을지 몰라 맛깔스러운 반찬으로 오래도록 가게가 유지되었으면 하는 바람을 가졌었다.

김치나 나물에 여러 가지 마른반찬과 전 등을 만들어 팔았고 간간이 단술이나 감주 등도 판매대에 올려놓곤 했다. 명절이 다가오면 차례용 모둠 음식도 주문받았고 제사용 세트 음식을 판다고 창문에 써서 붙였다.

반찬가게에서 만들어 파는 음식을 좋아하지 않아 사 먹은 적은 없었지만 가게 앞을 지날 때마다 나이 지긋한 아주머니와 그녀의 아들로 보이는 젊은 청년, 그리고 직원인 듯한 중년의 여자가 부지런히 일하는 것이 보기에 썩 좋았다.

가끔 가게 앞 보도블록에는 시골에서 실어다 놓은 배추나 무도 쌓아놓고 손으로 만든 조악한 나무 탁자 위에는 닭장 오물이 그대로 묻은 계란도 몇 판 놓여 있곤 하는 것이 꾸밈없어 좋아 보였다.

찬바람이 유난히 심하게 불던 어느 날, 그 반찬가게가 사라졌다. 간판이 내려지고 가게 안에는 톱과 망치를 든 남자들이 내부를 뜯어내고 새로운 공사를 하고 있었다.

처참하게 뜯어져 길거리에 쌓인 인테리어 잔해들은 스산한 거리 풍

감나무 가지에 걸린 달빛으로 자라기

경과 어우러져 쓸쓸하고 참담했다. 미처 폐업 인사도, 어디서 다시 모시겠다는 작별인사도 써 붙이기 전에 사라져 버리는 반찬가게 잔영(殘影)들은 지금의 자영업이 얼마나 어려운지를 그대로 보여주는 것 같아 우울하기까지 하다.

작업을 새로 하는 인부들이 오가는 유리창 안의 풍경은 마치 반찬가게 주인의 황량한 가슴속처럼 보였다.

코로나가 통제 불가능한 상황이 지속되면서 아파트 앞 상가건물은 절반이 공실(空室)로 변했다.

맨 꼭대기 층의 24시 사우나 손님이 사라지자 그 손님에게 매달려 살던 가게들이 하나둘씩 문을 닫았다. 탁구장이 문을 닫고 학원이 문을 닫았으며 끝내 버티고 있던 중국식당도 배달로만 하루하루를 연명한다.

그나마 인도에 접한 1층 편의점과 스마트폰 판매 가게는 오가는 길손을 바라보며 한숨을 쉬고 있다. 이 추운 겨울, 사라진 가게의 사장들은 도대체 어디로 가는 것일까?

문 닫는 가게 사장 얼굴을 알고 말이라도 붙일 수 있다면 힘내시라고 토닥이며 손이라도 잡을 수 있으련만. 세상이 어찌 변했는지 힘들고 어려운 사람들에게 힘내라고 말하기도 미안한 세상이다.

오랜만에 산책길을 나서다가 사라진 반찬가게가 어떻게 변했나 싶어 일부러 가보았더니 새로 음식점이 들어섰다. 도심의 골목 이곳저곳에 흔히 볼 수 있는 바지락 칼국수라는 이름을 단 가게가 다시 문을 열었다.

새로 이사 온 국숫집 사장은 무슨 꿈을 가지고 가게를 열겠다고 생각했을까. 이미 몇 번이나 가게 업종이 바뀌었고 시장 조사도 했을 것이니 돈을 벌겠다는 생각보다도 어쨌든 이 어려운 시기를 살아남아야겠다는 각오만으로 장사를 시작한 것은 아닐까.

현역시절, 군부대 지하식당에 걸려 있던 액자 속 글자가 떠오른다. 존자강(存者强), 강한 자가 살아남는 것이 아니라 살아남아야 강한 자라는 말이다.

아직까지 이 코로나 사태가 어떻게 전개될지 누구도 모른다. 가까운 시일 내에 백신이 개발되고 치료제가 상황을 바꾸긴 하겠지만 그 어느 것도 장담하고 확신하기엔 불확실 요소가 상존하고 있는 것도 현실이다.

설혹 개발된 약에 의해 코로나가 어느 정도 통제되더라도 예전과 같은 세상이 다시 되긴 어려울지 모른다. 여전히 사람들은 마스크를 하고 근접 접촉을 경계하며 대중이 붐비는 곳을 기피할 것이다. 비대면 소통과 비접촉 거래는 점점 늘어날 것이며 온라인 주문 방식에 의한 삶이 일반화될 것이다.

컴퓨터나 스마트폰에 의한 디지털 세상에서 아날로그 방식으로 살아온 세대들은 더욱 구석으로 밀리고 어려운 생활을 할 수밖에 없을 것이다. 디지털 가난이 노년의 삶을 더욱 구차하고 초라하게 만들 것

감나무 가지에 걸린 달빛으로 자라기

은 명약관화(明若觀火)하다.

세상이 다 바뀌어도 전혀 바뀌지 않는 진리가 있다면 그것은 "배워야 산다"는 말이다. 배움이 삶의 윤택(潤澤) 척도가 되는 것은 옛날이나 지금이나 오롯이 그대로다.

가까운 장래에 살아남기 위해서라도 세상을 바꾸어 가는 디지털 문화를 쉼 없이 배워야 한다. 혹자는 말한다. 없었던 올 한 해가 있었던 작년보다 열 배는 세상을 더 바꾸었다고. 코로나가 세상을 멈춘 것이 아니라 당장 바뀌지 않으면 더 이상 같이 살 수 없도록 미래 세상으로 가는 초급속 사다리를 만들었다고.

결국 아날로그 방식으로 젊은이가 열심히 일하던 반찬가게도 디지털 도구인 인터넷이나 홈쇼핑에 의한 비대면 유통망에 의해 사라질 수밖에 없었던 것이다.

어떻게 해야 미래에 살아남을지를 사라진 반찬가게는 말하고 있다.

비움과 채움의 균형

노란색과 붉은색들로 찬란하던 꽃들의 향연이 연초록 새순들에게 밀리더니 어느 사이 짙은 푸름이 그 자리를 대신했다.

나무나 풀이 옷을 갈아입을 때마다 떨어지는 빗소리나 곁을 스치는 바람 소리도 달라진다. 소리는 바람이 만드나 바람에 맞서는 대상에 따라 소리는 다른 결을 갖는다. 헐벗은 겨울 나목에 떨어지는 비는 소리가 없지만 바람은 날카롭게 잉잉댄다.

잎을 다 떨어뜨리고 고립무원에 홀로 선 나무를 지나가는 바람 소리는 무섭다. 반면 나무들이 숲을 이룬 곳에서 무성한 잎들로 둘러싸인 나무는 바람에 맞서 비록 가지가 부러지기는 할망정 소리만은 순하다.

소리가 빈 공간을 채우고자 하는 자연의 투정임을 귀가 순해지니 알겠다. 어울려 삶이란 그런 것이다. 바야흐로 힘든 비움의 시간을 지나 채움의 절정에 이르렀다. 비움으로 보이던 많은 것들이 채움으로 막히면서 내면의 움직임을 보기가 어렵다.

자연의 순리(順理)가 그러할진대 사람이 사는 도리(道理)야 말할 것도 없다. 사람이 살아가면서 비움과 채움이 중요하다는 것을 나이를 먹어가니 비로소 느낀다.

　　　　　　　감나무 가지에 걸린 달빛으로 자라기

자연은 그 소용(所用)에 따라 채움이 다르다. 나무를 필요로 하는 곳에는 나무를 채우고 바위가 필요한 곳에는 바위가 있게 한다. 소용에 따라 해와 달은 물론이고 눈, 비나 바람 등이 끝없이 만들고 바꾼다.

자연의 소용(所用)은 균형(均衡)이다. 균형은 우주의 순행(順行)이 작동하는 것이다. 치우침과 모남을 용납하지 않는다. 어쩌면 그것은 우주의 생성(生成)과 소멸(消滅) 순환체계 속에서 반복되는 우주 그 자체일 수도 있다.

언젠가부터 비움과 채움에 대한 균형의 중요함을 잊어버렸다. 생존의 기술이 만들어 낸 얕고 치졸한 지식은 탐욕을 채우기 위한 도구가 되었고 가지지도 못한 지혜는 마음의 사막에서 그 길을 잃었다.

비워야 할 시기에 비우지 못함은 가져야 할 시기에 가지지 못함보다 훨씬 더 정신을 비루하게 만든다.

단지 하루하루 살아 있음과 새로운 배움만으로 빛나던 어린 시절은 비움과 채움의 균형이 있었다. 욕망이나 부족함보다는 나아감에 대한 욕구, 때로는 새로운 것에 대한 탐구의 목마름으로 힘들어했었다.

창고는 크고 많았지만 채울 거리는 언제나 부족했다. 가족이나 학교, 마을의 인간관계에서 채울 수 있는 것은 한계가 있었고 대부분 달과 별, 산과 들, 비와 바람이 지식이 아닌 지혜를 날라다 주었다.

노을이 지고 하얗게 떠오르는 달은 따뜻한 상상의 나래, 바람 소리, 물소리와 함께 일렁이던 별빛은 그 깊이를 알 수 없는 고독의 심연, 나뭇가지마다 움터오던 연초록 잎들은 생명의 경이를 생각하게 하는 지혜를 주었다.

자연도 계절 따라 언제나 비움과 채움이 교차적으로 순환되었다. 햇살이 봄의 온기를 만들지 전까지 잔설(殘雪)이 남아 있는 산은 거뭇거뭇 죽음과 웅크림의 색조를 띠었다.

땅 위는 비었지만 땅 아래는 새로운 채움을 준비하느라 무수한 움직임이 있을 것이다. 우주 순행(順行)이 가져오는 계절은 끊임없이 드나들었다. 인간의 삶을 유지하게 하는 물리적 부족함과 풍요로움이 계절의 변화와 그 궤를 같이했다.

풍요(豊饒)는 자연스럽게 몸을 키웠지만 부족함은 안간힘을 쓰며 정신을 넉넉하게 했다. 가져다준 풍요는 한계가 있었지만 스스로 만든 부족함은 그 끝이 없었다.

풍요는 지식의 크기를 만들었지만 부족함은 지혜의 깊이를 한없이 파고들게 했다. 풍요보다는 부족이 대부분 사람들에게 더 귀중한 발육과 성장의 밑거름이라는 것을 이제야 알게 되는 것을 보니 매양(每樣) 우리 세대는 가난의 강을 건너왔다며 분수 모르고 풍요에 지쳐 산다고 현세대를 탓하는 것이 열없는 짓이다.

그 시절에도 마당에 만들어진 곡식 저장고는 찼다가 비워지기를 반복했다. 계절의 바뀜과 같이 부족함과 풍요함도 자연스럽게 오갔다.

지금 생각해 보면 부족함과 풍요함이 교차하면서 적당히 배고프고 자연스러울 정도의 긴장감도 유지됐다. 상상조차 하기 어려울 정도의 거리두기와 격리, 두려움과 공포의 신종 코로나 사태를 겪으면서 비로

소 비움과 채움의 순환이 필요함을 다시금 생각한다.

지금 세상은 너무 채워져 있거나 너무 비워져 있다. 가진 자들의 지식은 욕망의 블랙홀이 되어 더 높은 직위, 더 강한 권력, 더 많은 재산을 거침없이 빨아들인다. 정의의 탈을 쓴 사이비 공정자일수록 그 강도는 더 심하다.

그들은 부끄러움을 모른다. 가족과 자식이 끝 모를 부정과 부패, 위선과 탐욕에 탐닉해 있다. 지혜를 가지지 못한 그들은 단지 욕망덩어리에 불과하다.

반면 가난한 시절을 보내며 지식을 채우지 못했던 사람들은 지금도 빈곤의 세상에 서있다. 그렇지만 자연이 그렇듯 청빈(淸貧)한 삶이지만 향기와 지혜가 있다. 세상의 그 어떤 것도 가득 차면 부패하기 쉽고 비움이 크면 여유의 아름다움이 있다.

비움으로 살다 남기지 않고 간 삶은 세상이 힘들 때마다 우리 곁에 소환되어 깊은 울림을 준다. 불가(佛家)에서 누더기 한 벌과 지팡이, 그리고 깨달음을 남기고 떠난 선승(禪僧)들이 시공을 초월하여 우리의 의식 속으로 찾아오는 것은 비움이 영혼을 맑게 함이기 때문이다.

세상은 어느 일방으로 기울어지지 않거니와 삶도 환희와 희망으로만 채워지지 않는 법이다. 향기가 있는 인생의 깊이는 지식이나 욕망으로 만들어지는 것이 아니고 지혜(智慧)와 절제(節制)에 의해 완성되는 것이다.

채우기 위해서는 걸어야 한다고 생각했었지만 거리두기로 인한 격리된 삶이 주는 지혜는 전혀 다르다. 채움 못지않게 비움도 중요하다. 완성된 삶이 되기 위해서는 환희와 희망을 채우는 것보다 허무와 절망을 비우는 것이 더 나을 수 있다.

인간의 욕망도 자연의 질서와 같이 비움과 채움의 순환이 필요하다. 채움보다 비움이 훨씬 어렵다는 것을 모르니 기를 쓰고 채우려 애를 태운다.

생(生)이 끝나는 순간에는 태어났을 때와 똑같은 비움의 상태라야 한다. 힘든 하루하루를 이제는 비움으로 의미를 찾아야 할 때다. 그게 제대로 사는 거다. 사람도 그냥 자연의 일부이기 때문이다.

회양목꽃 앞에서

살아 있는 모든 것들이 힘겹게 겨울을 나고 봄을 맞는다. 여기저기 꽃망울들이 수런대며 참고 견뎌낸 이야기를 하는듯하다.

봄은 누구에게나 공평하게 온다. 봄 햇살은 산이든 들이든 원하는 것들에게 거침없이 다가온다. 그중에서도 아파트 화단을 모양내고 구분 짓는 데 소용되는 회양목이 맞는 봄은 조금 특별하다.

도심의 아파트 단지에 흔하디흔한 것이 이 작은 나무다. 화단에 심어져 인공적으로 모양이 만들어진 나무는 겉으로 보아서 한 그루인지 여러 그루가 무리를 이룬 것인지 쉬이 구별할 수가 없다.

사람들이 나무가 자리한 위치나 쓰임에 따라 여러 모양으로 나누고 자른 탓에 원래 어떤 모습의 나무가 원형인지 알 길조차 막막하다.

언젠가 널찍한 공터가 있는 골목길을 걷다가 사람 한 길이 넘는 오래된 회양목을 본 적이 있어 인간의 간섭을 받지 않으면 커다랗게 자란다는 것을 알았다. 이 나무의 꽃말을 참고 견딤으로 한 것도 지극히 사람 중심의 생각이다.

회양목을 자연 상태로 놔두면 어른 키 몇 길 이상으로 자란다고 하며 용도는 주로 정원수로 쓰인다. 사철 푸른 나무다 보니 계절에 관계없이 화단을 구분 짓고 텅 빈 공간을 채우는 데 이보다 좋은 나무를 구하기가 쉽지 않은 모양이다.

　재질이 단단하고 치밀하며 가공하기가 용이하여 도장 재료로도 최고로 친다. 옛날 할머니들이 즐겨 쓰던 얼레빗도 회양목으로 만든 것을 시집올 때 가져왔다가 저승까지 가져가고 싶다 했다니 그 가치를 가히 말해준다 하겠다.

　황양목선(黃楊木禪)이란 말이 있다. 이 말은 근기(根氣)가 부족하고 생각이 아둔하여 지극히 참선수행을 하여도 제대로 깨달음을 얻지 못하는 수행자를 일컫는 말이라고 한다. 여기서 말하는 황양목이 곧 회양목이다.

　자라는 것이 더디고 느리다 보니 수행자의 깨달음 길처럼 힘든 시간들을 보낸다는 의미도 있겠지만 그보다는 사시사철 푸른 마음으로 꾸준히 정진하는 변함없는 자세에 빗댄 것이 아닐까.

　어쩌면 사람들이 원하는 모양과 크기로 아무리 자르고 꺾더라도 인내하며 살아가는 그 모습이 고난의 길을 걷고 있는 수행자 같아서일지도 모른다.

　어저께 집을 나서다가 봄까치꽃이 무리 지어 피어 있는 아파트 정원에서 우연히 회양목꽃을 보았다. 꽃을 보자고 한 것이 아니라 푸르고 자잘한 잎들 위를 벌들이 잉잉대며 날아다니기에 눈길이 갔었다.

　꽃인 듯 잎인 듯, 잘리고 잘린 가지 위에 잎보다 더 색이 연한 꽃이 피어 있다. 연초록의 앙증맞고 자그마한 꽃들은 무리 지어 피어 있고 노란 꽃술 위에 꿀벌이 열심히 일을 한다.

　　감나무 가지에 걸린 달빛으로 자라기

여름이 되면 마치 작은 돌감 꽃망울처럼 생긴 열매가 푸른색으로 올망졸망 익어가는 것을 보면 당연히 꽃이 피리라 짐작은 했지만 정작 꽃을 본 것은 처음이다.

봄 햇살은 살아있는 모든 자연에게 공평하다. 하늘에 닿을 듯 팔을 벌려 선 거목이든 그 나무 아래 조그만 땅을 빌려 숨을 쉬고 있는 이름 없는 잡초든 소용에 따라 햇살을 향해 고개를 내밀고 내민 만큼 햇살은 찾아간다.

아침저녁으로 얼음이 얼 정도의 차가운 봄 날씨에도 이 연중 푸른 나무는 꽃을 피운다. 산수유, 백목련이 화려하게 꽃을 피우지만 드러내놓지 않고 숨어서 피는 회양목을 보면 인적 드문 산사에서 진리를 쫓고 있는 수행자를 만난 듯 겸손해짐을 넘어 숙연해지기조차 한다.

자신의 분신을 탄생시키기 위해 화려함도 드러남도 조심하는 겸허하고 고귀한 나무다.

코로나로 인해 힘들고 어려운 요즘이지만 그동안 살면서 보지 못하고 생각하지 못했던 것들에 대해 새롭게 다가갈 수 있는 기회이기도 하다.

예전 봄에는 이 산 저 들로 화려한 봄꽃과 향기를 찾느라고 있는 듯 없는 듯 피고 지는 작은 꽃들에게 관심이라곤 없었다. 복수초가 언제 피었고 산수유 꽃이 볼만하다며 봄꽃타령을 해댔다.

어떤 꽃이든 매혹적인 내음, 필요한 모양, 소용되는 색깔로 자신을 만들 것이다. 화려하니 향기로우니 하는 것들은 전부 사람들의 느낌과 생각일 뿐 정작 꽃이 다음 세대를 이어가기 위한 생존본능이 만들어 낸 것과는 전혀 무관하다.

회양목은 도심의 어떤 꽃보다 이른 시기에 핀다. 얼음이 채 녹기도 전에 꽃을 피우는 것은 살아남기 위해 계산되고 준비된 진화의 산물이다.

화사하고 꿀을 많이 분비하는 꽃들이 앞다투어 피어나면 오직 빈약한 꽃가루가 전부인 이 작은 꽃을 찾을 벌들은 없을 것이다. 적은 화분만을 꽃술에 달고 찾아주기를 기다리는 나무지만 꽃들이 드문 이 시기에 벌들에게는 거부할 수 없는 유혹이자 식량일 테다.

노랗고 볼품없는 꽃술을 들여다보면 볼수록 자연 속에서 살아가는 것들의 지혜가 오묘하고 신비하다.

우연히 마음속으로 들어온 작고 하잘것없어 보이는 회양목 꽃이 준 울림은 크다. 그 어떤 것이든 존재에는 이유가 있다. 그것이 자연의 질서이자 우주의 섭리이기 때문이다.

코로나가 우울도 가져왔지만 우리 곁의 작고 하찮게 여겼던 것들에 대한 관심의 눈을 새로이 뜨게 해주기도 했다. 보잘것없어 보이던 회양목꽃 한 송이도 우주임을 새삼 느낀다. 눈을 제대로 떠야 자연의 삶이 주는 경이가 보인다.

감나무 가지에 걸린 달빛으로 자라기

비설거지

한동안 닫혀만 있었던 아파트 창문을 열어젖힌다. 남으로 문이 달린 작은 방은 푸른 벼들이 춤추는 인공습지 드넓은 벌판을 바라보고 있어 다른 도심의 아파트들보다 흙먼지가 심하지 않을 것이라 생각했지만 웬걸 창틀 아래는 덕지덕지 흙먼지가 내려앉아 있다.

심하게 이야기를 하자면 일 년 동안 쌓인 것이 먼지라기보다 숫제 윤사월 봄바람에 황토 모래 풀풀 날리는 어느 산협의 좁은 밭두렁이라 해도 될 만큼 켜켜이 흙이 쌓였다.

비가 흠뻑 내려 창틀을 타고 내리는 빗물이 인위적으로 부은 물인지 아니면 빗물인지 모를 정도로 비가 왔을 때만 청소가 가능하다. 청소용 걸레에 물을 적셔 어렵게 닦아보지만 흙덩이가 된 먼지는 그대로다.

흥건히 물을 부어 청소를 해야 하나 평소에는 아파트 아랫집에서 뭐라 하려나 하는 걱정에 흙먼지를 씻어낼 방법이 영 마뜩잖다.

도심의 공동주택 아파트살이란 게 비설거지가 아니라 비 온 후 설거지를 통해 청소를 해야 한다. 어디서나 누구나 여러 사람과 함께 공간을 공유하는 삶은 복잡하고 조심스럽다.

설거지란 늘 끝을 깨끗하게 정리하는 일이지만 귀찮은 일이기도 하다. 어떤 설거지든 설거지는 대부분 앞서거나 힘 있는 사람이 아니라 드러나지 않게 조력하는 사람의 몫이다.

세상에는 설거지만 전문으로 하도록 태어난 사람도 없으며 항상 따로 정해진 사람이 하는 것이 아님에도 은근히 위계나 질서에 의해 이루어져야 한다고 생각한다.

설거지는 대체로 가정 내에서는 밥을 먹은 뒤 하는 일이고 회사나 사회조직에선 어떤 사건이 일어나고 난 뒤 뒤처리하는 것을 의미한다.

하지만 설거지 중 미리 하는 설거지도 있다. 비설거지다. 지금도 그렇겠지만 비 피할 곳이 협소하여 농기구나 농사에 필요한 많은 것들을 너저분하게 방치해 놓을 수밖에 없었던 옛날에는 나이 든 이가 허리가 아프거나 몸이 찌뿌둥하여 비 올 낌새라도 있다고 하면 어른 아이 할 것 없이 비설거지로 바빴다.

오죽하면 호랑이가 무서워하는 곶감보다 느닷없이 내리는 가을비가 더 무섭다고 했을까. 비가 와버린 뒤에는 설거지를 할 의미가 없으니 농부살림의 설거지는 비가 오기 전에 미리 하는 비설거지를 설거지라 이름 붙였다. 내일의 준비를 설거지라 한 것은 참으로 지혜롭다 할 것이다.

사시사철 물이 마르지 않는 논(사람들은 이런 저습답(低濕畓)을 '구릉논'이라 했다)은 아무리 가뭄이 들어도 벼를 심어 먹기 좋았다.

구릉논 몇 두락만 있으면 아무리 가뭄이 들어도 반타작은 기대하고 안심 반 걱정 반으로 농사를 지었다.

감나무 가지에 걸린 달빛으로 자라기

수리시설이나 관개시설이 준비되지 않았던 시절, 마을 대부분의 논들은 비 개고 며칠만 지나면 물 구경이 쉽지 않은 천수답이었다.

이웃 간 인정이 쪼개지고 마을 간 송사가 일어나는 것에는 벼 한 섬 걷어 들이는데 목숨을 걸고 살아야 하는 가난한 농부들의 딱한 처지와 고단한 삶이 주범이었다고 해도 과언이 아니었다. 비가 삶이고 비가 목숨이었다. 가랑비니 이슬비니 장대비니 하며 여러 이름이 붙어있는 것도 이와 무관치 않을 것이다.

때로는 비가 그냥 오는 비 그치는 비가 아니라 정다운 비님이었다. 비님 덕분에 미리 하는 설거지 문화도 만들어졌다.

벼 심은 논에 물들어 가는 소리에 희망을 걸고 살았던 농부들이 애지중지 길렀던 벼를 수확한다고 논바닥에 베어 늘어놓았는데 가을비라도 추적추적 내리면 얼마나 애가 타고 낙심이 되었을까.

더구나 갑자기 내린 소낙비 탓에 말린다고 마당에 늘려 있는 참깨니 콩이니 고추 등속을 후다닥 거둬들여야 했다면 그 황망함이 어른들의 옛말처럼 노루가 애를 업고 가도 말을 하지 말라는 정도였을 것이다.

친척 잔치 손님으로 집을 떠나거나 혹은 품앗이 삯꾼 찬거리를 구하러 장터라도 찾은 날 뜬금없이 후두둑 가을비라도 내리면 집으로 돌아오는 발걸음이 공중에 떴다.

노심초사 어른들은 자다가도 감 잎사귀 비 돋는 소리만 들으면 어섯눈을 뜬 채 댓바람에 달려나가 비설거지를 했다.

생계 때문에 하늘을 보면서 삶을 살아본 적은 없지만 농부의 자식으로 누대를 살아온 가문에서 자라서 그런지 깊이 각인된 농사꾼의 유전자가 아침저녁으로 묻어오는 가을 기운에 비설거지해야 할 것이 없냐고 묻는듯하다.

그렇다. 황혼의 들녘에 서면 평생 하늘을 보며 살아온 농부의 지혜로 인생 설거지거리를 미리 찾아보아야 한다. 그동안 무더움을 식히기 위해 창문을 열고 자면서 새벽에 자주 잠에서 깨기도 했지만 자연의 일부로 살기도 했다.

빗방울이 돋으면 더욱 극성인 맹꽁이 울음소리에 짝을 찾는 개구리 소리, 밝은 가로등 탓에 한밤중에 느닷없이 열을 올리는 매미 소리까지. 천둥과 번개를 동반한 장대비 소리에 깊은 잠에 들지도 못한 채 뒤척이다가 비몽사몽 간에 아침을 맞기도 했다.

황혼으로 가는 인간의 삶이 그러하듯 참으로 요란하고 혼란스러운 여름이 지나갔다. 풍성하고 여유 있는 가을은 그냥 오는 법이 없다. 그만그만한 곡절과 서사를 간직한 채 시간의 사슬에 묶여 인연처럼 슬며시 왔다 간다.

예전 같으면 서늘해지는 바람을 시작으로 푸른 하늘 뭉게구름을 보며 가을을 맞았다. 더위가 물러가며 은근히 오는 계절이 가을이지만 근래 들어서는 화석연료 사용증가에 따른 기후변화 탓인지 부지불식간에 요란한 계절변화가 이루어진다.

올해는 특히 폭우에 무더위, 게다가 태풍으로 유난한 여름을 보내서인지 오는 가을을 기다리다 지쳤다. 낮의 길이가 자꾸만 짧아지며 마음 한구석이 허랑하지만 그래도 복잡한 타작마당을 깔끔히 비설거지하는 기분으로 가을을 맞고 싶다.

작은 방 베란다 창문을 열고 대야에 물을 담아다 부으며 창틀 먼지를 닦아낸다. 이 높은 곳까지 가녀린 거미줄에 의지한 채 작은 거미 한 마리가 쏟아지는 물길에 놀란 듯 허겁지겁 몸을 숨긴다.

무더위 탓에 아무것도 심지 않고 방치해 둔 작은 화분들을 보니 스산하고 심란하다. 물로써 정성 들여 켜켜이 매달린 먼지를 닦는다.

여름이 지나가는 자리에는 어디서 날아와 힘들게 매달렸는지 작은 노린재 한 마리와 무당벌레도 보인다. 혹 물이라도 튀겨 그 작은 생명들이 여기서도 쫓겨날까 조심스러워진다. 그들도 이번 가을이 생의 마지막 가을일 것이다.

고향집 앞 맑은 물이 사시사철 흐르던 개울 습진 곳에 무리 지어 핀 고마리꽃에 얼기설기 그물 집을 짓고 벌레잡이로 바쁜 가을볕을 탐하던 무당거미 그림이 그려진다.

비 온 뒤 늦은 설거지를 하고 있으니 비와 바람이 물러간 하늘에는 흰 구름이 두둥실 떴다. 아파트 꼭대기 층 높이까지 올라온 잠자리도 유유히 날면서 한가하게 가을볕을 즐긴다. 멀어지고 사라진 사람들 생각이 난다.

아무도 없는 거실에는 켜둔 텔레비전에서 무도한 정치인들의 장광설이 요란하다. 전 정권 누구의 탓이니 잘못된 어떤 정책의 설거지로 인해 국민의 삶이 힘들다니 한다.

희생하고 봉사하기 위해 어느 곳에 자리를 잡았다면 모름지기 설거지를 걱정해야 한다. 뒤에 오는 사람들에게 설거지를 맡겨서는 안 된다. 스스로 미리 설거지를 해가며 국민의 뜻을 받들 일이다. 어지럽혀지고 더러워졌을 때 하는 설거지는 원망이 숨어 있고 탓이 자꾸만 드러난다.

혼탁과 오염을 방지하는 비설거지가 필요한 세상이다. 누구를 탓하기는 쉽다. 지금 자리에 앉아 나라를 살핀다는 이들도 뒤에 온 이들에 탓을 당하지 않으리라는 보장은 없다.

국민의 삶을 보살피겠다는 이들이라면 누구든 타작마당의 농사꾼 마음이 되어 설거지를 해야 한다. 가을비가 내리기 전에 추녀 밑이나 마당가를 깨끗하게 치우던 부지런한 농부들의 마음가짐처럼 말이다.

거실로 들어가 무료한 시간을 홀로 재고 있는 텔레비전을 조심스럽게 끈다. 순간 사위가 고요해지고 맑은 가을이 찾아든다. 모처럼 비설거지로 마음의 평안을 찾았더니 바삐 오던 가을도 멈칫멈칫하는 느낌이다.

오늘 밤은 쟁반에 물 담아 두고 말끔히 설거지한 창틀로 비쳐드는 풍성한 가을 달빛이라도 즐겨야겠다.

감나무 가지에 걸린 달빛으로 자라기

비비추꽃에서 가을을 읽다

아파트 화단, 그것도 햇살 제대로 들지 않는 고층 아파트 숲의 화단
은 쓸쓸한 장례식장이다. 집에서 기르던 화초나 나무가 그 생명을 다
한 채 버려져 있기도 하고 그것들이 뿌리를 내리고 살았던 화분의 흙
이 더미를 이루고 쏟아져 있기도 하다.

때로는 그곳에 아직 명줄이 달려 있는 관음죽이나 행운목 등이 을
씨년스럽게 심겨져 있기도 했지만 채 한 해를 버티지 못하고 죽음을
맞는다. 적당한 햇살과 비, 바람이 없으면 아무리 강인한 자연도 곁들
수 없다.

가끔 음지에서도 잘 자라는 머위나 맥문동, 이끼류 등을 심어 텅 빈
화단을 채우면 어떨까 해보지만 혼자만의 생각으로는 허랑하기만 한
일이다. 여러 사람이 사는 이곳에는 개인적으로 어찌할 수 없는 법칙
과 규율이 지배한다.

갑자기 혼을 빼듯 왔다 간 한여름의 진객, 장대비가 그곳 풍경을 완
전히 바꾸었다.

그렇다. 세상에 가치 없고 소용없는 것은 아무것도 없다. 황량한 도
심의 아파트 화단도 그렇다.

높은 건물로 인해 손수건 조각만 한 햇살 한 줄기 제대로 들어오지

않는 아파트 화단은 황폐한 죽음의 땅이다. 그나마 살구나무나 대추나무처럼 키가 큰 나무들은 몸집을 줄인 채 기를 쓰고 하늘로 뻗어 올라 건물 틈 사이로 들어오는 햇살을 쓸어 담아 겨우겨우 명을 유지한다.

아파트 공사를 하면서 애당초 화단을 만들고 나무를 심을 때 어떤 나무들을 어떻게 조성해야 보다 자연스럽고 입주민들이 즐길 것이라는 생각을 했을 리가 없다. 건축 관련 법규에 나와 있는 녹지 공간 관리기준 충족만이 조성 목적이었을 것이다.

요즘이야 그렇지 않겠지만 만들어진 지 오래된 아파트는 사람 중심의 아파트가 아니라 법 기준 충족 위주의 아파트였을 것이라는 생각이 든다.

해서 일 년 내내 해가 들지 않는 응달 화단은 애써 외면하며 지나다닌다. 세상을 뒤집어 놓을 듯 세차게 퍼부어 대던 장대비가 거의 일주일 만에 그치고 다시 말간 하늘 아래 여름 뙤약볕이 이글거린다. 그럼 그렇지. 아무리 하늘이 구멍 났다고 해도 시간이 지나면 모든 것은 균형과 평형으로 돌아오기 마련이다.

모처럼 다시 빛나는 여름 태양이 반갑다. 끝날 줄 모르게 내리던 비가 물러나자 더위마저 수그러들었다. 아침저녁으로 살랑거리는 바람에 가을이 묻어 있다.

밝아진 마음으로 아파트 화단의 그늘을 찾는다.

거무튀튀한 흙으로 뒤덮여 볼 때마다 마음이 칙칙하던 아파트 화단이 어느 사이 녹색정원으로 바뀌었다. 연일 내리던 비와 축축함으로 황무지 같았던 화단에 이끼와 더불어 여러 잡초가 어우러져 멋진 정원을 만든 것이다.

이미 꽃이 지고 오직 대궁만 남은 참나리와 이제 막 봉긋하게 봉우리를 터트리는 옥잠화, 보는 이 없는 빗속에서 홀로 피어 며칠을 버텨내었는지 이제는 추레한 색깔의 연보랏빛으로 변해버린 비비추꽃이 어울려 삭막했던 아파트 정원에 그들만의 세상을 새로 만들고 있다.

사람의 관심과 손길이 멀어지기만 해도 그들은 나름 서로가 서로를 밀고 당기며 조화로운 우주를 창조한다.

불볕의 여름나기보다 허기진 봄 나기가 더 지난했던 시절이 있었다. 봄볕은 얼굴을 새카맣게 태웠고 더욱이 가뭄의 봄날은 온 산과 들을 푸석푸석 메마르게 했다.

푸성귀마저 귀한 마른 봄에는 산에서 나물거리를 찾았다. 비새라는 이름으로 원추리와 비비추, 옥잠화가 어머니의 산나물바구니에 담겨왔다. 안개 피어오르는 높은 산골짜기를 산신이 노닐 듯 어머니는 다니셨다.

망태기 가득 산나물을 뜯어 오신 어머니는 땅속에 묻힌 하얀 뿌리 부분의 원추리를 된장국에 넣어 먹으면 봄 두통과 함께 온갖 시름이 사라진다 했다. 어린 원추리나 비비추는 고추장과 식초를 양념하여 새콤달콤하게 나물을 만들어 먹기도 했었다.

혹 나물 캔 그곳이 궁금하여 한여름 햇볕이 잘 드는 산골짝 계곡 습한 나물 터 그곳에 가보면 봄나물 채취 때 살아남은 옥잠화가 하얀 꽃을 삐죽이 달고 늠름했었다.

아파트 화단에 연보라 꽃을 달고 있는 비비추는 높은 산 험한 골을 헤매며 살아남은 암팡스러운 앙가발이 시골 아낙을 닮았다. 살아가기 험한 곳이라 그럴까.

햇살 한 줄기 바람 한 점이 아쉬운 비비추가 조롱조롱 꽃들을 매달 았다. 화단을 조금이라도 벗어나면 깔축없고 인정머리 없이 잘려지는 신세라도 아는 듯 옹송그리며 서있는 마가목이나 느티나무, 회양목과 달리 대궁도 맞춤하니 작은 용수 모양의 꽃들을 머리에 이고 있다.

난전의 감바리[4] 같이 그 짧은 장마 기간에 제비꽃, 닭의장풀은 물론 이름 모를 이끼까지 거느리고 제법 어느 산곡의 습지 같은 모양을 갖 추었다. 비비추나 옥잠화에게 어찌 저런 능력이 있었을까. 아무리 하 찮은 것도 세상에 살아남기 위해 궁구하고 또 궁구한다. 그것이 삶의 숙명이다.

세상을 뒤집을 듯 쏟아져 내리는 험악한 장대비도, 불볕더위도 시 간이 지나면 머잖아 그 끝이 찾아온다. 영원할 것 같았던 장마와 무 더위, 하지만 그냥 스쳐 가는듯한 시간이란 자국은 모든 사건의 종지 부(終止符)를 찍는 우주의 관인(官印)이자 삶의 기록이다.

---

4 감바리 : 잇속을 노리고 약삭빠르게 달라붙는 사람

감나무 가지에 걸린 달빛으로 자라기

처참하게 할퀴고 간 도심의 아파트 단지 화단에서 비비추가 만든 반전의 드라마를 볼 줄이야. 한국에서 가장 부자들이 많이 산다는 강남대로를 휩쓸고 간 이번 폭우가 이곳 아파트 단지 화단에는 멋진 세상을 만들었다. 배고픔으로 기억되는 비비추가 척박한 아파트 화단에서 경이와 깨달음의 존재가 되어 늙은 눈을 사로잡는다.

많은 것들을 스산하게 무너뜨린 장대비 속에서 자신만의 삶 울타리를 견고하게 쌓은 비비추가 있듯이 도저히 치유되지 않을 것 같은 깊은 상처와 아픔도 시간의 흐름 속에서 점점 희미해져 가다가 마침내 끝이 보이는 법이다.

삼라만상의 운행과 시간의 흐름에 따라 잔약해지는 비비추 꽃에서 가을바람이 불어온다. 그렇게 상처를 주고 상흔을 남기더니 어느 구석엔가는 어울림의 치유가 또 다른 세상을 만든다.

달력의 역사

한 해가 저문다. 여느 연말과 같이 퇴사한 지 몇 년이 지난 회사에서 달력이 왔다. 지인들과 나누라며 충분한 수량을 해마다 보내준다.

달력을 받을 때마다 묘한 기분이 든다. 우선은 고맙고 한편으로는 미안하다. 달력이 소용없는 때가 언젠가는 오겠지만 아직 달력이 필요할 것이라고 생각해 주는 그 마음이 따뜻하게 느껴져 울컥하기까지 한다.

보내는 사람이야 한때 같은 일을 하면서 고생했던 상사에게 인사나 안부 정도로 별 의미 없이 보내는지 모르지만 받는 입장에서는 그냥 또 다른 한 해가 오는구나 정도의 단순한 감정이 아니다.

회사에 근무하는 동안 달력을 받자마자 한 일이 무엇이었으며 달력 마지막 장에는 무엇을 기록하고 그해를 정리했던지 하는 기억이 불현듯 떠오른다.

회사 생활을 하는 이들은 어떤 계획을 해야 하는지, 그곳에서 오래전 멀어진 나는 어떤 일 년을 계획해야 할지.

대량정보 유통사회가 되고 디지털 문화가 사회 전반을 바꾸면서 달력이 사라져 가고 있다. 세상이 각박해져서인지 한 달이 한 장에 표시된 달력이 필요하지 않아서인지 모르지만 일 년 열두 달로 나누어진

감나무 가지에 걸린 달빛으로 자라기

벽걸이 달력을 보기가 쉽지 않다.

한때 유행했던 하루 한 장씩 찢어내는 달력도 많이 보이지 않는다. 대신 회사에서는 간단한 메모가 가능한 개인 탁상용 달력을 사용하거나 노트북 또는 스마트폰상의 디지털 달력이 이를 대체하는 것이 대세다. 가상공간에 저장되어 있는 사진첩처럼 말이다.

혹 '김○○'이나 '최○○'이라는 그 옛날 지역 국회의원 이름 석 자를 기억하고 있는 이가 있는지 모르겠다.

그 이름들은 대청마루와 방의 경계인 회벽에 잘 보정된 얼굴로 달력 속에 포함되어 걸려 있었다.

읍내 시장 주단(綢緞)집이나 주류 도매점, 양복점이나 은행에 수시로 출입하는 부잣집 한량들에게는 연말이 되면 단골 거래처에서 달력이 집배원을 통해 집까지 배달되었지만 시골 그렇고 그런 대부분 집들은 지역 국회의원 사무실에서 의원 홍보용으로 보내준 달력이 전부였다.

한 장에 일 년 365일이 표시된 달력은 공일과 반공일이 색으로 구분 표시되고 공휴일은 태극문양이 찍혔었다. 청춘남녀가 있는 집은 간혹 배우나 가수가 등장하는 달력을 구해 자랑삼아 걸어놓기도 했다.

당시 어른들은 달력을 받자마자 집안 중요한 기념일이나 대소사를 일일이 달력에 표시해 두었다. 열 번도 넘는 기제사와 누구로부터 빌린 후 갚아야 하는 도지 세까지 기록해 두는 것은 물론 걸핏하면 묻고 확인하러 오는 옆집 건망증 할머니를 위해 그 집 아이들 생일도 간혹 적어놓기도 했다.

암소(牛) 접을 언제 붙였으니 송아지가 언제 세상으로 나올 것이며 큰아들 대학 등록금 내는 날짜도 꼼꼼히 기록해 두기도 했다.

농사일 바빠 가보지도 못할, 시집가서 설움 속에 낳고 기른 큰 외손녀 생일도 해마다 빠트리지 않고 적어두었었다.

정보도 귀하고 시간의 오고 감도 달을 보며 얼추 얼추 하며 살았던 시절, 달력은 함부로 할 수 없는 집안의 귀물(貴物)이었다.

그러다 보니 집 안으로 들어서면 제일 잘 보이는 곳에 걸어둔 달력은 별 장식 없던 가난한 집 장식 역할도 하면서 은근히 사회적 관계망 내지 집주인의 활동영역에 대한 품격과 자랑까지 함의(含意)하고 있었다.

혹 비단 같은 한지에 매란국죽(梅蘭菊竹)이나 문방사우(文房四友)라도 격조 있게 그려진 달력은 이듬해 봄까지 벽 한곳을 장식하곤 했다. 십장생(十長生)이나 대가들의 산수화 달력은 쓰임새가 다하고도 오래도록 방 한쪽 면을 차지하고 있었다.

달력에는 계획과 실천이 사실대로 기록된다. 사라져야 할 일들이 기록으로 남아 자꾸만 기억의 호수 속에서 떠오르는 고통도 있지만, 잊을 수 없는 순간들도 생생한 언어로 각인(刻印)되어 추억하고 싶을 때마다 따스하게 마음 한구석을 덥혀준다.

나이가 들어가면서 점점 기억력은 감퇴하고 어제 한 일도 기억하지 못하는 것이 다반사다.

이런저런 이유로 특별히 계획을 실행하는 것이 어려울 것 같아 마음이라도 편하자고 어떤 때는 달력에 아예 기록해 두지 않아 잊어먹고 지난 것이 다행일 때도 있었지만 그래도 시간이 지나고 나면 몇 번을 후회하곤 했다.

그러고 보면 나이를 먹는다는 것은 더욱 세밀한 기록이 필요하다는 반증(反證)이며 아예 달력을 끼고 살아야 실수하지 않을 것 같은 생각이 든다. 세상 속에서 사람과 같이 사는 한 달력의 소용은 계속될 것이다.

한 해가 저물어 가고 있다. 올해 석양만 눈앞에 둔 것이 아니라 인생의 황혼을 맞이하는 마음이다. 초등학교 신학기 첫날 마치 새 교과서를 받듯 설레는 마음으로 보내준 달력을 끄집어내고 일 년 동안 할 일을 기록하자 하니 정작 별로 적을만한 것이 없다.

돌이켜 보면 경자년(庚子年) 달력에도 하지 못한 강의와 지키지 못한 약속만 빽빽하게 적혀 있다. 신축년(辛丑年)이라고 해서 특별히 달라질 것 같지 않다는 우울한 생각이 자꾸만 든다.

달력을 보내준 이는 새해에도 자신들과 일했던 그때처럼 차분히 계획하고 열심히 실행하라고 생각했을지도 모르는데 말이다.

일생의 긴 여정(旅程)에서 여러 번 넘은 언덕 중 좀 특별한 언덕 하나를 어렵게 넘었지만 자꾸만 자책하고 뒤돌아보게 되는 한 해였다.

오늘의 해넘이와 내일의 해넘이가 유별날 것도 없는데 가슴을 스치며 지나는 회한은 분명 다를 것이다. 태어남의 소식보다 죽음의 이야기를 유난히 더 많이 들은 해여서 그런지 모르겠다.

사람이 그리웠던 한 해, 가까운 사람들과 편하게 얼굴을 맞대고 훈훈한 웃음과 따뜻한 말들을 유난히 주고받길 원했던 한 해였다. 소식 없는 사람들이 그리도 궁금하던 한 해였다.

달력에 적고 남길 것이 없는 한 해는 보내기가 더 어렵다. 해가 갈수록 달력에 계획하고 기록할 것이 줄어들겠지만 오래도록 건강한 삶을 위한 계획들은 이어가길 소망한다.

신축년(辛丑年) 달력에는 그저 건강을 위한 계획만 써놓아야겠다. 지금 걸어가는 길이 먼 훗날 누군가를 위한 발자취가 되기 때문이다.

감나무 가지에 걸린 달빛으로 자라기

사라지지 않는 그리움

낮에는 늦은 봄 흩날리는 벚꽃처럼 하늘하늘 한가롭게 눈이 내리더니 자고 있는 사이 폭설로 바뀌었나 보다. 온 천지가 눈 나라다. 소나무도 사철나무도 소담하게 눈이 쌓였다.

아파트 정문 근처 작은 정원수에 세모와 새해를 밝히기 위해 설치해놓은 하얗고 푸른 수천 개 작은 전등은 눈 속에서 차갑게 반짝인다. 거리를 가로질러 잿빛 하늘 아래 먼 계양산도 태고의 전설 같은 순백으로 덮여 있다.

유난히 추운 날씨 탓인지 며칠 전부터 현관 밝힘 등이 제 마음대로다. 사람이 오고 가는 흔적에 따라 불이 켜졌다가 꺼져야 하는데 근처에 설치되어 있는 스위치 조작 여부로 불이 켜진다. 아무 곡절 없이 전등이 켜져 있어 자다가 일어나 여러 스위치를 조작하며 꺼야 할 때도 있다.

나이를 많이 먹으면 사람도 제정신이 아닐 때가 많아진다는데 현관 등도 그런 것이 아닌가 하는 생각이 든다.

이곳은 겨울이면 눈이 많이 내리는 편이다. 특히 늦겨울에 함박눈이 자주 내린다. 숲이 우거진 산골에 쌓인 눈이 신비와 고요를 선물한다면 넓은 들판을 덮은 눈은 마음의 평안과 함께 한없이 가라앉는 기분을 느끼게 한다.

눈 온 뒷날의 질척거림과 눈을 치우면서 생기는 마음의 소란함은 전혀 생각나지 않는다. 말 그대로 순수의 아득함이요 그 어떤 것도 미동(微動) 없는 태초의 적요(寂寥)다.

쌓인 눈이 내쏘는 연한 잿빛과 어스름 달빛이 어울린 베란다 창문은 오묘한 회색의 세상을 만든다. 얼마나 눈이 쌓였는지 궁금해 창문을 조심스럽게 열어본다. 눈물이 창틀에 얼어붙었는지 좀체 열리지 않는다.

어쩔 수 없이 두꺼운 옷을 주섬주섬 갈아입으며 밖으로 나갈 생각을 해본다. 오늘도 현관 등은 제정신이 아닌가 보다. 심한 추위 탓인지 전등은 불 밝힐 생각이 없다. 침묵만이 켜켜이 쌓여 있는 현관은 어둠 속에서 겨울이다.

더듬더듬 신발을 꺼내 신는다. 현관문을 열고 나가니 냉기가 훅 밀려든다. 아파트 모퉁이를 돌아 나가는데 붉디붉은 산수유 열매에 쌓인 눈이 너무 소담하다.

도시는 아직 깨어나지 않았고 근처 어디선가 날아온 딱새 몇 마리 훌훌히 벗은 고욤나무 가지에 앉아 아침 해가 떠오르기를 바라는 모습이다. 산수유나무는 키가 작아 앉아 있기에 적당하지 않을지 몰라 그런가 보다 하는 생각을 해본다.

혹 쌓인 눈이 녹으면 눈물에 부푼 마른 산수유 열매라도 쪼아 먹을지 모를 일이다. 폭설이 내린 날이라도 생명 가진 모든 것들은 부지런

감나무 가지에 걸린 달빛으로 자라기

히 먹이를 찾아야 한다.

　도심 속 겨울 삶은 누구에게나 혹독하기도 하지만 먹이활동은 자연의 순리에 적응하는 숭고한 임무다.

　아파트 정문 경비실 근처 길목은 눈이 치워지고 염화칼슘이 뿌려져 있다. 밤새 눈이 내리는 데도 누군가는 불을 밝히고 수고를 아끼지 않는 사람이 있기 마련이다.

　아무도 없는 산책길에서 눈 쌓인 어스름 새벽을 느껴볼까 싶어 마음이 바빠지는데 몽당빗자루로 열심히 눈을 치우고 있던 나이 많은 경비아저씨가 반가운 듯 인사를 건넨다.

　"밤새 눈이 많이 왔네요. 새벽 운동 나가세요? 길이 미끄러운 데 조심하셔야 할 겝니다. 지난번 내린 눈이 채 녹지 않고 얼어붙은 데다 덧눈이 쌓였으니 좀 미끄러워야 말이지요. 조심히 다녀오세요"

　"아 예. 수고 많으십니다. 계속해서 눈이 오는데 치워보았자 별 무소용일 텐데. 눈이 그치면 치우시지요"

　"그러긴 한데. 사람들이 밟고 나면 그대로 얼어붙어 치우기가 여간 성가시지가 않아서요"

　조심조심 걸어 산책길로 들어서니 멀리 동쪽 관악산 어름에서부터 핏빛 동녘이다. 늘어선 벚나무 가지에도 켜켜이 눈이 쌓였다.

　산책을 나선 사람은 보이지 않고 어둠을 밝히는 가로등만이 차가운 빛을 내던진다. 조심히 산책길을 걷는다. 매일 보던 길이지만 눈 쌓인 풍경은 색다르다.

눈 내리는 겨울 새벽, 30리 자갈 흙길을 걸어 읍내로 학교 가는 아들을 위해 아침을 준비하던 어머니 생각이 갑자기 떠오른다.

띠포리 충분히 넣어 감칠맛이 나면서도 담백하기 그지없던 뭇국도 생각난다. 거의 매일같이 시래깃국만 먹다가 매콤하면서도 달달한 뭇국은 갑자기 찾아온 별미였다. 늦가을에 수확하여 땅속에 국을 파고 묻어두는 무 저장은 어린 나이에 마치 마술같이 느껴졌다.

겨우내 먹기 위하여 무를 저장하던 곳에는 초가지붕 용머리같이 멋지게 엮은 짚으로 추위와 눈을 피했다. 저장 무는 드문드문 실뿌리가 나고 줄기를 잘라낸 윗부분에는 연초록 새순이 신비함과 싱싱함을 더했다.

어떤 날은 무 위 토막을 조르고 졸라 얻은 뒤 속을 파내고 실을 꿰어 거꾸로 걸어둔 뒤 파란 새싹이 거꾸로 자라는 진기한 모습을 보면서 마치 에디슨이라도 된듯했던 기억도 떠오른다.

좀처럼 눈 보기가 어려운 고향 그곳이었지만 그날은 함박눈이 푸근히 내리고 있었다.

여름이면 땀받이로 겨울이면 방한용으로 사시사철 머리를 감싸던 무명수건으로 얼굴을 건성 닦고 어깨를 털며 안방으로 들어서던 어머니는 흠칫 몸을 한 번 떠시고는

"무시굴(무 저장고)에 눈이 제북(제법) 쌓있다. 간만에 무시국(뭇국)을 끼리(끓여)볼라고 헤집었더니 땅에 얼음이 많이 박혔다. 올해 따라 무

신 눈이 이리 많이 오노. 옛날 어른들 말씀이 삼동에 눈이 많이 오모 보리 풍년이 든다 켔는데 올해는 보리농사가 괜찮을랑갑다. 오늘은 차도 안 올지 모리겄고 걸어갈라면 얼른 일나 챙기라"

미리 삶아둔 보리쌀을 솥 바닥에 넉넉히 깔고 박 바가지로 계량한 양의 쌀로 밥을 안치고 방으로 들어오면서 먼 길 걸어갈 아들을 염려한다.

채 어둠이 가시기도 전에 마당가를 떠돌고 있는 눈발과 닭 울음소리를 기척 삼아 새벽밥을 준비했을 것이다.

늙은 감나무에 쌓인 눈이 푹푹 떨어지고 솜 뭉텅이를 꿰찬듯한 헐벗은 나뭇가지에는 어둑살(땅거미)이 동트기 전 신작로같이 스산해 보였을지 모를 일이다.

눈 내린 날 읍내 학교 30리 길을 걸어가는 일은 결코 만만한 일이 아니었다. 아니 할 수만 있었다면 열 번도 더 도망치고 싶을 정도로 힘들고 어려운 길이었다.

아무리 추운 겨울에도 자식을 위해 새벽같이 아궁이에 불을 지피고 귀한 쌀로 하얀 쌀밥 한 그릇을 기꺼이 준비하시던 어머니의 자식 사랑이 아니었다면 눈 쌓인 산책길을 걸으며 옛일을 생각하는 오늘은 없었을 것이다.

어린 날 어머니는 하루하루를 밝히는 햇살이자 밤을 인도하는 달빛이고 별빛이었다. 지금 아는 이 별로 없는 도시의 산책길에서 온 세상을 덮은 눈과 함께 살아난 어머니에 대한 옛 기억에 쓸쓸하기도 하고 가슴 아리기도 하다.

눈 쌓인 나뭇가지에서 만난 도심의 새들도 어쩐지 그 시절 막막했던 학교 가는 길 위 나 자신 같아 보이기도 하다.

오늘같이 눈 내린 날은 어쩐지 잊히고 사라진 모든 것들이 그리움이다. 학교 길을 걱정하던 어머니의 한숨과 염려가 그리움이고 마당가 나뭇가지에 한참을 앉아 있던 이름 모를 산새도 오늘은 그리움이다.

세월이 가져다준 귀밑 흰머리는 많은 것을 그리워하게 한다.

감나무 가지에 걸린 달빛으로 자라기

화분에 대파를 심으며

　나이를 먹어갈수록 땅과 가깝고 친밀하게 지내고 싶어진다. 하지만 정작 작은 텃밭이라도 가꾸기는 쉽지 않다.

　땅을 갈아엎어 적당할 정도의 거름을 넣고 햇살과 바람을 골고루 스며들게 하는 것이야 손톱 밑에 흙을 묻혀보지 않은 사람이 도저히 할 수 있는 일이 아니니 그렇다 치더라도 무언가를 심은 뒤 달려드는 해충과 잡초를 제거하는 일도 결코 만만한 것이 아니다.

　세상에 공짜거나 날로 먹을 수 있는 일은 어디에도 없다. 평생을 먹고 살아온 일을 손 놓은 뒤 자연으로 돌아가 텃밭이나 가꾸며 사는 것이 도시 삶에 찌든 도심 객의 마지막 바람이긴 하나 그것이 어찌 마음먹은 대로 되는 일이든가.

　자연의 순행과 계절의 변화에 맞추어 씨를 뿌리고 가꾼 후 어느 시기가 되면 갈무리까지 책임지는 일은 노력과 열정이 함께해야 함은 물론이고 많은 경험과 지식도 수반되어야 하는 일이다.

　아파트 같은 곳에서도 키우기 쉽다는 다육식물 한 포기 기르는 일에도 섣불리 도전하지 못하는 것은 생장에 필요한 여러 환경을 만들어 줄 자신이 없는 탓도 있지만 혹 잘못되어 애꿎은 생명을 어떻게라도 한다면 뒤이어 올 후회를 감당하기가 어려울 것 같기 때문이다.

세상에 존재하는 모든 생물의 생명은 너무나 소중하고 경외의 대상이 되어야 한다. 하찮고 무시되어도 괜찮은 삶은 어디에도 없다. 흙에 발을 붙이고 먹거리를 길러 밥상에 올리는 것은 이승이든 저승이든 많은 복덕을 지은 특별한 사람만이 할 수 있는 일임이 분명하다.

역설적이게도 삶을 이어감은 죽음을 맞이하기 위함이다. 필연이든 우연이든 삶의 끝은 새로운 삶 또는 죽음이다. 그 끝이 죽음이라는 것을 알면서도 아등바등 사는 삶이 치열하기도 하고 애잔하기도 하다.

우리 식탁에서 언제나 풍미를 돋우는 대파 또한 여느 생물의 삶과 다르지 않다. 겉옷을 발가벗고 모양새 있게 잘린 채 상품 진열대에서 손님을 기다리는 신세나 잠시 잠깐 목숨을 유지한 채 설한풍을 피해 햇볕이 잘 드는 베란다에서 언제 뽑혀갈지 모르는 대파나 별반 다를 게 없다.

굳이 회자정리(會者定離)니 인연설(因緣說)이니 하는 것들을 이야기하지 않더라도 우주 속에 살아 있는 모든 것은 생멸의 끈에 똑같이 묶여 있음은 불문가지(不問可知)다. 다만 빨리 가느냐 늦게 가느냐 차이뿐 모든 태어남이 곧 사라짐이기 때문이다. 생멸의 법칙은 어디서나 누구에게나 공평하고 균등하다.

어떤 생명도 하찮게 여기지 않는 산문(山門)에서는 입맛을 돋우는 고춧가루나 후주, 파 등을 음식재료로 쓰지 않는다고 한다.

하지만 기름진 음식이 지천인 도시의 식탁에서 파 없는 식단을 상

감나무 가지에 걸린 달빛으로 자라기

상하기 어렵다. 특히 식이섬유가 풍부해 장의 운동을 원활하게 하며 알리신 성분이 어느 식재료보다 많아 항균작용은 물론 면역력을 높이며 감기예방에도 좋다고 하니 늘 갖추어 두고 먹어야 할 식재료임에 틀림없다.

문제는 가격이다. 작년 가을에도 대파 가격은 만만치 않았다. 김장철 언저리 언젠가는 5천 원어치라고 해야 껍질이 두껍고 질기기만 한 파 네댓 뿌리가 전부였다.

그러다 보니 대파 두 뿌리 정도를 손질하고 잘라 비닐 포장지에 넣고는 3천 원에 팔기도 했다.

올겨울에는 무슨 일이 있어도 뿌리 있는 대파를 사다가 화분에 심어두고 먹어봐야지 하는 생각을 했지만 정작 파가 필요하여 마트에 사러 가면 잘 손질된 대파 단에만 눈길이 갔다.

요즘 식탁에서 대파는 필수 음식 부재료다. 국이며 나물 종류에 파가 빠지면 밍밍함을 넘어 서운하기까지 하다. 특히 라면을 끓이거나 고기를 구워 먹을 때도 파절임이 있어야 한다.

파 재배를 주업으로 하는 경작인의 입장은 소비자와 다르겠지만 도시 서민들이 사 먹기에 파 가격은 만만치 않다. 가격도 가격이지만 비싸면 안 먹어도 되는 것이라는 듯 해마다 가격이 요동친다.

어느 해인가는 모양만 대파인 허접한 상품이 서너 줄기에 만 원 한 장을 훌쩍 넘었던 적도 있다. 요즘은 재배기술도 발전되고 어느 정도 수요예측도 가능해져 그런지 가격이 다소 안정적이긴 하지만 고추나

마늘 생강 등 요리 부재료의 가격은 작황에 따라 널뛰기를 한다.

할 수만 있다면 식탁에 필요한 것만이라도 어느 정도 스스로 가꾸어 먹을 수 있으면 얼마나 좋을까.

시골집 텃밭을 생각하면서 시간 여유가 있으면 하다못해 스티로폼에라도 대파를 가꾸어 봐야지 하는 생각을 한 적이 있었다. 해서 지난가을 베란다 화분을 정리하면서 아예 제법 그럴듯한 나무 화분 두 개를 비워두었었다.

내심 겨울이 되면 대파를 사다 심어두고 먹어야지 하는 생각을 하면서도 아내가 몇 번이나 대파 심기에 적당하도록 화분 흙을 정리해 달라는 말에는 건성으로 알았다는 대답만 했었다.

그러구러 시간은 흐르고 올겨울도 마트에서 손질된 대파만 사 먹다 봄이 되겠구나 생각했다. 하지만 함박눈이 펄펄 내리고 천지간이 하얀 눈으로 덮이고 나니 저런 설야(雪野)에도 끈질긴 생명을 이어가는 한겨울 대파를 곁에 두고 싶은 마음이 불현듯 일어났다.

비싼 가격이라든지 싱싱한 상태를 유지하며 맛있게 먹기 위한 방편이 아니라 순전히 온갖 풍상을 이겨낸 불굴의 생명, 대파를 심어두고 보고 싶어졌기 때문이다.

대파를 사러 가는 오일장은 어느 때보다 붐볐다. 코로나가 다소 주춤해진 데다가 설을 앞둔 때라 그런지 말 그대로 도떼기시장이었다. 시장 주차장에 차를 주차하는 데만도 족히 반 시간이 넘게 걸렸다.

발길에 걸리는 것은 사람이고 눈길에 어른거리는 것은 먹거리다. 어물전에서는 칼을 들고 생선을 다듬는 아저씨가 악을 쓰며 호객행위를 하고 만두나 붕어빵을 파는 장사꾼은 줄을 제대로 서지 않는다고 눈을 부라렸다.

몇몇 장사치는 옆 가게주인과 막걸리 잔이나 마셨는지 두툼한 방한복을 덮고 코를 골며 잔다. 사람들에 떠밀려 시장 안을 몇 번이나 돌고 나도 그럴듯한 대파가 보이지 않는다.

한동안 몰아친 설한풍에 밭에 심어져 있던 대파들이 하나같이 곤죽에 파김치가 된 것이 아닌지 모를 일이다.

드디어 회색 털모자를 쓴 아낙이 채소류를 파는 가게에서 뿌리가 제대로 달린 대파를 샀다. 원산지 표시가 남쪽 어디로 적혀 있다.

농부의 밭을 떠난 뒤 여러 사람의 손을 거쳐 이곳까지 팔려왔을 것이다. 지난 늦여름 언제쯤 씨앗이 땅에 뿌려지고 가으내 자라 설 성수기를 맞아 출하되었음이 틀림없다.

5천 원 지전 한 장을 내고 30포기 가까운 대파 단을 사는 마음은 흐뭇하고 넉넉했다. 집으로 돌아오자마자 화분을 정리하여 사 온 대파를 심고 흥건하게 물을 준다.

잘 심겨진 대파를 보면 볼수록 대견하고 기특하다. 매서운 추위를 이겨내고 살아남은 것도 그렇지만 설혹 필요에 의해 내일 그 생명을 다하더라도 햇살 바른 베란다에서 며칠이라도 사는 듯 살 것이라는 생각만으로 마음이 따뜻해진다.

세상에서 생명을 보듬는 것만큼 아름답고 경이로운 일은 없다. 창
문에 어스름이 내려앉고 어느새 별이 뜨기 시작한다.

오늘 밤은 추위에 떨 일이 없을 테니 모처럼 푹 자라고 다시 한번
저녁인사를 나눈다.

감나무 가지에 걸린 달빛으로 자라기

청국장 두 봉지

아무리 생각해도 초등학교 동창인 묘한 친구가 서울에 산다. 경상도 사람이 서울에 산다고 해서 서울사람이 되는 것은 아니다. 그 친구의 말투는 아직도 서울사람 근처에도 가지 못한듯하다.

황구를 흑구로 만들겠다고 아무리 잿더미에 묻어 키워도 지나는 가랑비 몇 방울에 도로 황구가 되듯 경상도 사람은 거의 평생을 서울에 살아도 서울사람으로 변하지 않는다. 사고체계나 행동양태는 물론이고 아무리 노력해도 변하지 못하는 것이 말투요 음식이다.

그런데 그 친구도 학창시절이 끝나자마자 서울에 올라와 뼛골까지 서울사람이 될 시간이 흘렀음에도 경상도 아지매가 되어 산다. 사회관계망에 올라오는 사진들을 보면 소담한 텃밭을 경작하면서 사는 영락없는 농부의 모습이다.

그 친구가 모처럼 만나는 점심 식사 자리에 고향 맛 그리운 친구들을 위해 가방 가득 먹거리를 넣어왔다. 도토리가루와 맛깔스러운 청국장을 나누어 주었다. 한 봉지가 두 사람이 먹기에도 넉넉한 정도였다.

체수보다 손이 큰 것은 고향 동네 아지매들의 복 받을 특징이다. 타향에서는 고향 까마귀만 보아도 반갑다는데 대자리 지푸라기 냄새 향긋한 청국장이 반가운 것이야 말할 나위도 없다.

경상도 사람은 그것도 서부 경남이 고향인 이들은 대부분 추어탕에 제피가루를 넣지 않으면 밍밍하여 제대로 맛을 느끼지 못하고 부침개에 방아가 들어가지 않으면 아무리 대파니 배추에다 어패류를 넣었다 하더라도 찌짐(부침개)의 풍미가 느껴지지 않는다.

김치 또한 경상도식 멸치젓이나 갈치젓에 황새기젓이 들어가야 김장김치 맛이 난다. 청국장도 이런 것들과 다름 아니다. 동네 청국장이라야 제대로 된 청국장일 테다.

태어나고 자란 과정에서 몸에 박인 특유한 습관이나 버릇은 쉽게 바뀌지 않는다. 선호하는 음식이나 좋아하는 냄새 또한 마찬가지다.

지금은 어디에서도 만날 수 없는 향기가 고향집에는 있었다. 제수용 과일과 향나무 향이 오묘한 조화를 이루던 안채 가운데 방의 제사음식 냄새, 저장 고구마의 달콤한 냄새와 메주 뜨는 쿰쿰한 냄새가 어우러진 겨울밤의 사랑방 냄새는 결코 잊히지 않는다.

뿐이랴. 윗목에는 비릿한 콩나물이 주둥이 넓은 옹자배기 위에서 삼베 수건을 뒤집어쓰고 자라고 아랫목에는 밤새 막걸리 괴는 소리가 뒤란 가을바람 소리 같이 괴기하던 안방의 신비로운 냄새도 가끔 생각난다.

유년시절 고향의 집들은 나름의 냄새를 가지고 있었다. 부잣집은 부자 냄새가 났고 가난한 집은 가난의 냄새가 났다. 할머니나 할아버지가 있는 집은 또 다른 향기가 있었다.

감나무 가지에 걸린 달빛으로 자라기

비록 살림은 유족하지 않더라도 아이들이 많은 집은 떠들썩한 사람 냄새가 났고 방마다 곡식이 가득 차있어도 식구가 적은 집은 쓸쓸한 냄새가 집안 공기를 냉랭하게 했다. 그때나 지금이나 사람이 재산임을 실감한다.

많은 식구에 치이고 형제 많음이 고단하게 여겨졌던 탓에 우리 세대는 대부분 자식을 많이 두지 않았다. 황혼길에 접어들어 보니 경쟁과 생존에 내몰린 삶으로 인해 자식농사도 풍성하게 짓지 못했음은 물론 부유하는 생활 탓에 내세울 만한 향기마저 만들지도 지니지도 못했다.

굽이굽이 넘고 고비고비를 지나온 지금 아직도 어렴풋이 몸을 감고 도는 냄새가 있다면 제피 냄새, 방아 냄새에 더하여 청국장 냄새다.

가끔씩 장독간에서 멸치젓이 익어가던 냄새나 뒤란 작은방 아궁이 위 양은솥에서 졸아가던 시락국(시래깃국) 냄새, 아래채 가마솥에서 끓고 있던 쇠죽 냄새도 쉽게 잊히지 않는 고향의 향기다.

하지만 누가 뭐래도 인이 박히고 체질의 일부가 된 냄새는 메주 띄우는 냄새요 청국장이 익어가는 냄새다.

띄운 청국장을 볕 바른 겨울 어느 날 멍석에 말린 뒤 맷돌에 갈 때 풍기던 쿰쿰하고 고소하던 그 내음에는 웅숭깊은 삶이 익어가던 할머니의 냄새가 배어 있었고 없는 살림에도 최선을 다해 식구들 먹거리를 챙기던 어머니의 신산한 삶의 냄새가 묻어났다.

그러고 보면 청국장은 고향의 맛이요 유년의 기억이다.

청국장의 기본은 콩이요 그 맛의 요체는 삶은 콩을 어떻게 발효시키는 가일 것이다. 황토 냄새가 순한 토벽과 문풍지 사이로 스며드는 신선한 바람은 물론 대자리 위에 놓인 볏짚의 유익균이 절묘하게 만들어 낸 발효식품이 청국장이다. 더하여 맑은 물과 적정 온도를 유지해 주는 초가지붕 아래 온돌방이라면 금상첨화가 아니겠는가.

어찌 보면 청국장은 사람이 만드는 것과 더불어 자연이 이런저런 것들을 보태어 만들어진다 할 것이다.

세계 식물학계에서는 콩의 원산지를 우리가 잃어버린 땅 만주로 기록하고 있다. 하지만 한반도로 추정하는 것이 더 논리적이라는 설이 강하다. 학자들 간에 여러 이설이 있긴 하지만 청국장의 원재료인 콩 원산지가 한국이라는 것이 환경생태학이나 식물유전학이 발달된 지금에 와서 정설로 받아들여진다. 원산지의 설정기준이 되는 야생종 콩의 분포가 한반도에 가장 많다는 실증적 근거가 있기 때문이기도 하다.

예전 청국장은 특유의 냄새 때문에 호불호가 강했던 음식이다. 청국장의 특징은 이 냄새다. 다른 발효식품들과 달리 찌개로 만드는 과정에서 더 강하게 퍼져나간다. 냄새 때문에 기피하는 이들도 많다.

청국장을 내놓는 식당에 가면 부모들이 아이에게 청국장을 먹이려고 애를 쓰는 경우도 본다. 좋아하는 사람들도 보통은 냄새가 고약하다고 생각은 하면서도 딱히 먹는 데 저항을 느끼지 않을 뿐이다.

감나무 가지에 걸린 달빛으로 자라기

소수지만 청국장 냄새 자체를 즐기는 이들도 있다. 이들은 주로 청국장 냄새에 대해 구수한 냄새라고 한다. 청국장을 좋아하는 사람조차도 간혹 피하곤 하는데 이유는 냄새가 배기 때문이다.

요즘은 거의 냄새가 나지 않는 청국장이 만들어지면서 젊은 세대들도 찾는 경우가 늘고 있다 하니 건강에 좋은 청국장이 한류음식문화의 한 축이 되어 세계시장에서 각광받을 날도 머지않았다.

옛날 어른들은 청국장 외에도 다양한 장을 만들어 먹었다. 메주를 햇볕에 말려 곱게 빻은 메줏가루를 소금물로 질게 버무린 다음 다진 마늘, 굵은 고춧가루를 섞어 일주일 정도 삭힌 뒤 먹는 담뿍장도 그렇다.

또 어떤 집은 보리쌀겨 반죽을 왕겨를 태운 재에 넣고 구운 것을 띄워 말려 빻은 가루에 보리쌀을 갈아 엿기름물에 삭힌 식혜, 무청, 당근, 풋고추, 메줏가루, 다진 마늘, 고춧가루, 제피가루, 소금을 섞어 버무려 삭힌 시금장이라는 것도 만들었다.

시금장을 서부 경남에서는 마을에 따라 보리개떡 같다고 해서 개떡장이라 이름 부르는 곳도 있다고 한다.

예전 고향의 모든 집은 젓갈 냄새가 났고 메주 뜨는 냄새가 났다. 장(醬) 뜨는 냄새도 났고 청국장 끓이는 냄새도 풍겼다. 오랜만에 우리 집에도 청국장 냄새가 넘쳤다.

친구가 준 청국장에 마늘과 대파, 두부를 넣고 끓이니 걸쭉하고 먹음직한 한 끼 반찬으로서 두 사람이 먹고 남을 정도로 넉넉했다.

요즘 시중에 파는 청국장이 그렇듯 친구의 청국장도 특유의 냄새가 나지는 않았지만 옛 청국장 고유의 맛은 그대로 살아 있었다.

서울사람 같지 않은 고향친구 덕분에 오래전 잊어버린 시골 청국장을 맛보는 호사를 누렸다. 나이를 먹어갈수록 고향이 좋고 친구가 좋다는 것을 새삼 실감한다.

감나무 가지에 걸린 달빛으로 자라기

묵정밭에서

　겨울의 언덕에 서면 마음이 허허하다. 도심의 낯선 골목길에서 길을 잃었다가 갈래갈래 엮인 전깃줄을 따라 미로를 벗어나 전혀 모르는 곳에 버려진 느낌이 그러할까.

　소소한 추억들이 겹겹이 녹아 있는 고향의 묵정밭둑이라고 해서 계절이 가져다주는 이런 허허한 심사는 별다르지 않다.

　어느 날부터인가 봄이 와도 피어나지 않는 마음이 있다. 인간의 삶을 간단없이 이어갈 수 있는 원천은 비록 나이를 먹더라도 매일매일 마음이 새롭게 자라기 때문이다.

　봄이면 봄의 마음이 피어나고 이에 따라 육신도 새로운 생기에 넘친다.

　폭풍우 몰아치는 여름도 소슬한 바람 속에서 땅을 향하는 낙엽이 우울한 가을일지라도 마음은 계속해서 새날을 만들어 낸다.

　매서운 추위에 고드름이 처마마다 달리고 하얀 눈이 온 세상을 덮어도 희망의 봄을 꿈꾸는 것은 생명이 붙어 있는 한 결코 삶을 멈추지 말라는 창조주의 명이자 자신을 여기까지 오게 한 모든 이들의 바람이다.

　이 세상에는 의미 없이 태어나고 만들어진 것은 아무것도 없다. 살기 위해 하루하루 최선을 다하는 것은 의식이 있는 존재든 아니든 똑같다.

문제는 마음속에 묵정밭이 생긴다는 것이다. 매일같이 지나간 시간을 돌아보고 반성하며 순수와 무욕(無慾)의 세계를 끝없이 갈구하지 않으면 마음의 양식에 필요한 것들만 자라는 쓰임새 많은 밭을 가질 수가 없다.

나이를 먹으면서 감성의 골짜기에는 어둠의 그늘이 가득하다. 삶의 질서에 순응하고 세사(世事)에 짓밟히다 보니 어느 사이 자신의 삶이 아닌 다른 사람들의 삶으로 살아가는 탓일 게다. 순수의 계곡에는 세진(世塵)만이 쌓이고 맑은 샘물이 솟아나던 심연은 덧없는 안개만 자욱하다.

자연을 벗 삼아 살면서 묵정밭의 잡초들을 쳐내고 이끼 낀 돌들을 추려내어 가지런히 돌담을 만들어야 하는데 내일을 보는 눈과 마음에 세상 사람들이 취하고자 하는 욕심만 가득하니 어쩌지 못한다.

지난해 가을에는 아주 오래전부터 집에서 부쳐 먹다가 한동안 버려졌던 묵정밭을 다시 가꾸기 시작했다.

그 묵정밭은 어릴 적 추억이 고스란히 남아 있는 곳이다. 가시덤불 사이로 산딸기가 무시로 익었고 나른한 봄날이면 싱그러운 풀냄새에 애타 하는 염소를 아침저녁으로 내어다 매고 들이던 밭이다.

그 밭의 소나무와 대나무, 경계를 침범한 구지뽕나무들을 일일이 쳐

감나무 가지에 걸린 달빛으로 자라기

낸 뒤 옛 추억에 젖어 허물어져 가는 밭둑에 서있던 가을날 소슬한 바람과 함께 길을 잃었던 감나무 밤나무 낙엽들이 묵정밭에 몰려들었다.

묵정밭에는 여러 잡초들이 그들만의 세상을 만들어 살고 있었다. 정겨운 이름들이 문득 찾아온 사람에게 인사를 건넸다.

여름내 씨를 기른 우슬초 도깨비바늘 도꼬마리는 사람이든 강아지든 움직이는 것이라면 기를 쓰고 고리를 걸며 옮겨감을 꿈꾼다. 흔하디흔한 보잘것없는 잡초에 불과하지만 생명을 준 모근으로부터 떨어져 자신만의 세상에서 뿌리를 내려야 다음 생을 이어갈 수 있다는 것을 본능은 알고 있다.

이제 고향마을은 사람이 줄어들고 빈집만 늘어난다. 부모님이 살았고 자신이 태어나 성장했던 정든 집이지만 삶의 터전이 도시에 있다보니 비록 물려받았다 한들 제대로 관리할 방법이 없다.

집이란 인기척과 사람의 훈기에 의하여 유지된다. 사람이 떠난 빈집은 알맹이 빼먹은 고둥껍데기처럼 스산하고 허무하다.

집이 그러한데 하물며 지게 지고 오르내리던 삿갓만 한 밭뙈기는 오죽할까. 어른 키 높이로 자란 산딸기나무에는 무당거미가 집을 짓고 누름한 뽕나무 뿌리에는 지난여름 벗은 뱀허물이 징그럽게 걸렸다.

한때 산 비알[5]에 매달린 작은 밭뙈기는 원망일 때도 있었지만 작은

5 비알 : 비탈의 방언

채소가게 같았던 그곳은 희망이었고 꿈이었다. 산굽이를 타고 따사로운 햇볕이 커다란 보자기만 하게 내리기 시작하면 파란 듯 하얀 머위꽃이 꿈틀대기 시작했다.

군데군데 서릿발이 남아 있어도 산그늘 양지 틈에는 겨우내 땅속으로 숨어들던 부추가 나무나 조개껍데기 재를 거름 삼아 소복하니 싹을 틔웠다.

하얀 민들레가 소담하고 땅두릅이 고개를 내밀 때쯤이면 간혹 길잃은 산토끼가 우렁찬 장끼 울음소리에 놀라 황급히 산딸기 가시덤불 사이로 자취를 감추곤 했다.

생강나무 노란 꽃이 별처럼 피어나고 군데군데 무리 지어 핀 참꽃이 연분홍 등처럼 온 산을 수놓으면 긴 줄에 매인 염소가 한가로이 풀을 뜯었다.

냉이나 씀바귀를 캐려는 처녀들은 대바구니나 소쿠리를 끼고 밭둑에 앉아 시나브로 흐르는 뭉게구름에 마음을 빼앗기기도 했다.

시골에서 농사꾼을 부모로 살아온 사람이라면 산 초입에 좁다란 묵정밭 추억 하나쯤은 있을듯싶다. 봄이면 밭둑에는 하얀 찔레꽃이 흐드러지게 피고 감나무 잎이 진한 녹색으로 바뀌면 여기저기 돌 틈 사이로 뱀딸기가 먹음직스럽게 붉어가던 작고 아담한 밭은 그 자체로 작은 행복의 공간이다.

사는 일이란 게 꼭 앞으로 나아가는 것만이 능사가 아니다. 가다가 지쳐, 아니 꼭 그렇지 않더라도 뒤돌아보니 옛날이 더 좋았으면 거기로 가서 살 수도 있는 것이다.

추위가 어느 정도 물러가고 남녘바람이 꿈같이 몰려오면 고향의 묵정밭을 가꾸기 위해 길을 나서야겠다.

쑥대밭으로 변한 그곳에 고랑을 짓고 씨를 뿌려야지. 괭이질에 호미질로 고추 모종도 옮기고 가지도 몇 그루 심으리. 혹 아는가.

나이에 관계없이 따스한 햇살로 순수와 감성의 골짜기에도 훈훈한 봄바람이 불어올지.

노란 점퍼를 바라보는 불편한 시선

봄비가 부슬부슬 내리는 아침이다. 잠깐 비 내리고 낮에는 갠다고 하니 춥지 않아 그런대로 어르신들이 활동하기에 좋은 날이다.

어제 낮은 거의 초여름 날씨같이 따스했다. 며칠 전까지만 하더라도 살을 에는 듯한 추위가 계속되어 언제 봄이 오나 했었다. 이 비가 끝나고 나면 제대로 된 봄이 왔으면 싶다.

하지만 도심에서 봄을 맞이하기가 쉽지 않다. 추워 추워하다가 봄이 오나 하면 금방 여름이 되는 것이 도시의 봄이다. 봄을 기다리는 것은 땅속 개구리뿐만 아니라 겨우내 추위로 답답한 집안에 갇혀 살던 어르신들이 더하지 싶다.

서울에 볼일이 있다. 아내가 차려주는 아침밥을 천천히 먹고 오늘 해야 할 일들이 무엇인지 이것저것 챙겨보면서 느긋하게 집을 나선다.

반 시간 남짓 걸리는 전철역까지 느릿느릿 걷는다. 비록 한 몸에 불과하지만 새벽부터 출근지옥에 시달리는 젊은이들에게 눈총받는 지공거사, 나이 든 이가 되지 않고 싶기 때문이다.

바쁜 직장인들은 이미 출근했을 시간이지만 2칸의 작은 지하철은 여전히 북새통이다. 발을 딛기 어려울 정도의 지하철 안에는 연신 안내방송이 시끄럽다. 들어갈 곳도 없는데 조금씩 안으로 이동해 달라는 말과 가방은 앞으로 끌어안아 달라는 안내가 사람들의 짜증을 오히려 부추긴다.

출근하는 많은 이들이 회사에서 오늘 해야 할 일을 생각하며 하루를 어떻게 보내야 할지 계획하는 시간이 되었음 싶지만 가당찮은 바람이다.

복잡한 지하철 안은 거의 절반 정도가 나이 든 어르신들이다. 멀리 오일장이라도 보러 가는지 간이 손수레를 품에 안고 좌석에 앉은 이들도 많다. 등산용 가방을 메고 가는 노인들도 다수다.

다 같이 지하철 요금을 내지 않는 사람이긴 하지만 보기에 심히 불편하다. 두꺼운 방한복과 하루치 먹거리라도 넣고 가는지 불룩한 등산 가방에 스틱까지 꽂은 차림새에 보내는 출근길 젊은이들의 눈길이 고와 보이지 않는다.

단순히 여유시간을 등산이나 여행 등의 취미생활에 이용한다면 가능한 한 힘들고 피곤한 직장인들의 바쁘고 붐비는 출근 시간을 피하는 배려가 어떨까 하는 생각을 해보지만 그들도 그럴만한 사정이 있을 것이다.

생활전선에서 밀려나고서 집에 있는 시간이 길면 길수록 눈치밖에 받을 것이 없는 과거의 산업역군들의 위상은 초라하고 추레하다.

그들은 미래를 위한 할 일도 취미도 별달리 준비하지 못했을 것이다. 준비하지 못한 그들이 비난받을 일인지는 잘 모르겠지만 국가 공공재를 무상으로 이용한다는 현실의 눈이 따가운 것은 사실이다.

이곳은 다른 서울근교 도시에 비해 대중교통 기반시설이 취약하다. 인구수가 50만을 바라보는 큰 도시임에도 2량짜리 지하철이 전부다. 물론 버스가 없는 것은 아니지만 넘쳐나는 차량에 비해 도로가 협소하여 교통흐름이 가히 좋다고 할 수 없다.

게다가 제일 큰 문제는 요 몇 년 사이에 감당하기 어려울 정도의 부동산 가격 급등에 따라 서울에 직장을 가진 많은 젊은이들이 이곳을 베드타운으로 삼고 있다는 것이다.

출근길 지하철은 말 그대로 지옥이다. 역 안내방송은 연신 다음 열차를 이용하라고 방송을 하지만 출근 시간대가 끝나기 전까지는 기다렸다 타도 그게 그거다.

일전에 큰 눈이 내린 날 몰려든 승객들로 인해 하마터면 대형사고가 날 뻔했다. 자신의 정치적 이익과 치적을 위해 미래에 대한 제대로 된 수요예측 없이 지하철을 계획하고 공사를 진행한 시 위정자들도 문제지만 수도권 인근의 도시들을 급격하게 인구 포화상태로 만든 국가 차원의 여러 정책 난맥상도 비난받아 마땅하다.

젊은 늙은이들이 대책 없이 늙은이 세상으로 빨려 들어가고 있다. 날씨가 따뜻해지면서 노란 점퍼를 입고 공원이든 거리든 느릿느릿 거니는 나이 든 이들이 많아졌다.

그들은 하나같이 쓰레기봉투와 집게를 들고 있다. 군데군데 모여앉아 잡담을 하기도 하지만 표정들은 썩 밝아 보이지 않는다. 간혹 크기에 걸맞지 않게 폐지나 종이박스를 잔뜩 실은 손수레가 지나가면 멀

감나무 가지에 걸린 달빛으로 자라기

뚱하니 쳐다보기도 한다.

대개가 늙을 수 없는 노인이고 늙어도 일하고 싶은 노인이며 나이가 들어도 건강한 노인이다. 우리 세대도 쓰레기봉투를 들고 공원이나 거리를 배회하는 세상이 곧 올 것이다.

무슨 일이든 충분히 할 수 있는 건강한 노인이지만 어디에도 필요 없는 노인으로 방치되는 것은 시간문제다. 나이가 들어도 늙지 않는 노인들을 그냥 이대로 버려두어서는 안 된다.

요즘은 100세 시대를 넘어 120세 시대가 되어가고 있다는 희망이자 한탄의 말들이 넘친다. 인생칠십고래희(人生七十古來稀)는 이제 화석에 불과한 말이 되었다.

70세는 드문 나이가 아니다. 차고 넘치는 연령대가 70대다. 통계청의 2020년 통계자료에 의하면 70세 이상 노인층이 전체 인구의 6%에 가깝다. 베이비 붐 세대가 본격적으로 노인층에 진입하는 몇 년 후면 노인인구의 통제와 수용이 어려울 정도의 증가는 이미 결정된 미래다.

노인층의 급격한 증가로 인한 여러 사회문제를 논할 지식도 없고 입장도 아니지만 분명한 사실 하나는 대비하지 않으면 국가적 재앙이기도 하면서 장수가 결코 인류의 축복이 아니라는 것이다.

준비되지 않은 고령화 시대의 도래에 따라 무엇보다 필요한 것은 세상을 바라보는 위정자들의 눈이 바뀌어야 한다는 것이다.

어린이가 행복한 세상이 진정으로 좋은 세상이라는 시절이 있었다. 이 말은 지금도 유효하다.

하지만 그에 못지않게 노인이 행복해야 많은 이들이 행복해지는 세상이 된 것이다. 아무리 유용하고 쓸 수 있는 물건이라 할지라도 쓰레기장에 방치되면 그 순간 용도가 폐기되면서 쓰레기로 변한다. 사람도 마찬가지다.

일이라는 수단을 통해 가치를 창출하고 그 가치를 통해 자존감과 행복을 느끼는 것이 인간이다. 논리적 사고와 물리적 근력을 가진 이들을 나이를 기준으로 용도폐기물로 분류하고 일과 격리시키는 것은 사회적으로든 국가적으로든 너무나 큰 손실이다.

노인들에 대한 지하철 무임승차문제로 정치권이 소란하다. 서울시장이 정부와 국회를 방문하여 정부 차원의 국고지원을 읍소했다는 소식도 들린다.

현행 65세가 기준으로 되어 있는 노인의 나이를 상향하여야 한다는 이야기에 언론도 한몫을 보탠다. 어떤 지자체는 지하철 요금을 면제받을 수 있는 최소연령을 70세로 정한다고도 한다.

이 시대의 노인은 산업화 이전처럼 그냥 늙어가는 뒷방 늙은이가 아니다. 예전과 달리 얼마든지 왕성한 생산 활동과 취미생활이 필요한 건강한 어른이다.

젊은이들의 비혼(非婚)과 출산기피로 인한 인구수 감소 문제 돌파구의 하나로 일하고 싶어 하는 노인들을 적극 활용할 필요가 있다.

단순히 지하철 요금 공짜제공이나 길거리 쓰레기 줍기 등의 허접한 용돈벌이로 내모는 것은 한때 모든 것을 바쳐 선진강대국으로 만든 나이 든 이들에 대한 제대로 된 대접이 아니다. 산업역군이었던 이들이 쓸쓸하고 방치된 노년을 보내지 않도록 사회체계 전반을 획기적으로 바꾸어야 한다.

노란 점퍼를 입고 쓰레기봉투와 집게를 든 채 마치 좀비처럼 어슬렁거리는 나이 든 이들을 불편하게 바라보는 시선을 그대로 버려두고는 우리 모두에게 건강한 미래가 없다.

세상 사람들은 너나없이 똑같이 나이를 먹을 것이고 현재의 젊은이도 미래의 노인이 되어갈 것이기 때문이다. 2040년이면 우리나라의 3명 중 1명이 노인이 되는 세상이 된다.

만남이 사라지면서 붕어빵집마저

코로나 팬데믹이 어느 정도 잦아들면서 사람과 사람의 관계가 조금씩 정상화되기 시작했다. 마스크를 어디에서는 쓰고 어떤 곳에서는 벗어도 되는지 아직 다소 혼란하지만 사람이 붐비지 않는 트인 공간에는 눈치 보지 않고 민얼굴을 드러내도 괜찮다.

환기시설을 제대로 갖추지 못한 실내 경기장이나 대형 마트 등은 분명 마스크를 착용하지 않아도 괜찮다고 하지만 다들 쉽게 벗지 못한다.

하지만 넓은 공터에 가게 단위로 가림막이나 휘장을 친 뒤 물건을 진열하고 장사를 하는 오일장은 사람이 붐비지만 마스크 없이 가더라도 별 부담이 없다.

여러 장터를 돌아다니며 장사를 하는 재래시장 장사꾼은 어쩐지 강인하여 어지간한 역병은 걸리지 않을 거라는 근거 없는 믿음이 생긴다.

날씨가 따뜻해지면서 도시의 답답함과 무료함을 달래기 위해서 자주 오일장을 찾는다. 계절을 잊은듯한 싱싱한 채소들도 좋지만 악다구니를 쓰면서 손님을 불러 모으는 장사꾼의 호객행위도 은근 사람을 활기차게 만든다.

지전 몇 장을 얻기 위하여 주인이 끌고 나온 강아지나 어린 토끼가 봄볕을 쬐며 졸고 있는 모습을 보면 귀엽고 애잔하기도 하면서 고향 읍내 장터가 생각나기도 한다.

어릴 적 봄만 되면 토끼를 기르겠다며 마을을 돌던 생선장수가 버리고 간 갈치 하꾸(궤짝)를 물로 씻고 없는 솜씨로 토끼집을 만든다고 난리법석을 피우던 기억이 떠오르기도 한다.

참기름 냄새가 고소한 기름집도 들리고 금방 만들어 파는 어묵을 맛보는 것도 오일장이 주는 재미 중 하나다.

남녘에 봄소식이 무성한 오늘 오일장을 찾은 것은 특별한 목적이 있어서다. 붕어빵을 찾아서다.

동네에서 사라진 붕어빵집이 재래시장에 나타났다. 천 원짜리 지전 한 장에 다섯 개씩 팔던 국화빵이 슬그머니 보이지 않더니 장터에 붕어빵집이 생긴 것이다.

물론 붕어빵집이라 해도 붕어빵만 파는 가게는 아니다. 삶은 찰옥수수 세 개 한 묶음을 5천 원에 팔면서 동시에 붕어빵도 판다. 붕어빵 가게 앞에는 긴 줄이 서있다.

그 사이를 장을 보러온 사람들이 들락거릴 때마다 붕어빵을 사기 위해 서있는 줄은 흐트러지고 구부러진다. 긴 줄과 기다림이 지겨운 이들은 붕어빵에 곁눈질만 하다가 삶은 옥수수 봉지를 들고 발길을 돌린다.

옥수수가 미끼 상품인지 붕어빵이 미끼인지 모르겠다는 생각이 든다. 동네에서 사라진 붕어빵을 만나는 것도 오일장이 주는 재미가 되었다.

몇 년 전까지만 해도 우리 동네 길거리에는 붕어빵집이 여러 군데 있었다. 갈바람이 불기 시작하면 비닐 휘장을 두르거나 천막으로 가림막을 한 간이 수레를 끌고 온 아줌마들이 천 원에 세 개짜리 붕어빵집을 열었다.

끝이 보이지 않을듯한 역병이 사람과 사람의 관계를 단절하더니 붕어빵집도 하나둘 사라지기 시작하여 지금은 한 집도 볼 수 없게 되었다.

코로나 공포로 마스크를 벗고 길거리 음식을 먹기가 부담스러워지다 보니 사람들은 붕어빵을 보고도 눈길도 주지 않은 채 총총히 발걸음을 재촉했다.

붕어빵은 고급도 부자들의 먹거리도 아니다. 붕어빵이 서민들의 음식이라면 이를 만들어 파는 이들도 부자나 대기업이 아님은 분명하다.

그럴듯한 매장과 먹음직한 고급 빵집을 찾기가 부담되거나 천 원짜리 지전 한 장으로 간단하게 허기를 달렸으면 하는 주머니 가벼운 서민들이 주로 찾는다.

겸하여 빵 한 개로 옛 추억을 더듬을 수 있는 것은 덤이다. 우스갯소리이긴 하지만 주택을 구입하는 데 역세권을 고려하듯 요즘 사람들은 붕어빵집이 근처에 있으면 자랑하듯 붕세권에 산다는 이야기를 한다. 그만큼 붕어빵집이 드물다는 뜻일 것이다.

경제가 어려우면서 물가가 비싸지고 생활이 팍팍해지면 가난한 이들은 적은 돈으로도 즐길 수 있는 먹거리를 찾는 것이 자연스러운 일이다.

그럼에도 천 원에 세 개씩 하던 붕어빵집이 사라지는 것을 한동안 이해하기 어려웠다. 사 먹는 입장에서 보면 크게 부담되지 않는 가격이고 만들어 파는 사람도 그 정도라면 이문이 많이 남지 않더라도 일당은 벌 수 있지 않나 하는 세상물정 어두운 생각을 했었다.

하지만 오일장에서 만난 붕어빵가게 주인 이야기를 듣고 보니 동네 빵가게가 사라진 이유를 조금은 이해할 수 있었다. 밀가루 가격이 오르고 팥이며 설탕 등 부재료 가격이 천정부지로 뛰어 천 원에 두 개를 팔아도 남는 것이 없다는 것이다.

그렇다고 한 개를 천 원에 팔 수도 없는 노릇이고 하루에 10만 원 정도의 매상을 올려야 일당이라도 나오는데 길거리 오가는 손님만 바라보고는 일당 절반은커녕 재룟값도 건지기 힘들단다.

동네 붕어빵집만 사라진 게 아니다. 요 몇 년 사이에 세상이 변해도 너무 변했다. 만남이 줄어들면서 지금껏 별생각 없이 이어져 왔던 여러 사회적 관계를 다시 생각하게 된다.

먹고사는 일이 아닌 오로지 자신의 정체성과 마음의 위안을 위해 만남을 이어갔던 것들이 단절되니 고립무원의 외딴섬에 버려진 느낌이다.

이젠 옛 기억마냥 희미해져 가는, 일 년에 한 번씩 있었던 향우회니 동창회니 하는 것들이 주는 정체성과 마음에 주는 위안이 적지 않았다.

동네 붕어빵집이 주던 가난의 행복이 사라진 것처럼 어린 시절 감성을 길러주고 영혼을 살찌웠던 초등학교 교정을 일 년에 한 번이라도 찾아 정든 얼굴들을 만나 안부를 묻고 어릴 적 추억을 소환하던 소소한 기쁨마저 언제 다시 느낄 수 있을지 기약이 없다.

어릴 적 행복을 주었던 붕어빵가게가 사라지니 하루의 지친 몸을 안고 붕어빵 한 봉지를 사던 즐거움이 사라졌다.

일상의 관계가 소원해지고 사라지니 사람과 사람이 만나 나누는 즐거움도 사라졌다. 사람이 고향이고 만남이 있어야 사람도 있고 고향도 있는 것이다. 만남이 사라지면서 고향마저 사라졌다면 지나친 표현일까.

코로나 팬데믹이 오기 전 초등학교 동문모임을 겸하여 고향을 다녀오곤 했다. 그 먼 길을 뛰듯이 갔다가 느릿한 걸음으로 걷듯이 다시 집으로 돌아와도 한동안 방전된 몸의 기운이 충전되고 삶의 위로가 되었다.

추운 겨울을 묵묵히 버티고 견디며 봄을 기다리고 푸른 4월의 어느 날을 달력에 표시하는 것은 정든 옛 사람들을 만나 어제와 오늘을 연결하고 또 내일을 부끄러움 없이 살아갈 것이라 스스로에게 약속하고

감나무 가지에 걸린 달빛으로 자라기

싶기 때문이다.

　이제는 붕어빵도 5일을 기다려 장터에서 사 먹어야 한다니 조금은
서글프다. 얼굴이 친숙한 동네 아줌마와 일상 이야기를 나누며 천 원
짜리 한 장에 마음이 함지박만 해지는 붕어빵봉지가 주는 행복을 더
이상 맛보긴 어려울 듯하다.
　새해가 시작되고 봄소식이 여기저기 들리건만 시골 초등학교 교정
에서 만나자는 연락이 전혀 없다. 팬데믹이 끝나고 엔데믹 세상이 되
어도 이런저런 만남이 옛날처럼 돌아가긴 쉽지 않을듯하다.
　만남들이 사라지면서 가뜩이나 뿌리 없는듯한 도시의 삶이 어디서
어떻게 부유(浮遊)하고 있는지 혼란스럽고 내려진 닻에 대한 믿음마저
흔들린다.
　코로나가 잦아들면서 올해는 봄소식과 함께 교정에서의 만남을 기
대해 본다. 하루빨리 코로나 이전으로 돌아가 일상의 만남들이 의미
가 되고 위로가 되기를 기다린다.

울타리 너머로 보이는 폐교

사람이 없다. 고향 가는 길, 2월의 하늘은 우울하다. 잔뜩 흐린 앞길, 낮게 드리운 구름은 산꼭대기에서 골짜기 아래 논밭까지 잿빛으로 휘장을 쳤다.

지리산 천왕봉은커녕 사천만 건너 봉명산도 윤곽조차 뚜렷하지 않다. 혹시나 봄기운이라도 느낄까 차를 운전하면서 연신 주위를 둘러보지만 어디에도 봄의 기미는 없다.

시간이 가져다주는 계절의 변화를 간절한 기대감만으로 애써 찾는 것은 우매한 짓이다.

저승고개(고향 가는 길 근처 고개 이름)를 지나 아래로 내려다보이는 저수지 물빛은 아직 탁하다. 허기진 배를 끌어안고 돌부리를 걷어차면서 걸었던 유년의 모습을 상상한다.

그땐 이맘때쯤이면 언제나 먼지바람이 불었다. 학교 선생님들은 겨울에서 이른 봄까지 중국 핵실험에 따른 낙진의 공포로 눈은 물론 고드름조차 따 먹지 못하게 떠먹이듯 이르고 일렀다.

그래도 바위를 타고 흐르다 하얗고 투명하기도 한 고드름을 보면 돌멩이로 깨트려 손을 호호 불어가며 우지직우지직 깨 먹었다. 한순간 배고픔이 사라지고 흙먼지 피어나는 길이 수월히 좁혀졌다.

감나무 가지에 걸린 달빛으로 자라기

운동화 여기저기 터진 사이로 삐져나온 발가락이 돌멩이에 부딪힐 때마다 온몸이 움찔거렸다. 그래도 씩씩하게 걸었다.

마을 입구에서 잠시 차를 멈춘다. 예전에도 우람했고 지금도 우람한 마을 숲을 쳐다본다. 발가벗은 나목들은 을씨년스럽다 못해 음산하기조차 하다.

해가 뜰 시간이 훌쩍 지났음에도 오늘은 해를 보기가 어려울 듯하다. 마을 안골에서부터 길을 낸 개울에는 물기라곤 없이 바싹 말랐다.

꼬리를 끌며 암갈색 길고양이 두 마리가 황급히 돌담을 넘는다. 마치 돌이 돌담 위를 구르는 듯 낯설다.

개울 쪽으로 가지를 늘어뜨린 나무들은 겨울 속 냉랭함 그대로다. 늙은 느티나무 뿌리 가까이 썩은 부분을 파내고 작은 돌들로 담을 만들어 유리구슬을 조심스레 숨겨두고 놀던 생각이 불현듯 난다.

그때나 지금이나 나무들은 별반 다르지 않다. 커졌다거나 굵어졌다는 것을 알아챌 정도의 변화는 느낄 수가 없다. 세월이 흘렀으니 의당 더 자랐겠지만 인적 없는 쓸쓸함이 그런 합리적 안목마저 마비시킨다.

구슬치기와 자치기, 못 치기와 딱지치기에 흥이 나 소리를 질러대고 발을 굴러대던 아이들 모습이 환영처럼 나타났다가 사라진다.

한동안 숲 이곳저곳에 눈길을 주다가 묵연히 숲우듬지를 바라본다. 예전에는 몇몇 나무 꼭대기에 까치둥지를 틀었지만 지금은 어디에도 둥지는 없다. 사람 곁에 살면서 버려지는 곡물에 일부분 의존하기도 하던 야생의 새들이 사람이 줄어들면서 동시에 마을을 떠난 것이 아닌지 모르겠다. 먼 하늘가에 큰 새 한 마리 맴을 돈다.

시선을 거두고 다시 차에 오른다. 잠시 고향집에 들러볼까 생각했지만 마음을 바꾼다. 아무도 없는 빈집, 풍경마저 바뀐 그 집이 주는 스산함을 달래려면 한참 마음고생을 해야 할 테다.

예전 이곳에서 자랄 때도 설 지난 겨울풍경은 언제나 쓸쓸하고 참담했다. 백미러 속 고향마을은 점점 작아진다. 멀어지는 고향이 낯선 마을처럼 생경하다.

쓸쓸한 마음을 달래며 폐교 육중한 철제대문 앞 건너편에 차를 세운다. 철제문은 견고하게 닫혀 있다. 누구의 접근도 불허한다는 완고함이 녹슨 대문 쇠창살에서 묻어난다.

울타리 가까이에서 까치발을 하고 운동장을 들여다본다. 오래전 폐교된 후 학생야영수련원으로 쓰였다. 그때만 하더라도 운동장에는 간혹 사람들이 오가고 교실은 수련학생들이 드나들었을 것이다.

하지만 코로나가 덮친 삼 년의 세월이 폐교마저 풍경을 완전히 바꾸었다. 건물 외벽의 페인트는 벗겨져 칙칙하고 추레하다. 창틀은 녹슨 쇳물이 흘러 얼룩덜룩 기괴하다.

산 건물이 아니라 죽은 공포체험장이다. 운동장은 크고 작은 마른 풀들이 점령했다. 인적 없이 버려진 운동장은 물 마른 강가 버덩이나 다름없다.

감나무 가지에 걸린 달빛으로 자라기

한때 학교는 성스러운 장소였고 권위가 넘치는 배움터였다. 학교 울타리 밖에서는 망나니였지만 울타리 안으로만 들어서면 다들 나름 사람 되는 방도를 익혔다.

폐교되고 방치된 지금의 건물과 운동장은 허허로움을 넘어 비탄하기까지 하다. 공을 차며 달리기를 하던 아이, 고무줄놀이에 정신없어 수업 시작종이 울리는 것도 듣지 못한 아이들의 달음박질하는 모습이 눈앞에 선하다.

눈길을 운동장에 덩그러니 서있는 교단에 둔다. 조회시간 교장선생님의 훈시가 환청처럼 다가오고 체육시간 구령을 붙이던 선생님들의 목소리가 아련히 들려온다.

세월이 데려가고 시간이 앗아가 버린 유년의 기억들이 주마등처럼 눈앞을 스친다. 다시는 돌아오지 않을 추억을 떠올리니 가슴이 먹먹하다.

생뚱맞다. 볼품없는 의자 하나가 누렇게 변색된 잡초 운동장에 놓여 있다. 인적 없는 폐교 쓸쓸한 운동장에 의자를 버려둔 이유는 무엇일까.

학교 다닐 때 사용하던 목재의자가 아니라 누런색 레자가 커버로 씌워진 의자다. 귀한 손님을 모셔와 의자에 앉혀두고 선생님이 교단에 올라 학생들을 향해 내빈소개라도 하는 듯 교단 약간 뒤편에서 가지런히 놓여 있다. 의도적일 수도 있고 우연일 수도 있겠지만 교단 옆에 놓인 빈 의자는 많은 생각을 하게 한다.

철제대문은 굳게 닫혀 있지만 이 학교를 졸업한 동문 누군가가 이 곳을 지나다가 들어가 옛일을 회상해 보라는 것은 아닐까.

혹은 마음이 허허한 어떤 이가 마른 잡초가 뒤덮은 운동장과 볼품없이 버려진 의자가 만들어 내는 쓸쓸하고 처연한 풍경을 즐기기라도 하려 했던 것일까.

사라진 학교의 그 어떤 것들도 애잔함이 묻어나지 않는 것이 없다.

다시는 옛 교정에 아이들의 웃음소리, 선생님들의 구령소리가 만들어지는 일은 없을 것이다.

와룡산이 보이는 신작로로 접어들 때부터 마치 먹구름처럼 답답하게 밀려들던 스산함과 생경함이 버려진 운동장에 버려진 의자 때문이었는지 모르겠다.

이 세상에 변하지 않고 영원한 것은 아무것도 없다고 하지만 어린 영혼을 키워준 초등학교가 사라진 것은 아무리 생각해도 너무 안타깝다.

빵을 나누어 주던 급식소와 밍밍한 물맛의 우물, 작은 소나무와 무궁화가 심겨져 있던 동산, 힘차게 뛰어올라야 겨우 잡을 수 있던 철봉도 기억 속을 스쳐 지난다.

겨울의 끝자락 방치된 폐교 운동장의 쓸쓸함이 참으로 눈물겹다. 울타리에 기대고 서있는 몇 그루 늙은 동백도 여태 봉우리를 열지 않았다.

디지털 세상에서 온 피자 한 판

생일을 헷갈리게 한 「달력유감」이란 글 한 편을 후배에게 보냈더니 마법처럼 머나먼 타국 땅에서 피자 한 판이 왔다.

오래전 항공기 개발에 매달려 야근을 밥 먹듯 하던 시절, 그도 같이 치킨이며 햄버거에 피자로 힘든 시간을 보냈다. 밤늦게 먹는 밀가루 음식이 몸에 좋을 리 만무했지만 그나마 보상받는 기분으로 먹고 버텼다.

혹 외국 출장길에도 햄버거 미팅이니 피자 회의니 하면서 패스트푸드로 끼니를 때우기도 했다. 처음에는 다소 먹기도 그렇고 치즈 특유의 냄새가 역겨웠으나 어느 사이 그럭저럭 적응하게 되었었다.

연식이 오래되어 회사를 퇴직한 뒤론 배고픔을 달래기 위해 울며 겨자 먹기 식으로 먹어야 했던, 치즈 냄새 고약한 피자와 멀어졌고 몸에서 그 냄새조차 완전히 사라졌다.

그런데 뜻밖에 피자 한 판이 온 것이다. 거의 매일 밤늦은 시간에 야식을 앞에 놓고 이 고비만 넘자고 서로를 격려하고 다독이던 생각이 문득 떠올랐다.

그의 문자는 간명했다. 생신을 축하한다는 단문과 함께 피자 한 판 상품권이 온라인으로 배달되었다. 항공기 개발이 성공이냐 실패냐며 전전긍긍하던 그때 먹던 그 피자가 생각나서 보냈는지 아니면 「달력 유감」이란 글에서 피자라도 한 판 먹기로 했다는 글을 보고 보낸 것인지 알 수는 없다.

피자를 즐겨 먹을 나이가 아닐 텐데 하는 마음도 없잖아 있었을지 모르겠다.

예전 그 후배가 지금은 부장으로 승진하여 국산 항공기를 운영하는 외국 공군기지에서 기술요원으로 일하고 있다. 과거 군문(軍門)에 있을 때 모든 항공기를 외국에서 도입해서 운영했다.

대부분이 미국산이었고 영국이나 스페인, 인도네시아 항공기도 있었다. 한국 공군이 어느 수준에 이를 때까지 항공기 제작사의 기술요원이 상주하며 기술지원을 했는데 이들을 바라보는 마음은 썩 편치 못했다.

별것도 아닌 것을 가르쳐 주면서도 기술보안이니 비밀사항이라며 고자세였고 툭하면 사용자 미숙이라고 고액의 수리비를 요구하기도 했다. 고가의 첨단 항공기를 만들지도 운영하지도 못하는 기술후진국의 아픔이고 슬픔이었다.

그런데 우리가 만든 항공기를 외국에 팔고 후배는 그곳에서 기술지원요원으로 일하고 있다. 참으로 장하고 자랑스러운 일이다.

항공기에 결함에 대한 기술적 지원능력도 있어야 하지만 그 나라 말이든 영어든 소통능력을 갖추는 것이 어디 쉬운 일인가.

감나무 가지에 걸린 달빛으로 자라기

하기야 그 후배는 소통능력 구비 문제를 떠나 매사에 진심인 것은 일찍부터 알고 있었다. 진인사대천명(盡人事待天命)이라 했다.

이미 그 회사를 그만둔 지도 많은 시간이 흘렀지만 후배의 평소 인간관계나 친화력을 생각하면 어떤 악조건에서도 성공적인 기술지원을 할 수 있으리라 생각한다.

그래도 그 먼 타국 땅에서 기술지원 요원으로 어렵고 바쁘게 근무하며 피자 한 판을 보낸 것은 가상하고 고맙다. 그가 보낸 피자 한 판을 보니 아주 어릴 적 생각이 난다.

습관이란 무섭다. 특정 음식을 좋아한다거나 싫어하는 것도 습관이라면 습관이다. 지금은 어떻게 변했는지 알 수 없지만 우리 집 형제들은 대체로 밀가루 음식을 즐겨 하지 않는다.

빵이나 부침개는 물론이고 국수나 라면으로 끼니를 때우는 일은 극히 드물었다. 아주 어릴 적에 라면이나 국수를 싫어한 것 같지는 않은데 어느 날부터 중국 음식점이나 분식집에서 모여 식사를 해본 기억은 없다.

어떤 형제는 밀가루 음식을 먹으면 영 소화가 안 된다며 젊은이들이 즐겨 찾는 햄버거나 피자 등을 보면 지금도 손사래를 친다.

밀가루 음식은 군음식이라며 아예 끼닛거리로 생각하지 않았던 할머니나 어머니의 영향도 있겠지만 힘겨운 보릿고개를 넘어온 세대의 아픈 음식 습관일지도 모를 일이다.

예전 어른들은 가루 음식은 체물(滯物)이라 하여 불가피한 경우가 아니면 밥상에 올리지 못하게 했다.

이즘에야 과학적이고도 의학적으로 분석해 본 결과 밀가루나 보릿가루 등에 많은 글루텐이 위나 장에 잔류되어 소화 장애를 일으키는 것이 밝혀졌다. 특히 고령의 노약자는 밀가루 음식에 대해 예민하게 반응했던 것으로 기억한다.

특히 계묘년 보리흉년으로 면에서 구호품으로 나누어 주던 밀가루와 썩은 보릿가루로 수제비나 칼국수, 죽을 먹으면서 끼니를 때우던 그 힘든 기억은 분식 이야기만 들어도 절레절레 고개를 흔들게 만들었다.

이제는 세상이 달라졌다. 한류가 세계를 휩쓸면서 한국산 라면이나 빵, 치킨 등이 미국이나 프랑스 일류 음식문화국에서도 당당히 어깨를 겨룬다.

이에 못지않게 서양의 패스트푸드도 우리나라 음식장터에서 주류가 되어가고 있다. 피자나 햄버거 등은 대중적 음식을 넘어 고급화와 차별화 전략으로 고급 호텔 음식코너를 점령함은 물론 최고의 부자거리 강남대로에서도 인기메뉴가 된 지 오래다.

피자나 햄버거의 시장 확장 전략은 무서울 정도로 치밀하다. 어린이들이 많이 가는 놀이공원, 동물원이나 영화관 등에는 어김없이 유명 패스트푸드 매장이 자리를 잡고 있다.

쌀밥과 김치, 젓갈 등 발효음식에 맛 들여진 어른들보다 미래의 고객인 아이들을 대상으로 영업 전략을 펼치고 있는 것이다. 어릴 적 입맛이 평생을 가는 것은 분명하다. 건강에 특별한 문제를 일으키지 않고 가격 측면에서도 저렴하다면 굳이 배척할 필요까지는 없을 것이다.

하지만 중독성과 과식을 부르는 음식이라는 점에서 좀 더 면밀한 연구와 지속적인 추적관리가 필요해 보인다.

후배가 보낸 상품권을 피자로 바꾸기는 쉽지 않았다. 일단 온라인에서 피자집 홈페이지를 찾고 고객센터로 전화를 해서 상품권을 현물로 바꾸고자 한다고 하니 앱을 깔고 회원가입을 한 다음 상품권을 등록해야 한단다.

가게에서 온라인 상품권으로 결제를 할 수가 없냐 물으니 가격할인이 안 된다고 한다. 할 수 없이 앱을 깔고 마치 묵찌빠 같은 질문과 답변을 반 시간 넘어 씨름을 했다. 겨우 상품권을 등록하고 확인하니 포장판매 방문 시간이 제대로 입력되지 않아 당장 찾으러 가야 할 판이다.

다시 매장에 전화를 해서 오후 5시쯤 가겠다고 사정을 한다. 햄버거나 피자 매장을 방문해서 키오스크로 상품을 고르는 것은 비할 바도 아니다. 한 발짝 한 발짝이 진창이고 진땀이다. 내가 피자를 먹는 게 아니라 피자가 나를 먹게 생겼다.

드디어 피자 신청 성공. 룰루랄라~~ 포장 주문 한 피자를 찾으러 매장으로 간다.

후배가 보내온 피자 상품권 덕분에 그 어려운 디지털 도어록을 무사히 열고 새로운 세상으로 한 발자국 나선다. 게다가 네 가지 맛 피자라니. 후배가 전화로 한마디.

"피자를 드신다고요? 어쩐지 영 어울릴 것 같지 않은데"

세상이 바뀌었는데 묻지도 따지지도 말고 바꾸어 가야지. 더더구나 먹고사는 문제인데. 따끈하게 잘 구워진 피자 한 판을 싣고 집으로 오는 길이 차가 길게 늘어서 있다.

그래도 맛있는 피자를 먹을 생각에 마음은 흐뭇하다.

가보지 않은 길을 준비하며

물처럼 길을 걸어야 한다. 쉼 없이 흐르는 것을 어려워 말고 멈추어 미적거리는 것을 두려워할 필요도 없다.

길이 있으면 길을 따라가고 길이 없으면 길을 만들어 가는 것도 괜찮다. 남들이 가는 길을 같이 가도 좋고 호젓이 무념무상의 마음으로 걸어도 나쁘지 않다.

물처럼 걷는 것은 군자(君子)의 발걸음이다. 가끔은 바람처럼 걸어도 된다. 나무에 걸리면 흔들어 보기도 하고 돌담에 부딪히면 휘파람 소리를 내며 세상에 마음을 전하는 것도 좋다.

바람이 어디 길을 따라 돌아다니던가. 무아지경(無我之境)에서 자신마저 잊고 걷는 것, 그것이 바람의 길이다. 바람처럼 걷는 것은 신선의 발걸음이다.

물처럼 바람처럼 거침없이 걷고 싶다. 희망으로 가득 찬 꿈을 꾼다.

한 해의 시작은 1월이다. 1월에는 후회와 희망이 공존한다. 가끔은 후회로 가슴을 치면서 자책하다가 찬바람 싸늘한 하늘을 보며 스스로에게 약속한다. 1월은 그런 달이다.

시간을 쉽게 보내지 않을 것이라고. 하지만 그런저런 약속이 지켜지는가를 생각해 보기도 전에 쉬이 2월이 왔다가 간다. 2월은 계절적 달이 아니다. 겨울도 봄도 아니다. 머무는 시간이 짧기도 하지만 애당초 뚜렷한 계획 없이 건너뛰는 달 같은 느낌이다.

3월이 온다. 왠지 희망찬 한 해의 첫 달 같은 3월이다. 봄이 시작되고 종종걸음으로 세상 밖으로 나오는 아이들이 학교를 들어서는 달이다. 가만히 집에만 들어앉아 맞을 수가 없는 달이 3월이다. 길게 기지개를 켜고 집을 나서 길을 걸어야 한다.

해 길어 산비둘기 오래도록 나는 길을 걷는 것 그 자체가 평화다. 겨우내 쌓였던 눈과 계곡의 얼음이 녹아내리며 실어다 나르는 물속 낙엽 냄새는 풋풋하고 향긋하다.

언제나 3월이 오면 고향 길을 걷고 싶다. 부귀공명을 누리려 길을 걸은 적은 결단코 없다. 어찌 보면 살아남기 위해 그저 살기 위해 휘뚜루마뚜루 세상을 주유(周遊)했다. 길이 아닌 길을 걸을 수밖에 없었던 것은 천명이자 운명이었을지 모른다.

이제 길 위에서 길을 멈추고 돌아본다. 지금까지 살아오면서 걸어온 길이 아픔이 아닌 길이 있었을까. 그렇다. 그나마 어릴 적 걸었던 그 길은 온전히 지금의 나를 끌고 온 근원의 길이다.

다시 돌아가 고향 길을 걷는 것은 때로는 기쁨이고 때로는 슬픔이다. 살아온 날들을 반추하고 살아갈 날들을 계획하는 사유의 길이 고향 길이다. 태어남과 성장의 길이며 어쩌면 언젠가 돌아가는 날, 운이 좋다면 영원히 간직하고 떠날 길이기도 하다.

그 길을 언제 다시 걸을지 알 수는 없다. 아니 다시는 걷지 못할 길

이다. 아스팔트로 포장되고 사람도 없는 길을 차들만 내처 달리는 길
이 되고 말았으니.

언제였던가. 기억마저 가물가물하다. 중학생이던 어느 이른 봄날이
었다. 봄 가뭄 탓에 흙먼지 풀풀 날리는 그 길을 걸었다. 연분홍 참꽃
이 군데군데 무리 지어 피던 언덕배기를 바라보며 고픈 배 움켜쥐고
걷던 길이다.
   허기 탓인지 빈혈 탓인지 구분조차 어려웠지만 황톳길 아득한 끝
에는 봄 아지랑이 자주 아른거렸다. 터득거리며 걷는 신작로 자갈길이
가팔라지면 밑창이 다 닳은 신발 끝으로 산곡에서 쏟아져 내린 뾰족
한 돌들이 발가락을 가만두지 않았다.
   버들개지 무리 지어 피던 강을 지나며 물 위에 어리는 구름으로 몹
시 어지러웠다. 아직 자라지 않은 송사리 떼가 맑은 물속에서 빛이 되
어 돌아다녔다.
   잎을 틔우지 않은 팽나무 느티나무는 거인처럼 우두커니 서서 가방
메고 걷는 아이들을 내려다보았다. 까마귀나 물까치가 몰려 앉아 울
때는 까닭 없이 무서웠다.

   야트막한 재를 넘어 만나는 마을 이름은 멋스러웠다. 하지만 이름
에 걸맞지 않게 모진 사람들이 그 마을에 사는듯했다.
   부랑아인지 어리보기인지 모를, 아이도 어른도 아닌 것들이 길가는
학생들을 붙들고 시비를 걸었다. 낫으로 위협하기도 하고 멀리서 돌팔

매질을 하기도 했다.

마을 입구에 들어서면 신발 끈을 묶고 가방을 움켜 안은 채 뛰고 달릴 생각부터 했다. 지리산 천왕봉에서 불어오는 바람은 차고 신작로로 흙먼지는 심하게 일었다.

여학생들은 울었고 남학생들은 달렸다. 그 마을 어른들은 멀뚱히 서서 그 광경을 즐겼고 심지어 잘한다고 추임새까지 넣는 모자란 이도 있었다. 이후 그 마을은 예의동이 아니라 야수동이라 이름 붙였다.

반세기도 더 지나 우연히 그곳을 지나다 야수같이 굴던 그가 잘 살고 있나 물었더니 어른이 되기도 전에 생을 마감했다는 이야기를 들었다.

참으로 가련한 인생이었다며 부디 좋은 곳에 다시 태어나 사람 같은 길을 걷기를 축수했다. 그런 만남도 인연이라면 인연이었던 것이 아닌가.

길을 걷는다는 것은 곧 삶을 이름이다. 길을 걷다 보면 이런저런 일들을 만난다. 흔히 말하는 일상이다.

만남은 소중하다. 선한 인연이든 악연이든 그 만남은 자신으로부터 만들어진 것이 분명하다. 꽃망울이 터지고 떡켜가 부풀어 오를 때면 나름의 아픔이 있기 마련이다. 그렇지 않다면 어찌 이리도 봄이 미적거리며 더디 오겠는가.

하지만 절기란 참으로 신묘한 삼라만상의 운행 법칙 중 하나다. 경칩이 되니 믿기지 않을 만큼 날씨가 따뜻해졌다. 정녕 봄이다.

감나무 가지에 걸린 달빛으로 자라기

밤과 낮의 온도 차가 큰 탓에 길거리에는 여전히 겨울 옷차림이 많지만 표정과 발걸음은 밝고 가볍다. 북녘으로 날아가기 위한 기러기들의 날갯짓이 분주하고 골목길의 나무들도 꽃망울을 터트리기 위해 물을 끌어올리는 소리가 들리는 듯하다.

떨켜가 새잎을 틔우고 비늘막이 쌓인 꽃망울이 자신을 드러내는 일은 해마다 반복되어지는 일이지만 언제나 꽃이나 잎 자신은 처음 있는 일이다.

바람을 따라 물을 따라 다른 세상을 찾아 나는 새들도 아무도 가지 않았던 길을 처음 가는 것이리라.

앞으로 몇 번이나 새로운 봄을 맞을 수 있을까. 영혼의 한 자락에 아픔처럼 기쁨을 느끼게 만드는 산 냄새 물 냄새 아련한 3월의 고향 길을 몇 번이나 걸을 수 있을까.

찰나의 봄이 오고 가기 전에 짧고 연약한 삶을 뒤돌아볼 수 있는 그곳에서 좁디좁은 하늘을 우러를 수 있기나 할까.

바람이 있다. 그것은 희망이기도 하다. 이제는 단 한 번도 걷지 않았던 길, 전혀 가보지 못한 길을 준비할 것이다. 물처럼 바람처럼 머물고 걷기를 즐길 것이다. 살아온 발자국을 정리하고 살아갈 날들을 다시 준비할 것이다.

오래전 고향 길을 걷던 그 마음과 바람으로.

뻥튀기 아저씨가 있는 풍경

　없어진 풍경을 다시 만나면 반갑고 사라진 소리를 다시 들으면 정겹다. 시간의 사슬 위에서 많은 것들이 우리 곁을 떠났다.

　짙푸른 녹음이 우거진 마을 숲 입구에서 뻥튀기를 하던 그림은 언제나 마음 한편에 있다. 손자를 무릎에 앉히고 이가 빠져 흐물흐물 웃으며 바가지에 튀길 곡식을 담아 차례를 기다리던 할머니들, 옹기종기 모여앉아 귀를 막고서 이제나저제나 "뻥이야"를 외칠 아저씨를 쳐다보며 가슴 졸이던 아이들. 그 광경을 멀리서 쳐다보며 혀를 끌끌 차던 나이 지긋한 마을 어른들. 이제는 다시 볼 수 없는 그리운 풍경이다.

　잊히고 사라진 것들이 많다는 것은 결국 긴 삶을 살아왔다는 의미다. 정한(情恨)을 두고 기억해야 할 것들이 있음은 많은 애정을 가지고 바라보았다는 것이기도 할 것이다.

　코로나 격리가 풀리고 이곳 도심은 활기차다. 여기저기 아이들의 웃음소리 고함소리가 들리고 곡예를 하듯 자전거를 타는 젊은이들로 도시가 살아났다.

　사람들의 북적거림으로 꾀꼬리 울지 않는 도시의 음력 4월도 해 길다. 싱그러운 꽃들로 아침은 호젓하고 활기차지만 늦은 해가 비켜서면 느릿하고 나른하다. 해가 길어지면 아무래도 쉬이 허기진다.

어릴 적 이맘때쯤이면 시골 장터나 마을 공터에 뻥튀기 장수가 찾아 들었다. 쌀이나 보리쌀을 튀겨 먹었다. 봄철 강냉이는 귀했다. 강냉이를 튀기는 집은 드물었다.

해 긴 날이 되니 자꾸만 옛 생각이 난다. 푸르른 날의 마을 숲 뻥튀기 아저씨의 모습이 봄날 아지랑이같이 아련하고 흐릿하게 떠오른다.

어머니는 아무리 졸라도 뻥튀기를 쉽게 허락지 않으셨다. 누구네 집에서는 강냉일 튀겼고 어떤 집에서는 누룽지를 튀기더라고 해도 마이동풍이셨다. 국수를 뽑거나 미숫가루를 만들어 먹는 것도 못마땅해하셨다.

곡식을 이용하여 끼니를 해결하는 것 외에는 음식이 아니라 모든 것이 군음식이었다. 왜 아니 그러셨을까. 일 년 농사로 수확하는 곡식량은 일정한데 식구는 늘어나고 먹는 양은 날로 커져갔을 터이니.

보릿고개가 다가오면 쌀독 밑이 하루가 다르게 드러나 보였을 것이다. 춘궁기를 어떻게 넘길까 노심초사했을 텐데 아이들의 허기를 달랠 뻥튀기 군음식이 마음에 자리할 여유가 있었을까.

다른 집 아이들이 쌀이나 콩을 튀겨 주머니에 넣고 다니면서 먹거나 자랑질을 하면 어머니의 말투를 흉내 내어 "그런 군음식 마이 무모 장정난다" 하면서도 내심 부러운 눈초리를 보내곤 했었다.

오늘은 옛날 생각을 하면서 뻥튀기 장수를 찾아 공원으로 간다. 작년 가을에 친구를 찾아갔다가 얻어온 메주콩 한 되를 달랑달랑 들고 집을 나선다.

도심의 공원에는 넝쿨장미가 화려하고 간간이 섞여 꽃을 피운 하얀 찔레 향기는 자극적이다. 느리게 구름이 흐르는 하늘은 푸르다.

뻥튀기 아저씨는 이 작은 공원과 학교가 인접한 곳에 매주 일요일 자리를 잡는다. 경운기를 개조한 듯한 차량에 뻥튀기 기계를 달고 다니며 이곳 주민들을 대상으로 장사를 한다. 접이식으로 된 판매대에 여러 종류의 뻥튀기를 판다.

오늘도 여느 때와 마찬가지로 별 손님이 없다. 나잇살이나 먹은 듯한 아주머니 두 사람이 수다를 떨고 있고 아저씨는 졸고 있는데 기계는 혼자서 돈다. 모둠 바구니 밖으로 튀어나오는 뻥튀기 하나라도 주워 먹을까 하면서 옹송그리고 앉아 있던 아이들의 모습은 어디에도 없다. 뻥 하는 소리에 오히려 눈살을 찌푸리며 지나가지 않으면 다행이다.

아파트 단지가 군데군데 자리한 이곳에서 일주일 단위로 자리를 옮겨 다니며 뻥튀기 장사를 한다.

그는 일흔을 이쪽저쪽 할만한 나이에 체수가 조그마하다. 도심의 공해에 찌들어 몇 달을 물 구경도 못 한 것처럼 보이는 우중충 모자를 쓰고 낡은 고구마 장갑을 낀 아저씨는 어눌한 말투에 어느 남녘지방 사투리를 쓴다.

아저씨는 대화에 서툴다. 손님의 관심과 무관하게 그가 해야 된다고 생각하는 말만 일방적으로 한다. 여유시간에 튀겨 쌓아놓은 채 팔고

감나무 가지에 걸린 달빛으로 자라기

있는 뻥튀기 봉지당 가격이 얼마며 한 바가지를 튀기는 삯이 4천 원이라는 말만 중얼거린다. 튀기는데 기다려야 할 시간이 얼마냐 당원 같은 것은 넣지 않았으면 한다는 말 등에 대해서는 대꾸 한마디 없이 좀 있다 찾아가라는 말이 전부다.

가뜩이나 손님도 별로 없는데 아저씨의 손님맞이 방법이 엉성하여 더욱 한가해 보인다. 이런 장사꾼이 도시에서 살아남기는 쉽지 않을 것이다. 하기야 우리 세대가 누리고 경험했던 많은 것들 중에 그렇지 않은 것이 얼마나 있을까만.

언젠가 강냉이 뻥튀기 한 봉지를 사면서 지나가는 말투로 얼마 동안이나 이 일을 했냐고 물었더니 50년쯤 될 것이라는 이야기를 했었다. 뻥튀기 하나로 애들 몇을 대학까지 가르쳤다고 하면서 짐짓 자랑스러워하는 듯했다.

그래도 꾸준히 아파트 단지를 순회하며 뻥튀기 장사를 하는 것을 보면 아직은 보리차나 옥수수차, 뻥튀기 소요가 있긴 한 모양이다.

대규모 쇼핑몰이 들어서고 먹거리가 다양해지면서 안타깝게 사라지고 멀어져 가는 것 중 하나가 뻥튀기가 아닐까 하는 생각을 해본다.

투명한 비닐봉지에 잘 튀겨진 메주콩을 들고 공원길을 걸어 집으로 돌아온다. 지나가던 작은 강아지가 킁킁거리며 봉지 곁으로 다가선다. 강아지에 끌려가던 조그만 아이가 놀란 듯 목줄을 챈다.

볶은 콩 구수한 냄새와 울타리에 핀 찔레꽃 향기가 어우러져 도심의 작은 공원으로 느릿하고 한가롭게 퍼지나 보다. 군음식 자꾸 좋아하면 살림 늘푼수[6] 없을 것이라던 어머니의 말씀이 귀에 들리는 듯하다.

초여름 음력 4월의 긴 해는 아직도 공원 위 하늘에서 밝게 빛난다. 메주콩이라도 한 되 튀겨야 뺑튀기 아저씨의 길고 긴 해도 쉬이 저물 것 같다.

---

6 늘푼수 : '늘품(앞으로 좋게 발전할 품질이나 품성)'의 방언

감나무 가지에 걸린 달빛으로 자라기

가을의 언어들

봄이나 여름꽃이 거침없고 흐드러지다면 가을꽃은 소심하고 부끄럽다. 어스름 저녁 휘영청 달빛 아래 오두막집 초가지붕 위에서 피는 박꽃이나 생명을 다한 풀들이 버석거리는 가을 저녁 추위를 머금은 바람 속에서 피는 국화꽃이 그러하다.

무릇 사람도 마찬가지다. 세상을 모르는 아이들의 웃음은 해맑다. 울음조차 웃음같이 싱그러운 것이 아이들 모습이다. 인생의 굽이와 곡절을 지나온 나이 든 이들의 웃음은 씁쓰레하다.

울지 못해 웃는다는 고백이 진실과 가깝다. 삶은 웃음의 여정이 아니라는 방증이다. 많은 이들이 인생 마루턱에서 더 이상 버티지 못하고 반성과 깨달음을 찾아 길을 떠나는 이유도 앞으로의 삶에 대한 기대를 접었기 때문인지 모른다.

가을은 많은 생각을 하게 하는 계절이다. 웃음도 울음도 드러내기가 쉽지 않다. 어스름 직전의 황혼을 맞아 웃음꽃을 피운들 그것이 어찌 웃음이겠는가. 삶의 여정에서 갇히고 닫힌 쓸쓸한 마음의 표현이 웃음으로 보이는 것이 아닐까.

아이들의 웃음은 천진난만하고 젊은이들의 웃음은 풋풋하다. 힘과 기운이 넘치는 장년의 웃음은 호탕하고 황혼의 어스름에 웃는 웃음은 헛헛하다.

웃음을 보는 것은 언제나 기분 좋은 일이다. 황혼을 맞아 피우는 웃음꽃일지라도 웃음은 인생을 달관한 것처럼 보인다.

황혼을 계절로 치환해 보면 가을일 것이다. 가을의 웃음은 어떤 의미일까. 보잘것없는 씨앗에서 출발하여 가뭄도 장마도 이겨내고 풍성한 열매를 맺은 보람의 웃음이다.

청명한 하늘과 선선한 바람으로 더 이상 바랄 게 없는 계절에 입가의 미소는 여유 그 자체다.

올해도 한결같이 집을 나설 때마다 아파트 동 사이 공터에 어렵사리 자리를 잡고 있는 고욤나무를 유심히 살핀다.

몇 년간은 알지도 못하는 사람들이 아파트 화단의 정원수를 정리하면서 혹 나무를 뿌리째 없애버릴까 노심초사하며 애를 끓였다.

3년 전에는 잔가지를 전부 베어버리는 바람에 흡사 나무 막대기 같이 된 것이 고사라도 할까 애면글면했었다.

다행히 이듬해 새 가지를 무성히 키우며 몸집을 불리더니 그다음 해는 어느 해보다 많고 튼실한 고욤을 매달고서 아파트 귀퉁이에서 터 잡고 사는 배고픈 새들을 불러들였다.

봄이 되어 새싹이 돋을 시기까지 고욤이 매달려 있었고 허기를 면하기 위해 새들도 자주 날아들어 삭막한 시멘트 구조물 숲 풍경이 한층 따뜻해 보이기도 했다.

감나무 가지에 걸린 달빛으로 자라기

가을이 깊어간다. 길가의 가로수나 먼 산 나무들이 노랗게 혹은 붉게 물들었다. 아침저녁 찬 이슬에 벌레들도 자취를 감추고 때를 놓친 무당거미 집들만 바람에 흔들린다. 곧 겨울이 올 것 같은 느낌이다.

가을의 감성과 언어로 주위를 그리고 싶어 오늘은 오랜 시간 고욤나무를 바라본다. 감나무 단풍은 화려하나 어쩐지 고욤나무 잎은 가을색이 제대로 들지 않는다. 거무튀튀하게 변색되었다가 슬그머니 떨어진다.

온갖 색깔로 치장하고 마지막 햇살 속에서 화려하게 생을 마감하는 여느 나뭇잎들과 전혀 다르다. 땅으로 떨어지기 직전까지 햇살과 바람, 이슬을 탐하여 영양분을 만든 후 튼실한 고욤 씨가 만들어지도록 처절히 자신을 희생하는 것은 아닐까.

우리들의 어머니 그 어머니의 어머니들이 그러했던 것처럼 자신의 희생이 자식의 행복으로 바뀌기만 한다면 그 어떤 어려움도 자기주장도 기꺼이 포기하는 것으로 느껴진다.

가을은 바람으로 빛으로 온다. 많은 이들이 가을을 겉으로 드러난 색깔로만 본다. 외면으로만 보는 것으로는 진정한 가을을 느낄 수 없다.

가을이 주는 느낌과 향기는 눈으로 볼 수 있는 것이 아니다. 온전히 자신을 자연에 맡기고 깊은 사색의 마음으로 가을을 보아야 한다.

진한 커피 향 같기도 하고 짚불 타는 냄새 같기도 한 가을 향을 제대로 느끼는 사람들이 많아지는 세상이 되었으면 좋겠다.

그들과는 굳이 대화를 하지 않아도 스쳐 가는 눈빛만으로 사람의 온기와 가을을 대하는 경건한 마음을 주고받을 수 있을듯하다.

　무더운 여름을 어렵사리 지나온 사람들에게 가을은 할 이야기가 많은 시기지만 정작 할 수 있는 말이 많지 않은 계절이기도 하다.

　소망하고 갈구하던 것이 충족되었다면 굳이 무슨 말이 필요할까. 가을 하늘을 나는 새들은 유난히 시끄럽게 울며 지난다. 삶이 어려운 겨울을 맞으며 내지르는 비명인지 아니면 가진 것 없어도 쉬이 지날 수 있었던 계절에 대한 회한인지 모른다.

　무성하고 풍성했던 것들이 사라지는 가을은 쓸쓸하다. 죽음이 곧 삶임을 아는 것들은 오히려 미물들이다. 쇠락해 가는 가을햇살에 자신의 운명을 알고 있는 듯 다음 세대를 위한 종말을 기꺼이 맞이한다.

　오히려 숨거나 도망치며 받아들이지 못해 고통 속에서 몸부림치는 것은 만물의 영장이라는 인간이다.

　웃음조차 위안을 주지 못하는 가을이긴 하지만 고백하기에나 자신을 돌아보기에는 좋은 계절이다.

　힘찬 심장박동과 세상을 향해 거침없이 달리던 푸르렀던 날들을 차분히 정리하고 자신을 돌아보아야 할 계절이다.

　투명한 가을햇살 아래 나뒹구는 낙엽들을 편지지 삼아 세상에 뒤처지지 않기 위해 처절히 달렸던 날들의 아픔과 회한을 적어볼 일이다. 최선을 다했든 뒷걸음질하며 끌려갔든 아프게 지나간 시간들은 이제 낙엽이 땅으로 돌아가듯 인생여정을 뒤로하고 멀어지고 있다.

　　　　　　　　　　　감나무 가지에 걸린 달빛으로 자라기

낙엽의 행로는 호젓하고 쓸쓸하다. 화려함이 스러지는 시간은 허무하고 고독하다. 갈무리란 내일을 준비함인데 인생의 갈무리는 생의 마감 즉 부존의 시간이기 때문이다.

떠나는 일들로 분주한 가을이다. 다시 고욤나무를 쳐다본다. 키가 훌쩍 커진 나무는 쓸쓸한 색채의 잎 몇 개를 달고 겨울의 입구에 서 있다. 몇 개의 고욤도 달고 있지만 어쩐 일인지 부실해졌다는 느낌을 준다.

가을이 여름의 끝에서 만나는 계절임을 알기에 고욤나무만 한 것이 없다. 훌훌히 잎을 떨구고 서있는 나무는 누구를 기다리기보다 자유를 즐기고 있는 것은 아닐까. 외로움이 기다림의 몸에서 나왔다면 새들도 날아들지 않는 고욤나무는 지금의 외로움이 갈무리일 것이다.

가을 웃음은 울음보다 서글프다는 말이 떠오른다. 아무 말 없이 서있는 나무를 바라보는 것은 외로움이고 나무들 가운데 서서 자신을 바라보는 것은 쓸쓸함이다.

외로움은 내면을 향해 있고 쓸쓸함은 밖을 향해 말을 건네고 싶은 것이기도 하다. 외로움은 바라는 것이 있으나 쓸쓸함은 모든 것들을 달관한 것이다.

가을의 언어는 외로움과 쓸쓸함이다. 겨울을 맞고 있는 고욤나무를 오래도록 쳐다보고 새들이 지나가는 하늘을 올려다보는 것이 가을의 향기를 맡는 일이다. 가을이 깊어지면서 겨울의 길목에 서있다. 오늘의 고욤나무는 쓸쓸하다.

오일장 참기름

한 해 끝자락인데 눈이 아닌 비가 추적추적 내린다. 계절에 따른 날씨가 예상 밖으로 불일치하긴 하지만 올겨울은 유난히 심하다.

11월에 너무도 많이 자란 배추가 상품이 되지 않아 팔 수도 없고 팔리지도 않아 걱정이라는 남녀 농사꾼들의 푸념도 들린다.

날씨 탓에 시금치도 봄동도 의외로 웃자라 이를 재배하는 이들의 시름이 크다 하니 아무리 과학이 발달한 요즘이라도 농부에겐 하늘의 도움이 필요한 것은 옛날이나 지금이나 매한가지다.

날씨가 우중충해서 장 구경하기 썩 마음에 들지는 않지만 봄을 기다리는 마음이 바빠 까마득한 봄 냄새를 조금이라도 맡을 수 있을까 해서 오일장이 열리는 재래시장엘 갔다.

장이 서는 입구에는 추레한 차림의 옷을 입은 아낙들이 파는 나물에는 벌써 봄이 가득하다. 냉이며 달래에 씀바귀까지 상자에 담아놓고 손님을 부른다. 하기야 시설재배나 온상에서 갖은 채소가 길러지는 세상이니 달리 계절에 따른 나물을 찾는 것도 옛날 생각에 사로잡힌 어리보기 짓이다.

이 가게 저 노점상을 기웃거리며 장 구경을 하고 있는데 하늘이 깜깜해지기 시작하더니 때아닌 비가 내리기 시작한 것이다.

감나무 가지에 걸린 달빛으로 자라기

장사꾼들은 커다란 우산을 펴거나 휘장을 치느라 바쁘게 돌아간다. 반면에 간만에 만나는 겨울비가 반가운 듯 오히려 장을 보러 나온 사람들은 느긋하다.

사실 오늘 재래시장에 온 이유가 별도로 있기는 하다. 회사에서 퇴근하면서 마침 장날이라 장터에서 직접 짜서 파는 참기름을 사기 위해서다.

참기름은 어릴 때부터 먹었던 익숙한 기름이다. 산초기름도 있고 들기름도 있었지만 먹는 기름 하면 그래도 참기름이었다.

참기름의 진미는 시금치나물과 만났을 때가 아닐까. 요즘에야 산 낙지나 삶은 문어를 참기름 장에 찍어 먹기도 하지만 예전에는 비빔밥이나 국수에 뿌리듯 이용했다.

채식을 좋아하는 탓에 우리 집은 어느 집 못지않게 참기름을 많이 먹는 편이다. 코코넛기름이나 올리브기름이 몸에 좋다고 하나 어쩐지 사서 먹을 정도로 즐기진 않는다. 암만해도 어릴 적부터 몸에 밴 우리 참기름이 만만하고 임의롭다.

월전에 아내가 동네 방앗간에서 산 참기름은 어쩐지 향도 맛도 덜하다면서 앞으로는 장날 직접 짜서 파는 기름을 사 먹어야지 했었다.

동네 가게에서 짜서 파는 참기름은 국산 참깨를 이용했다 하여 비싸기도 하지만 그것이 진짜 국산이거니 하는 믿음이 쉽게 가지 않는다.

중국산 깨를 국산 깨라고 속여 팔다가 적발되었다는 뉴스가 워낙 자주 언론에 오르내리기 때문이다. 차라리 외국산 원료를 썼다고 하며 파는 것을 사서 먹는 것이 속는 것 같은 기분이 드는 것보다 마음이 훨씬 편하다.

시장에서 직접 짜서 파는 것은 굳이 국산이니 외산이니 하는 이야기도 없이 당연히 중국산일 것이라는 생각을 가지고 산다. 아예 중국산이라 적혀 있기도 하고.

어릴 때 참기름에 대한 추억은 다소 끔찍하기도 하고 서글프기도 하다.

벼 수확에 고구마와 콩 농사, 감이며 밤까지 갈무리하느라 허리 한번 펼 틈 없이 가으내 바쁘셨던 어머니는 큰 밭에 참깨 몇 고랑은 반드시 심고 가꾸었다. 양념 부실한 시골살림에 고소한 볶은 참깨와 참기름은 더할 나위 없는 나물 부재료였으니 어쩌면 당연했을 것이다.

가을걷이가 거의 끝나고 그런대로 한가해지면 마을에서 시집간 후 읍내 장터에서 기름집을 하고 있는 아낙네에게 들러 한 되들이 정종병 가득 참기름을 짜 오시곤 했다.

어머니가 참기름을 짜 오시는 날은 언제나 어린 자식들을 불러 모으고 놋쇠 큰 숟갈에 고봉(高捧)으로 누구 할 것 없이 억지로 먹였다.

참기름이나 들기름을 한 번에 많은 양을 먹어본 사람은 알겠지만 참기름은 나물에 조금씩 뿌려 먹으면 냄새도 고소하고 맛깔스러워지나 한꺼번에 많이 먹으면 비릿하고 역하기조차 하다.

무슨 맛인지도 모르고 목 가득 기름이 차면서 넘기기가 어려워 도

리질이라도 할라치면 어머니는 코까지 잡아가면서

"이거는 약이다 생각하고 넘기 놔라. 예전에 할매 말씀이 부스럼이나 버짐 피는 데는 이만한 것이 없다"

하고 억지로 먹게 했다.

요즘에야 사람에게 유익하다는 오메가3이니 6이니 하는 것들이 참기름이나 들기름에 많이 포함되어 있다는 것을 알고 찾는 이들도 많지만 당시는 영양가 있는 음식을 자식들에게 먹이지 못하는 안타까움에 이런 연례행사를 하셨을 것이다. 생각해 보면 지혜롭기도 했고 처연하기도 했던 가난한 시절의 추억이다.

어린 시절 참깨나 참기름에 대한 이야기는 항상 아이들 곁을 맴돌았다. 천일야화 중 신드바드의 모험에 나오는 '열려라 참깨' 이야기에서 왜 하필이면 들깨나 검정깨가 아니고 참깨냐는 생각이 가시지 않았다.

지금에서야 왜 참깨였을까 하면서 문헌을 찾아보니 페르시아 원전에도 참깨로 되어 있었기 때문인 모양이다.

어린 강아지 좋아하는 호랑이 이야기도 그렇다. 자꾸만 마을에 내려오는 호랑이를 잡기 위하여 어린 강아지를 참기름을 먹이고 발라 쇠줄에 매어두었더니 이를 냉큼 잡아먹긴 했지만 미끄러운 강아지가 그냥 뒷구멍으로 빠지는 바람에 커다란 호랑이를 날로 잡았다는 이야기를 여러 번 듣곤 했었다.

어릴 때 실지로 강아지가 참기름을 잘 먹나 싶어서 숟갈에 묻혀 강아지 입 앞에 들이대어 보았지만 먹기는커녕 날름 도망쳤었다.

참기름이 우리나라 역사에 등장하는 것은 먼 옛날부터인 것 같다. 삼국시대나 고려 때 참깨가 어떻게 이용되었는지 문헌기록을 찾기가 어렵다.

하지만 『조선왕조실록』 「태종」 편을 보면 1404년 태종 4년 9월 15일 조에 경상도의 조세를 쌀 대신 베로 수납하게 하자는 사간원의 상소를 보면

"가만히 생각건대, 국가의 용도(用途)에는 스스로 상도(常度)가 있으니, 재부(財賦)가 들어오는 것은 증손(增損)할 수 없습니다 … 엎드려 바라건대, 전하께서는 유사(攸司)로 하여금 윗 항목의 각사에서 1년 경비로 쓰는 쌀과 베의 숫자를 계산하여, 유청(油淸, 참기름)·촉밀(燭蜜, 벌꿀)의 각항에 해당하는 전답(田畓)을 제외하고, 한결같이 모두 베로 거두어서 민생을 편안하게 하고, 국용(國用)을 편리하게 하소서"

라는 구절이 나오며

『세종실록』에도

"질병이 퍼지면 낫지 못하고 죽는 백성이 많은데 열독(熱毒)이나 장역(瘴疫)에는 매일 이른 아침에 세수하고 코 안에 진향유(眞香油, 참기름)를 바르고 잘 때에도 그렇게 하라"는 구절이 있다.

『영조실록』 126권에도

"밤중에 담증(痰症)이 더해 참기름을 드는 지경에까지 이르렀기 때문이다"

감나무 가지에 걸린 달빛으로 자라기

라는 구절이 있는 것으로 보아 참기름은 궁궐은 물론 양반 서민을 막론하고 널리 약용 또는 식용으로 쓰인 것으로 보인다.

나이 지긋한 부부가 오일장마다 전을 펼치고 깨를 볶아 기름을 짜 파는 모습을 보면 어디선가 만난 것 같은 느낌이 들고 중학교 때 자취방 근처 고소한 냄새 풍기던 시장 기름집 같아 옛 추억이 새록새록 떠오른다. 억지로 참기름 한 숟갈을 떠먹으며 흐뭇해하던 어머니의 눈길도 생각난다.

겨울이 짙어갈수록 얼었다 녹기를 반복한 시금치는 향긋하고 달달할 것이고 그런 시금치나물에 뿌리는 참기름 몇 방울은 한층 풍미를 더해줄 것이다. 조상 대대로 인이 박인 이런 참기름은 오래전부터 서민들의 음식을 맛있게 하고 약이 되었음이 분명하다.

마구 쏟아져 들어오는 외래 식용기름 때문에 그전보다 몸값이 낮아진 참기름 들기름이지만 가만히 생각해 보면 계속해서 지켜나가야 할 전통의 식(食) 문화요 약(藥) 문화다.

편의점 호빵

하늘이 컴컴해지더니 눈이 펑펑 내린다. 미처 눈이 올 것을 예상하지 못했던 퇴근길 사람들은 두 손으로 옷깃을 여미고 바쁘게 걷는다.

생각하기에 따라 눈 내리는 길을 종종걸음 치면서 걸은 것은 한겨울이 주는 즐거움이기도 하고 낭만이기도 하다.

집 앞 편의점까지 오니 눈이 더 쏟아진다. 아예 하늘이 꽉 찰 정도로 퍼붓는다. 보도에 쌓인 눈으로 인해 길은 저절로 밀려 나갈 정도로 번드럽다.

종종걸음을 멈추고 편의점에서 설치해 둔 커다란 파라솔 아래로 잠시 몸을 피한다. 편의점 문밖 차양 밑에는 전기 보온장치 속 호빵이 먹음직하게 놓여 있고 그 옆 네모난 철 상자에는 모락모락 김이 오르는 어묵이 맛나 보인다.

호빵을 하나 사 먹을까 하는 생각을 한다. 어른이 되고 나서 길을 지나다 편의점 호빵이나 어묵을 사 먹어본 기억은 없다.

읍내 중학교에 다니던 시절, 겨울이면 교문 근처 구멍가게에서 빵 서너 개를 접시에 담고 따끈따끈한 팥죽을 부어주던 그 달달하고 촉촉하던 맛을 느끼고 싶어 몇 번이나 편의점 호빵에 눈길이 가기도 했지만 어쩐지 썩 내키지 않아 그냥 바라만 보다가 지나치곤 했다.

대형 마트에 비해 가격이 훨씬 비싼 점이 없지 않기도 했고 더하여 혹 아는 얼굴이 볼까 싶어 겸연쩍기도 했다. 어쩌면 그보다는 대형 빵집에서 정성도 없이 대량으로 만든 호빵에서 옛 추억의 그 맛을 느끼지 못했을 때의 실망감을 염려했다고 함이 더 맞겠다.

언감생심(焉敢生心) 편의점에서 호빵 하나 사 먹으면서 염치없이 바랄 게 따로 있지 하는 생각이 들지 않는 바는 아니지만.

문 앞에서 서서 옷과 머리에 쌓인 눈을 털고 가게 안으로 들어선다. 손님은 보이지 않고 눈 내리는 창밖만 망연히 바라보던 점원 아가씨가 흠칫 놀란 듯 어서 오시라는 인사를 건넨다.

그런 점원과 눈도 맞추지 않은 채

"혹 저 밖에 따끈하게 데워져 있는 호빵 하나만 살 수 있나요?"

하고 더듬거리며 말을 건넸다.

아가씨는 언제 창밖을 바라보았느냐는 표정으로 혀를 날름 내밀며 당돌하게 말끝을 잡는다.

"당근이죠. 아저씨, 몇 개나 드릴까요?"

하며 사겠다는 사람을 당혹하게 하는 말투로 묻는다.

나이에 대한 배려를 전혀 하지 않겠다는 듯한 그녀의 되바라진 말투에 약간은 당황하면서 작고 조심스러운 어투로

"하나만 주실래요?"

하니 호빵 하나를 비닐장갑 낀 손으로 들고 들어와 한 손으로 건네며 좀스럽게 호빵 하나만 사냐는 표정으로 현금이든 카드든 빨리 달

라는 듯 다른 한 손을 내밀며

"계산 도와드리겠습니다"

한다. 겸연쩍은 낯빛으로 호빵을 들고 밖으로 나와 파라솔 밑으로 들어가 내리는 눈을 바라보며 먹기 시작했다.

갑자기 멀어지고 사라진 고향마을의 옛 구멍가게들이 눈앞에 떠오른다.

이제는 벌써 반세기를 훌쩍 넘어버린 오래전의 기억이다. 아는 집들이 사라지고 추억 어린 가게들이 문을 닫는 것은 서운함을 넘어 마음의 상처가 될 때도 있다.

어릴 적 자랐던 고향마을에는 몇 개의 상점이 있었다. 기실 따지고 보면 상품의 수나 점포의 크기가 상점이라기보다 구멍가게 수준도 되지 못했지만 어린아이들의 욕망을 채우기에는 충분했다.

미닫이 유리 창문에 나무 진열장이 모양 있게 자리를 잡고 있었고 건빵이나 사탕은 질이 크게 좋지는 않았지만 커다란 유리병에 먹음직스럽게 갖추어져 있었다.

제법 규모를 갖춘 형태의 가게도 있었지만 이마저도 공간 여유가 없어 평소에 별로 사용하지 않는 작은방을 손님이 올 때만 점포로 활용하는 가게도 있었다.

고향마을의 이런 가게 같지 않은 가게에는 파는 물건도 아주 단순했다. 시골의 일상에 수시로 필요한 비누나 감미료, 고무줄이나 도넛

감나무 가지에 걸린 달빛으로 자라기

같은 것을 팔았다.

그런 집에는 저녁에 마을 청년들이 몰려와 화투놀이를 하면서 빵을 사 먹거나 라면을 끓여달라 하며 긴긴 겨울밤 놀이터로 삼기도 했다.

조그만 마을임에도 농협구판장이나 마을 부녀회에서 공동운영하는 판매장이 있었지만 이를 이용하는 손님은 적었다.

이런 마을 공용 매장은 상품 종류도 적었지만 운영도 회원들이 돌아가면서 맡다 보니 물건을 파는 사람이 있을 때보다 없을 때가 더 많았기 때문이었다. 이런 마을 공용 매장은 수시로 없어지고 수시로 생기기도 했다.

지금 도심에도 작은 구멍가게가 점점 사라지는 추세다. 일상에 필요한 이런저런 값싼 물건들을 오밀조밀 다양하게 구비해 놓고 팔던 가게가 없어지는 것이다.

대기업이 골목 상권에 진출하면서 편의점이라는 이름으로 구멍가게를 고사시킨 것임에 틀림없다. 물방울 놀이에서 큰 물방울이 작은 물방울을 집어삼키는 것과 같은 이치다.

옛 구멍가게에 비해 요즘의 편의점은 상품의 다양함이나 가게의 접근성, 이용의 편리성과 깔끔함이나 친절함 등에서 기존의 개인 구멍가게와 비교할 바가 아니긴 하다. 대형 마트에 비하여 가격이 다소 비싸긴 하지만 뜨거운 물을 준비하여 컵라면 종류도 먹을 수 있고 유명 프랜차이즈 커피숍보다 갑절 이상 싼 가격에 그럴듯한 원두커피도 맛볼 수 있다.

24시간 문이 열려 있다 보니 밤늦게 퇴근하는 직장인이나 혼밥 혼술을 자주 하는 바쁜 이들이 긴요하게 이용한다.

이런 편의점의 변신은 끝이 없다. 가난하고 바쁜 이들의 식당이자 카페이며 때로는 가까운 이웃끼리 가게 앞 길거리 간이 의자에 앉아 담소를 나누며 맥주 한 캔을 나누는 선술집 역할도 한다.

시간에 휩쓸려 팍팍하게 살아갈 수밖에 없는 현대 도시인들의 생활 양태를 예측하고 이러한 편의점을 기업 확장의 기회로 삼은 대기업들을 보면 경이로움을 넘어 두렵기조차 하다.

물론 편의점이 주는 좋은 점도 없지는 않다. 점주의 사업수완에 따라 택배 플랫폼으로 이용한다거나 담소 공간을 제공하여 이웃 간 따뜻한 정을 나누는 작은 문화 공간 역할도 한다.

이렇게 편리하고 쓰임새 좋은 편의점이지만 이를 운영하는 이들을 들여다보면 예전에 시골마을의 구멍가게와 흡사한 점주나 점원들의 어렵고 힘든 일상이 녹아 있다.

어릴 적 마을 구멍가게는 몇 가지 상품밖에 없긴 했어도 세상의 신기하고 맛있는 물건이나 먹거리가 다 있는 것으로 생각했다.

이런 구멍가게는 마을에서 농사지을 땅도 번번한 벌이도 없는 이들이 끼니를 이어가기 위한 방편으로 운영했었다. 그들은 인정이 있어도 박절해 보였고 가난하면서도 부자 같아 보였다.

지금의 대부분 편의점 점주나 점원들도 옛날 구멍가게를 운영하던 사람들처럼 그 사정을 들어보면 딱하기 그지없다. 제법 많은 보증금

감나무 가지에 걸린 달빛으로 자라기

을 내고 모기업으로부터 물건을 납품받아 푼돈을 버는 점주나 몇 시간 아르바이트로 적은 돈을 받는 점원도 최저시급 비슷한 돈을 벌뿐이다.

옛날이나 지금이나 배운 것 적고 가진 것 없는 이들이 가난의 굴레를 벗어나기가 어려운 것은 마찬가지다.

눈은 계속 내리고 버스에서 내린 젊은이 몇 사람이 편의점으로 들어선다. 어떤 이는 맥주와 소주를 또 어떤 이는 삼각 김밥과 과자봉지를 들고나온다. 어묵이나 호빵을 사는 이들은 없어 보인다. 우리 세대가 추억하고 좋아하는 음식과 지금 세대의 젊은이들이 선호하는 음식은 다를 터이다.

눈 오는 날 특별한 감정으로 호빵 하나를 사 먹긴 했지만 필요한 것들을 살 때는 대체로 오일장이나 대형 마트를 이용하는 편이다. 가격 때문이기도 하지만 복작거리는 사람 냄새를 맡고 싶은 마음 탓이다.

하지만 요즘 젊은이들은 몇 푼의 돈 절약보다는 편리함을 더 추구하는 모양이다. 아마도 그들은 대량구매를 앱이나 홈쇼핑으로 해결할 것이다. 세상이 달라져도 너무 달라졌다.

잊힌 추억을 끄집어 올려보는 것도 순전히 눈 탓이다. 편의점 호빵 하나로 먼 고향 추억을 더듬다가 집으로 바삐 걸음을 옮긴다. 오늘 밤 얼마나 눈이 내릴까 걱정이다. 어릴 적 눈만 내리고 쌓이면 먹을 것을 찾아 바깥마당으로 몰려들던 산새나 참새를 근심스럽게 바라보던 그 때와 다른 감정이긴 하지만.

다방 유감

길을 걷다 보면 대형 주차장과 멋진 외관의 건물에서 커피를 판다. 세계적으로 유명한 상호를 내걸고 손님을 불러들이는 곳도 있고 토종 커피전문점이면서도 그 이름은 영어인지 아님 어느 코쟁이 나라말인지 알 수조차 없는 간판을 내걸고 장사를 한다.

이런 화려한 외관에 넓은 매장을 갖춘 커피전문점에는 언제나 젊은이들이 붐빈다. 친구나 연인들이 커피를 마시며 담소를 나누는 모습도 보이긴 하나 오히려 노트북이나 태블릿 PC를 탁자 위에 올려놓고 장시간 무언가를 열심히 하고 있는 모습이 대부분이다. 물론 커피 한 잔을 시켜놓고 자릿값은 내는 모양이다.

요즘 젊은이들은 약간 시끄럽고 붐비는 곳에서 무언가를 해야 잘되는가 하는 의구심이 생긴다. 모름지기 고요와 집중 속에서 깊은 궁구(窮究)가 이루어지는 것이 아닌가.

예전에 프랑스나 영국 등을 여행할 때 보았던 유럽의 카페는 술도 팔고 차 종류도 팔긴 하지만 매장 안보다 오히려 따스한 햇살 속에서 길거리에 내놓은 탁자와 의자에 앉아 지나는 사람들과 거리 풍경을 즐기며 한가하게 음식을 즐겼던 것으로 기억된다.

그러나 우리나라 커피전문점은 음악을 들으며 자신의 주업을 전문

감나무 가지에 걸린 달빛으로 자라기

적으로 하는 장소처럼 보인다. 벽면을 바라보며 긴 테이블이 놓인 곳은 한 사람이 방해받지 않고 무언가를 할 수 있도록 칸막이도 되어 있고 콘센트도 비치되어 있다. 장시간 개인 컴퓨터를 두드리며 일을 해도 눈치 주는 이는 없어 보인다.

나지막하지 않은 정도의 음악이 계속 흘러나오고 사람들의 오가는 발걸음 소리가 끊임없이 이어지는 곳에서, 회사 사무실에서 해야 할 일이나 학교 도서관에서 해야 할 공부가 제대로 될까 하는 의구심이 들기는 한다.

하기야 개인 통신기기가 급격히 발달한 이후 학생들이 이어폰으로 음악을 들으면서 공부를 하는 것이 오히려 더 집중할 수 있다는 연구 결과가 발표되기도 했다. 정신통일이라고 쓰인 수건을 머리에 동여매고 초집중하여 죽기 살기로 공부하는 척했던 우리 세대가 이런 문화를 이해하기는 쉽지 않다.

게다가 어떤 이들은 이런 커피전문점에서 외려 집중이 잘된다면서 아이들까지 모아 과외까지 한다고 하니 참 알다가도 모를 일이다.

오히려 적당한 소음과 무관심한 사람들이지만 누군가 보고 있다는 느낌으로 공부 효율성이 더 높아진다고까지 하니 더 이상 할 말이 없긴 하다.

우리 동네도 그렇지만 사람들이 많이 다니는 번화가에서 다방을 찾기는 쉽지 않다. 혹 다방이란 간판을 어렵게 찾아 들어가 보더라도 주인의 손님 맞는 태도에서부터 분위기까지 썰렁하기 그지없다.

학교나 사회생활을 하면서 만난 동년배 수준의 사람들과 조용히 할 이야기가 있고 의견이 일치되어 다방이라는 이름의 찻집에 들어가 커피 한 잔을 시켜도 이를 대하는 주인의 태도로 인해 황당하고 무안한 경우도 있다. 주문한 차를 말없이 가져다 놓고는 원래 있던 곳으로 돌아가 무심한 듯 창밖만 바라보며 앉아 있는 다방이 많다.

물론 조용히 대화를 나누고 싶어 하는 손님들에게 방해가 될까 조심한다고 이해하기는 하지만 마치 얻어먹으러 온 사람을 대하는 듯한 태도는 조금 심하다.

그러다 보니 커피 맛도 맛이지만 분위기와 취향을 중시하는 젊은이들이 외면하는 게 아닐까 생각을 해본다.

성년이 되기 전 다방출입을 할 수 없을 나이 때 다방은 궁금함과 호기심이 교차하던 장소였다.

소설 속에서나 분위기를 상상할 수 있는 곳, 마을 유지이자 돈깨나 있고 호기께나 부릴 줄 아는 김생원이 군청서기나 면사무소주사를 만나 이런저런 청탁도 하고 무언가 부정한 일을 꾸미는 장소로 느꼈다.

물론 넉넉한 살림에 할 일 없이 시간만 많은 장년의 배불뚝이들이 틈만 나면 읍내 다방에 들려 수시로 교체되어 오가는 젊은 다방레지들의 희디횐 손을 만지작거리며 은근한 수작을 늘어놓는 곳으로 그려지기도 한 탓이다.

다방출입이 자유로운 어른이 된 이후 사람을 만나기 위해 어쩌다 다방이라도 들어가면 그렇게 마음 편한 곳은 아니었다.

뿌연 담배연기가 가득한 그곳에는 대체로 나이 많은 양반들이 죽치고 앉아 계란 노른자를 띄운 값비싼 쌍화차를 마시며 마담, 레지 해가면서 시간을 죽이고 있거나 덥수룩한 머리에 검은 가죽점퍼를 입은 동네 건달들이 할 일 없이 드나들기도 했기 때문이었다.

학교 때문에 서울로 올라와서 처음 다방에 갔을 때 보았던 그 낯선 풍경은 지금도 잊지 못한다.

종로 어디쯤으로 기억되는 곳에 태양다방이란 상호의 다방이 있었다. 흐릿한 조명과 심한 담배연기 탓에 해가 중천에 뜬 한낮에 들어가도 두서너 자리 떨어진 곳의 사람 윤곽을 알아보기 쉽지 않았지만 언제나 손님들로 만원이었다.

그럴듯한 머리 모양에 콧수염까지 길러 험악해 보이기까지 한 디스크자키라는 이름의 진행자가 유리 칸막이 안에 앉아 긴 막대 끝에 달린 마이크로 저음의 멘트를 하면서 귀가 멍멍한 정도의 고음으로 팝송이나 젊은이들의 취향에 맞는 유행가를 틀어주었다.

입구에 들어서면서 떼어온 메모지에 신청곡을 적어내고는 할 일이라고는 그런 디스크자키가 쏟아내는 멘트와 음악뿐이라는 표정으로 찻잔을 홀짝거리며 마냥 앉아 있는 풍경도 심심치 않게 보였다.

그 시절의 서울 번화가 유명 다방은 젊은이들의 문화소비처이자 일상으로부터의 탈출을 꿈꾸는 해방구 역할도 했다.

어느 날부턴가 그런 다방이 사라지고 이름도 생경한 커피전문점들이 하나둘 들어서더니 이제는 한 집 건너 유명 브랜드 커피 가게다.

이런 곳의 커피 가격은 서민들이 자주 이용하기엔 부담스러울 정도로 만만치 않다. 동네 중국식당의 짜장면이나 짬뽕보다 결코 싼 가격이 아니다.

커피 한 잔을 주문하고 몇 시간씩 정담을 나누거나 음악을 즐긴다면 자릿값을 낸다고 생각할 수 있겠지만 우리 세대 대부분은 그런 문화에 익숙하지 않다. 혼자서 일을 하거나 커피를 마시기 위해 전문 매장을 방문하는 경우는 거의 없다.

지인과의 약속으로 이런 유명 커피전문점을 가긴 하지만 다소 시끄럽게 느껴지는 음악소리나 웬 나이 든 사람들이 이런 곳을 오나 하는 젊은이들의 시선이 신경 쓰여 들리더라도 분위기를 즐기기는커녕 할 이야기만 하고 후루룩 커피를 마신 채 쫓기듯 나오기 일쑤다.

불과 반세기도 지나지 않은 시간에 사라지고 바뀐 것들이 너무나 많다.

일전에 유럽 여행을 다녀온 지인이 전해준 말에 의하면 프랑스 파리에서 문화와 예술의 산실로 자리했던 카페는 약간 변하긴 했지만 아직도 그 원류를 간직하고 성업 중이라고 한다.

하지만 격동의 시기를 살아온 우리나라는 상상하기도 어려울 정도로 모습도 용도도 손님도 빠르고 색다르게 변한다.

커피전문점이 늘어나면서 다방은 사라지고 카페족이라는 이름도 생소한 족속이 생겨나더니 생각지도 못했던 유연근무나 학습공간의 커피전문점으로 탈바꿈한다.

하기야 세상의 변화에 발맞춘 변신과 진화만이 생명을 유지하는 것은 오래된 자연의 법칙이다.

사라지고 없어지는 다방을 찾아 옛 추억만 고집할 것이 아니라 순식간에 변해가는 한국문화, 세계인이 경탄하는 빨리빨리 문화와 어느덧 고급스러움의 경지까지 오른 K 문화에 적응하고 즐기도록 변신해야겠다는 생각이 든다.

세상에 변하지 않는 것은 아무것도 없으니까.

오상고절에서 위로를 받다

무서리가 몇 번을 내렸지만 뒷산 다복솔은 푸르고 푸르다. 곧 대설
이고 낮이 가장 짧은 동지도 얼마 남지 않은 한 해의 끝자락이다.

하지만 다복솔 밑동을 자세히 들여다보면 작년에 돋아난 잎들은 황
록색 낙엽이 되어 뿌리를 보호라도 하려는 듯 수북이 쌓여 있다.

독야청청(獨也靑靑)한 소나무도 결국 한 해가 지나면 영원히 푸를 것
같았던 잎들을 떨어뜨리고 새로 자란 잎이 그 자리를 대신한다.

일 년마다 새 옷을 갈아입는 활엽수들은 마치 조그만 상처 같아
보이는 떨켜를 간직한 채 겨울을 난다. 죽음이 끝이 아님을 그들은
안다.

순환과 변화, 그것이 우주의 섭리요 자연의 법칙이다. 아침저녁이 매
일 바뀌듯 세상에 영원한 것은 없다.

차가운 바람이 도심을 휩쓸며 간다. 국적도 알 수 없는 나무들이 가
지런히 서있는 산책길에서 잠시 쉬어간다.

자연이 보내는 신호와 가호는 어디에나 균일할 터이지만 인공적으
로 심어진 커다란 돌 틈에 기대고 사는 황국(黃菊)은 아직 가을을 알
뜰히 다 보내지 못했다. 맞고 보내는 마음이 한결같지 않음도 자연의
이치다.

잎은 이미 말라 땅으로 떨어졌지만 아침 바람을 맞는 꽃은 여전히 옛 선비들이 고결함으로 노래했던 사군자(四君子)의 지조(志操)라도 지키려는 듯 물기 하나 없는 모습으로 의연하다.

새벽을 깨우는 달도 별도 눈길을 맞추고 지나가는 바람도 벗을 삼는다. 마른 꽃잎들이 서걱서걱 소리를 내며 흔들린다.

소리를 내는 것은 꽃잎이 아니라 바람일 것이다. 흔들고 지나가는 바람은 스스로 숙여야 살아남을 수 있음을 가르치는 자연의 훈계다. 그런 훈계를 이해하지 못하는 삶이 안타깝다.

대학 강단에서 학문을 숭앙(崇仰)하고 국가 간성을 길러내며 백년대계(百年大計)를 논하던 학자들이 오로지 고관대작(高官大爵)을 꿈꾸며 정권의 하수인으로서 서민의 고통이 무언지 생각조차 않는 얼빠진 어공이 되는 일이 다반사다.

국가에 빚을 지고 배운 지식을 사익을 위해 쓰다 못해 곡학아세(曲學阿世)를 넘어 설익은 진영논리에 빠져 나라를 결딴내는데 배운 지식을 총동원한다.

북풍한설(北風寒雪) 속에서 향기와 절개로 지나는 사람들을 위로하는 철 지난 황국보다 못한 사이비 교수들의 모습이 몹시도 처량하다 느껴진다.

지식과 배움이 이타심으로 변화되어야 그 배움이 가치 있는 것임을 알면서도 지극한 이기심으로 가득한 그 알량한 지식이 서글프다.

국화를 오상고절(傲霜孤節)이라 한다. 땅은 얼어붙고 무서리가 푸름을 다 빼앗아 가도 홀로 계절을 지키는 표현이자 세상의 혼탁함 속에서도 고고히 절개를 지키는 선비의 꿋꿋함을 의미한다.

상풍고절(霜風孤節)이라고도 하는데 오늘 찬바람 속 산책길을 걸으며 매일 보면서도 무심히 지났던 철 지난 마른 황국으로부터 정신적 위로를 받는다.

몇 가닥 남은 꽃잎에서 살아온 생의 의미를 느낀다. 낮은 점점 짧아지고 밤이 길어지며 영원히 어둠의 세계로 빠져들 것 같지만 삼라만상의 질서가 그렇듯 세상의 모든 것이 어느 한쪽으로만 무한정 가도록 내버려 두지 않을 것이다.

오르막이 있으면 내리막이 있고 숨 막히도록 무더웠던 여름도 채 한 달도 버티지 못하고 가을에게 그 자리를 넘겨주었듯 권력에 빌붙어 사익을 취하고 있는 추한 지성(知性)들도 그 수명이 얼마 남지 않았다.

세상에 영원한 것은 아무것도 없다. 끊임없이 움직이고 변한다. 아무리 바위가 크다 해도 도도히 흐르는 물길을 막을 수 없고 비록 인간이 오를 수 없을 만큼 높은 산이라 해도 계절의 변화를 몰고 오는 바람과 비를 막을 수는 없는 법이다.

아직 세파에 물들지 않은 용기 있는 젊은이들을 모아놓고 고담준론(高談峻論)과 청정한 진실만을 가르쳐 세계 속으로 내보내 나라를 드높게 해야 할 스승들이 정치이념에 물들어 미래의 동량재(棟梁材)를 망친 것도 모자라 이념에 편향된 사악한 지식인을 만들고 있으니 참으로 통탄할 일이다.

게다가 강의실에서 일종의 이론으로 탐구해 보는 데 만족해야 할 본인의 잘못된 지식을 마치 금과옥조(金科玉條)라도 되는 것처럼 현실 정치에 이식(移植)하여 국가경제를 파탄 내고는 한 마디 반성이나 사과도 없이 더욱 높은 자리를 탐하고 있는 이들을 수도 없이 보면서 절망을 넘어 배운 자들에 대한 무한 비애를 느낀다.

오늘은 또 어떤 일들이, 감히 상상조차 하지 못했던 상황들이 신문 지상을 장식할까 하는 두려움으로 하루를 맞는다. 사실 모든 사람들 인생이 거창하고 대단한 일을 해야 하는 것은 아닐 것이다.

차가운 바람 속에서 옷깃을 여미고 걷고 싶은 길을 걷는 것, 작은 오두막집에서 앉아 푸른 하늘을 보며 자연을 즐길 수만 있다면 그것으로 충분히 의미 있는 삶일 것이라고 생각하기도 한다. 무참한 권력의 도구가 되어 생목숨을 끊는 부나비 같은 인생을 만들어서는 안 된다.

한 해가 저물고 있다. 새해 아침에 각오하고 기대했던 일들이 다 이루어지지 않았지만 하루하루 최선을 다해 살았다면 그것으로 충분히 족하다.

아직 시간이 남아 있고 뭔가 하고자 하는 열정이 식지 않았다면 남은 시간들을 아껴 쓸 일이다.

금강경(金剛經)의 야부송(冶父頌) 한 구절,

"야정수한어부식(靜水寒魚不食) 밤 깊어 물도 찬데 고기는 물지 않고
만선공재명월귀(滿船空載月明歸) 달빛만 가득 실은 빈 배만 돌아가네"

로 저물어 가는 한 해를 위로받으려 한다.

잡은 고기를 배 가득 싣고 돌아가야만 제대로 된 삶이겠는가. 하늘에서는 별들이 쏟아지는 어느 하룻밤, 달빛 가득 싣고 호수를 저어 집으로 돌아가는 아버지의 마음은 가난하지만 아름답지 않은가?

신앙적인 신념이나 도교적 내려놓음의 접근이 아니라도 채움보다 비움이 아름다울 수 있어야 한다.

국화는 열매를 맺고 후손을 퍼뜨리기 위한 욕망의 꽃이 아니라 무서리 아래 스러져가면서도 고아(高雅)한 군자의 향기를 나누는 위안의 꽃이다. 그런 오상고절의 위로를 가슴에 안고 이 험난한 세상길을 걷는다.

시래기 예찬

인류문화학자들은 인간의 역사가 굶주림과의 처절한 투쟁의 역사라고 본다. 야생의 다른 동물에 비해 먹이활동에 특별히 유리한 도구나 장점을 인간은 가지지 못하였다고 진단한다.

하지만 살아 있는 모든 것들의 생존 욕구는 무엇이든 덜함도 더함도 없이 똑같을 것이다. 인간은 살아남기 위해 가장 중요한 것 중심으로 진화를 해왔을 것이고 결과는 이 지구의 어떤 생물보다 뇌의 용량이 커졌다고 판단한다.

기억과 학습이 가능한 사고체계가 갖추어짐으로써 본능에 의한 생존보다 이성적이고 논리적 사고에 의한 생존이 절멸의 열차에 오르지 않는 것임을 깨달았고 이는 곧 인간을 만물의 영장으로 승격시킨 근본 원인이 된 것이다.

지금 이 시대가 간단없이 이어져 온 인간의 역사 중에서 가장 풍요로운 시기라고 한다. 오래전 세상을 떠난 인간의 체형이나 영양상태, 섭생에 대한 기록을 굳이 뒤적이지 않더라도 영양분의 과잉 섭취에 기인한 질병, 즉 비만이나 당뇨 등 대사증후군 같은 현대병이 건강을 해치는 주범으로 떠오른 것은 역설적이게도 굶주림이 주었던 건강과 비교하여 생각하게 한다.

일상이 배고픔이고 살아남기 위해 먹어야 했던 시절의 유전자가 풍요의 시대를 인식하지 못하고 몸속에 들어오는 잉여 영양분을 과거대로 축적하는 것에서 인체의 건강 균형이 깨어지는 것이다.

한국동란 후 지독히도 가난한 시기를 겪었던 우리 세대도 그런 적이 있었지만 그 전 세대, 아버지 어머니 세대는 참으로 궁핍한 시기를 살았다. 먹는 것을 줄이고 아끼는 것이 미덕이라서가 아니라 선택의 여지 없이 내일을 살아남기 위한 수단이자 지혜였다.

그렇게 절약하며 굶주림을 이겨낸 후세들의 삶이 오늘과 같은 풍요의 시기를 가져왔지만 그 누구도 영양과잉에 따른 심각한 질병이 동시에 따라올 것이라는 예측을 하지는 못했을 것이다.

의학자들의 연구에 따르면 궁핍에 길들여 있던 인간의 유전자가 갑자기 바뀐 풍요의 시기를 맞아 극도의 혼란으로 인간의 생체리듬 전반에 부적응 현상을 만들어 내고 있다고 한다.

굶주림의 시대가 남긴 삶의 지혜가 풍요의 시대를 살아가는 우리에게 주는 의미와 영향은 한두 가지가 아니다. 절약과 소식(小食)이 건강을 지키는 길이기도 하지만 크게 보면 지속 가능하고 균형 잡힌 지구를 만드는 길이기도 하다.

마찬가지로 중요한 하나는 생산된 모든 것의 활용에 의한 버리지 않는 삶이다. 우리의 선인(先人)들은 사람이든 가축이든 먹고 배설하는 그 어떤 것도 함부로 하지 않았고 자연으로 돌려보내 재활용하였다.

감나무 가지에 걸린 달빛으로 자라기

인간의 삶 그 자체가 오롯이 자연의 순환체계 속에서 작동되도록 한 것이다. 이런 자연친화적 삶 중 기억해야 할 소중한 유산이 시래기다.

그 시절, 농촌에서는 배추나 무 김장이 끝나고 나면 어느 집 할 것 없이 아래채나 헛간 기둥에는 시래기가 걸렸다. 오후 늦게라도 햇볕이 드는 살강 위 시래기는 노랗게 말라갔고 겨우내 햇살 구경을 못 하는 추녀 밑 시래기는 파란색 그대로 마르면서 풋풋한 정감을 주는 멋진 그림이 되었다.

눈 내린 날 배고파 산에서 날아 내려온 새들은 무시래기 다발을 쪼았고 싱그러운 풀 냄새가 그리운 우리 속 염소는 아침마다 말린 시래기 쪽을 보면서 목을 맸다.

짚으로 듬성듬성 엮은 시래기 다발을 걸어둔 간짓대에서 내릴 때면 가랑가랑 우는소리를 했다. 가실로 손 바쁜 아낙은 무 끝을 싹둑 쓴 그대로 말렸지만 별일 없는 할머니들은 여린 무청을 살짝 데쳐 말리기도 했다.

아침저녁으로 선들선들 불어오는 산바람에 마른 시래기를 다발째 풀어 커다란 가마솥에 삶는 냄새는 그윽하고 구수했다. 풀 잘 먹인 할머니 삼베 치마가 봄날 아침 이슬을 머금은 냄새 같기도 했고 콩깍지나 보리등겨를 넉넉하게 넣고 쑤고 있는 소여물 익는 냄새가 났다.

시래기를 삶는 날은 외양간 소도 기다란 혀로 쉴 새 없이 콧구멍을 핥으며 침을 흘렸고 어린 새끼염소는 김이 오르는 시래기 솥 가에서 물색없이 경중경중 뛰었다. 무거운 솥뚜껑이 들썩거리며 눈물을 한참 흘릴 때까지 푹 삶은 시래기는 넓은 대소쿠리에 담겨 우물가로 옮겨졌고 두레박 물을 뒤집어쓴 후 세상 걱정 없이 흐트러졌다.

커다란 항아리 물속에 담겨진 삶은 시래기는 하늘도 담고 감나무 가지도 같이 담겨 넉넉하고 푸짐했다.

퍼지고 넉넉해진 시래기는 한 움큼 크기로 나누어 물을 짜고 시래기 된장국을 끓여 먹었다. 시래깃국은 누가 뭐래도 디포리(밴댕이의 사투리) 육수가 최고다. 진한 디포리 육수는 뭇국이나 잔치국수에도 잘 어울린다.

큰 가마솥에 된장을 넉넉하게 풀고 끓인 시래깃국은 별다른 조미료를 하지 않아도 풋풋하고 청신한 자연의 냄새가 오묘한 식감을 느끼게 한다. 아침에 끓여 먹고 남은 것을 점심때 한 번 더 끓여 졸아들면 구수한 맛이 한결 더해진다.

시래깃국은 끓이면 끓일수록 웅숭깊은 맛이 난다. 시골 초가집의 방 냄새 짚 냄새가 마치 섞이는 듯하다.

시래기는 오래 푹 삶아 찬물에 우렸다가 각종 반찬을 만들어 먹기도 했는데, 구수한 맛과 부드러운 식감이 특이하다.

요즘 도시인들의 시래기 이용은 다양하다. 고기를 다져 넣고 갖은 양념을 하여 기름에 볶는 시래기나물은 물론이고 된장을 걸러 붓고 물에 충분히 불린 쌀을 넣어 쓴 죽은 입맛이 없을 때 별미로 먹기도 한다.

감나무 가지에 걸린 달빛으로 자라기

뭉근하게 삶은 시래기에 쇠고기와 된장, 두부 등을 넣고 바특하게 끓인 찌개는 화학조미료에 잃어버린 도시인의 식감을 회복하는 데도 특별한 음식이 될 것이다.

　고칼로리 고지방 식품에 노출되어 자신도 모르게 건강을 해치고 있는 현대인들에게 시래기는 선조들이 남기고 알려준 최고의 식재료다. 영양가는 높지 않지만 시래기는 겨울철에 모자라기 쉬운 비타민과 미네랄, 식이섬유소가 골고루 들어 있어 건강에 좋으며 특히 장 건강관리나 변비 예방에 아주 좋다고 한다.

　더구나 영양분에 비해 포만감은 높고 소화도 천천히 됨으로 위와 장을 편하게 해준다고 한다. 대체로 값도 저렴하고 동물성 지방 섭취로 지쳐 있는 인간의 장기를 중화시키고 휴식을 갖게 하는 데 많은 도움이 된다고 하니 우리 선조들이 남긴 시래기 음식을 적극 이용해 볼 일이다.

　아침부터 찌뿌둥하고 심한 미세먼지와 안개비 탓에 운동도 못 나가고 글을 쓴다. 오늘도 청명한 봄 날씨를 기대하기는 어려울 듯하다. 이도 저도 안 되고 특별히 할 일 없는 날은 왠지 모르게 푹 삶은 시래기를 넉넉하게 넣은 시래기 된장국이 그립다.

　이즘 시골집 추녀 밑 어딘가에는 가스랑 아스랑 소리가 청량한 시래기 다발이 걸려 한적한 이른 봄 그림을 그리고 있을 게다.

갑자기 다가온 디지털 시대를 살아가기

아날로그 시대를 살아온 우리에게 디지털 문화는 낯설다. 흑백필름조차 귀하던 시절에 태어난 우리는 컬러영상 문화를 접하면서 세상이 참 신기하게 바뀌는구나 하는 생각을 했었고 아날로그에서 디지털로 바뀌면서 낯섦을 넘어 두려움에 빠지기조차 한다.

코로나 팬데믹으로 세상과의 소통이 비대면이 일상화되면서 대부분이 디지털로 이루어진다. 젊은이들은 이미 익숙해 있겠지만 소통과 소비가 온라인상에서 해결되고 이를 담당하는 매개체는 디지털 도구다.

요즘 아이들은 태어나면서부터 디지털 도구나 문화 속에서 살아간다. 초등학생만 되어도 우리가 어릴 적 구슬치기나 팽이 돌리기 놀이를 즐기듯 스마트폰을 자유자재로 사용한다. 가상(假想)현실 속 게임을 즐기고 증강(增强)현실 속 친구를 만들어 대화하며 우리와 전혀 다른 세상을 살아간다.

한 사람 한 사람이 전화기를 가지고 초(超)연결사회의 바다를 항해하는 것이 당연시된다. 몇 년 전만 하더라도 누구와 통화할 일도 없는 아이들이 무슨 전화기냐고 이야기하면 고개를 끄덕이기도 했지만 이제는 그런 말을 하면 뭘 모르는 사람이란 눈총을 받기 딱 알맞다.

우리는 시대를 구분함에 있어 예수가 태어나기 이전과 예수가 태어난 이후로 나누는 것에 익숙하다. 인류의 삶에 있어서 전과 후의 완벽한 구분이 가능한 것은 여러 가지가 있을 수 있다.

산업혁명 이전과 이후, 세계대전 전후의 구분 등도 있지만 생활의 편리함 측면에서 구분한다면 전기(電氣)의 발견 전후를 구분하는 것이 가장 뚜렷할 것이다.

전기를 사용하기 시작하면서 인류의 문화는 그 이전과 완전히 바뀌었다. 하지만 현대 인류학자들은 전기보다 더한 대변혁은 스마트폰 시대의 도래라고 한다. 코로나 팬데믹 시대를 겪으면서 스마트폰의 위력을 새삼 절감하게 된다.

스마트폰에 내장된 위성항법장치(GPS)로 인해 일거수일투족이 감시당하는 느낌이 들기도 하지만 중앙정부의 온갖 재난 정보가 실시간으로 개인들에게 전달되면서 위험상황을 회피하게 해준다.

디지털 시대에 피할 수 없는 도구 스마트폰은 문명의 이기이자 위험 그 자체다. 스마트폰을 단순한 전화기로 이용하는 사람은 디지털 시대를 살아가기 힘들다. 스마트폰을 제대로 이용하지 못하면 세상을 이해할 수 있는 정보로부터 차단되고 하루가 다르게 변하는 일상을 유지하기조차 어렵다.

대부분의 자산은 스마트폰에 의해 관리되고 이동되며 사용되어진다. 삶에 필요한 정보에 접근할 때마다 개인 식별용 고유코드와 비밀번호를 요구하고 그것을 저장하고 기억해야 한다.

아울러 잘 알지도 못하는 거대정보자료에 접근하여 승인이나 인정을 받아야 하고 자칫하면 수십 번을 반복적으로 유사 동일 행위를 해도 접근 어려움이 많아 혼란스러울 때가 많다.

뿐만 아니라 스마트폰에 내장된 정보를 빼내 갈지 모른다는 겁주기와 두려움이 다반사다. 그러다 보니 디지털 시스템 사용이 힘든 아날로그 세대들은 불편함을 기꺼이 감수하고 옛날 방식대로 살아간다.

우리 세대는 대부분 처음에 시곗바늘이 없어진 대신 깜빡거리는 숫자판으로 대체된 시계가 디지털의 모든 것인 줄 알았다. 영(零)과 일(一)이, 그것도 전기신호의 꺼짐과 이어짐이 일상을 지배하리라 꿈에도 생각해 본 적이 없었다.

스마트폰이 세상에 나오기 시작하면서 단순히 전화만 하면 되는 전화기를 왜 그리 비싸게 사야 하느냐며 참으로 이해할 수 없는 것처럼 생각했다. 인류문화의 변화가 그렇듯 어느 날 갑자기 스마트폰이 나타났고 세상은 급격하게 바뀌기 시작했다.

마치 우리가 어릴 적 초등학교에 다니던 시절, 가나다라가 겁주고 구구단이 주눅 들게 했던 것처럼 세상이 다시 겁줄 일이 없을 줄 알았는데 느닷없이 훅 들어온 스마트폰이 기를 죽이기 시작했다.

스마트폰에 의한 정보접근이나 각종 사회관계망 활용을 잘하는 사람이 인생을 성공한 사람인 듯 보였고 사회적 모임과 생활의 대부분을 선도했다. 글자를 몰라 도시로 간 딸이나 군대 간 아들이 보낸 편지를 마을 젊은이한테 읽어달라며 찾아가던 마을 옛 어른들처럼 어린 손자나 자식들한테 자존심이 상해가며 물어야 하기도 한다.

젊은이는 물론이고 아직 글자도 깨치지 못한 어린 것들도 하루 종일 스마트폰을 가지고 놀며 못 하는 것이 없다. 뭐라도 가르쳐 달라고 하면 으스대며 그것도 못하냐며 보내는 눈빛에 상당히 마음 상한다.

하기야 우리도 어릴 적 글 모르는 어른이 무엇을 읽고 가르쳐 달라고 했을 때 그랬을지도 모르겠다. 하지만 배울 것은 어느 정도 다 배우고 더 이상 배움으로 인해 힘들지 않아도 될 것으로 생각했는데 도대체 왜 우리 세대에 이런 변고(變故)가 생겼는지 알 수 없는 일이다.

세상은 아날로그이건 디지털이건 늘 그래왔던 것처럼 삶이 이어지긴 한다. 어느 순간 우리의 의지나 인식과는 무관하게 디지털 문명 시대를 살게 되면서 자신도 모르게 그 속에서 허우적댄다. 스마트폰이 단 한 순간이라도 손안에 없으면 분리불안 증세까지 느낀다.

손가락 하나의 움직임으로 사라지기도 하고 나타나기도 하는 가상현실에 공포스러워 하면서도 그것으로부터 자유로워질 용기는 차마 없다. 실재하지 않는 가상공간의 사물을 마치 감각과 감성으로 느끼는 것 같은 마법의 세계에 익숙해지기도 한다.

때론 손가락 움직임에 따라 숨통을 죄듯 만들어지는 디지털 세상의 냉엄함에 지치지 않는 것도 아니지만 완전히 이해할 수 없는 세상이다 보니 주변인으로라도 디지털 강(江)을 헤엄쳐야만 한다.

게다가 가상현실이나 증강현실 같은 디지털의 세상이 확장되면 확장될수록 아날로그의 자취들이 사라져 안타깝다. 어쩌면 우리는 영원히 아날로그 시대에 살다가 아날로그의 삶으로 생을 마감해야 할지 모른다. 흑백 아날로그 사진을 디지털 기기에 다시 구현하며 아날로그적 감성으로 행복을 느끼기도 한다.

아무리 디지털 문화로 급격히 변화해 가더라도 기쁨과 행복을 느끼는 감성이야 어찌 변하겠는가. 숨결과 향기로 다가오는 삶의 진정한 의미는 아무리 디지털 시대라도 똑같을 것이다.

감나무 가지에 걸린 달빛으로 자라기

키오스크와의 싸움

    어느새 키오스크(Kiosk)와의 거대한 싸움이 시작되었다. 산초 판사(Sancho Panza)를 배종(陪從) 삼아 거인 같은 풍차와 대결하는 돈키호테가 무색하지 않은 알지 못하는 세상이 갑자기 찾아왔다. 코로나가 문제가 아니라 일상의 삶이 지금까지 듣도 보도 못한 터치식 화면과의 싸움터가 된 것이다.

    기차를 타기 위한 서울역이나 고속버스터미널에는 무인단말장치 키오스크가 버티고 서 있다. 카드를 읽히고 가고자 하는 목적지를 차질 없이 눌러야 승차표가 나온다. 만약에 미리 예매를 하면 모바일 승차권이 스마트폰으로 시현된다.

    대중을 위한 공공기관의 키오스크는 그나마 단순하다. 물론 여기서도 대부분의 노인들은 진땀을 흘리며 젊은이의 눈치를 본다.

    이제는 대부분의 사람들에게 디지털 기기 스마트폰이 어느 정도 익숙해졌다 싶은 생각이 들기 시작하자 코로나 팬데믹과 함께 비대면의 세상이 급속히 다가왔다. 컴퓨터가 일상을 지배하는 세상이 되면서 필연적으로 변할 수밖에 없긴 하지만 몇 년이란 시간을 건너뛰어 바뀐 것이다. 영화 속에서나 보고 항공기 조종사들이나 하던 일이 우리에게까지 강요되기 시작했다.

적응하기가 쉽지 않다. 많은 사람이 붐비고 여러 음식점이 모여 있는 몰이나 백화점 먹거리 집단시설에는 어김없이 화면 터치식 판매장치가 버티고 서있다. 고속도로 휴게소도 심지어 동네 짜장면집까지 화면과 소통해야만 무언가를 사 먹을 수 있다.

무인 카메라는 우리의 일거수일투족을 지켜보며 적응과 비적응의 자료를 축적하고 있다. 바야흐로 고립 속에서 버텨내는 능력이 곧 삶의 질이 되는 세상이다.

어릴 적 세상을 알아가기 시작할 때도 앎과 모름 사이에서 힘든 적이 많았다. 손이 들어갈 수 있을 정도의 커다란 유리병 속에는 알록달록하면서도 달콤새콤한 유혹이 가득 들어 있었다. 학교 앞 구멍가게 주인은 아이들이 손에 들고 있는 동전이나 지전을 보면서 눈으로 물었다.

가게 앞 나무 격자를 장식하고 있는 균일하지 않은 창유리는 동쪽 산 위 아침 해를 무지개로 데리고 왔다. 아침 햇살은 오랫동안 장사를 해온 아저씨 얼굴은 비껴갔다. 주눅이 든 아이는 손가락으로 유리병 속에든 십 리 사탕과 건빵을 가리켰다.

그럴 줄 알았다는 듯 가게 주인은 돈에 맞추어 손가락을 재빠르게 움직였다. 아이는 누가 볼세라 과자를 황급히 주머니에 집어넣고 교문을 향해 달렸다.

초등학교를 졸업하고 읍내로 나가면서 모름과 차별은 점점 더 커져

갔다. 교문 옆 가게나 시장 안 주전부리도 사 먹기가 만만치 않았다. 가격은 물론이고 이름조차 알 수 없는 물건이 여기저기 가게마다 널려 있었다. 읍내 아이들의 이야기 속에 흘려듣고 기억한 물건만 겨우 사곤 했다.

가난과 모자람으로 삶이 죽을 만큼 힘들었지만 꿈으로 버텼다. 부족과 차별이 배움의 동력이자 미래를 준비하는 눈물의 자산이었다. 경쟁은 불가피했고 살아남기 위해서는 그 어떤 굴욕도 참아내야 했다.

도시는 벽으로 둘러싸여 있었고 온정과 자비를 기대하기 쉽지 않았다. 눈치껏 살피고 조심스럽게 하루하루를 이어갔지만 불안과 초조로 삶을 이어갔다. 시골집으로 돌아오는 날은 마음이 하늘을 날았고 공기는 한없이 부드러웠다. 알지 못하는 세상의 모든 것이 듣도 보도 못한 키오스크(Kiosk)였다.

우리들의 처음 시작은 그저 그런 정도의 차이로 평등했다. 부족함과 배고픔을 같이하며 가진 도구라고 해야 작은 칼이나 낫, 호미나 괭이가 전부였다. 산이나 들에서 캐는 먹거리는 관찰과 부지런함에 따라 크고 작음이 나누어졌다.

물론 논이나 밭의 크기, 집이나 산판을 얼마나 가졌나에 따라 가난과 부자로 구분되었겠지만 아이들에게 그런 것들이 엄청 중요한 구분이 되지 못했다.

오히려 전답이 많으면 많을수록 일만 많이 해야 하는 것으로 생각되었다. 봄 햇살과 가을 달빛은 모든 이에게 공평했고 달라지 않아도 받을 수 있는 것이 훨씬 많았던 시절이었다.

세상은 급격하게 차별의 시대로 바뀌었다. 많은 것이 사라졌다. 부조금 봉투가 사라지고 은행 통장도 없어졌다. 혹 이동 간에 연락을 받고 준비하기 위한 부조금 봉투를 여러 장 차에 싣고 다녔지만 사용하지 않은 지가 몇 년이 되었다.

OTP(One Time Password), 비밀번호니 보안카드니 하는 디지털 출입구가 알지도 못하는 가상계좌로 데리고 간다. 조마조마한 마음으로 기연가미연가 의심하며 은행 앱이 하라는 대로 눌러가다 보면 어느새 "이체가 성공적으로 완료 되었습니다" 하는 문자가 뜬다. 그제야 오늘도 무사히 한 건을 해결했구나 하는 안도의 한숨을 내쉰다.

하지만 그것도 이체받은 사람에게서 받았다는 연락이 오기 전까지는 쉽게 안심이 되지 않는다. 추상과 가상, 눈에 보이지 않는 세상을 이해할 수 없는 세대가 겪어야 하는 무시와 차별의 시대가 된 것이다.

외국에서 들어온 패스트푸드점 앞에서 등 뒤 젊은이의 따가운 눈총을 받으며 무언가를 사는 노인들, 대형 마트에서 산 물건을 자동 계산대에 올려놓고 바코드를 읽혀야 할지 아니면 QR코드를 갖다 대야 할지 몰라 진땀을 흘리고 있는 사람들을 보면 남의 일 같지가 않다.

현재와 같은 속도로 세상이 변하면 머잖은 장래는 어떻게 바뀔지 가늠조차 하기 어렵다. 누군가에는 쉽고 빠른 것이 어떤 이에게는 두려움이자 재앙이다. 디지털 이기는 축복이면서도 뛰어넘을 수 없는 차별이자 절망으로 이끄는 장벽이 되고 있다.

자식을 낳고 기르며 오로지 가정을 지키기 위해 쉼 없이 달려온 세대, 가난을 뿌리치기 위해 앞만 보고 살아온 우리 앞에 어느 날 갑자기 디지털 괴물이 가로막고 선 것이다.

누구나 푸른 산 맑은 물을 벗하며 차별 없이 살아왔던 우리는 다소 짓궂긴 했지만 얼굴을 살피고 눈웃음을 치는 구멍가게 아저씨의 온정 어린 마음이 그립다. 비대면 시대의 괴물, 키오스크가 주는 삶의 각박함이 노년의 삶을 더욱 힘들게 한다.

이미 지나와 버린 농경사회가 다시 돌아올 수 없을 것이다. 사람이 사람을 보면서 대화하고 얼굴을 읽는 세상은 정녕 사라지는 것일까.

감나무 가지에 걸린
달빛으로 자라기

초판 1쇄 발행 2023. 7. 24.
　　 2쇄 발행 2023. 8. 8.

지은이 이덕대
펴낸이 김병호
펴낸곳 주식회사 바른북스

편집진행 김재영
디자인 최유리

등록 2019년 4월 3일 제2019-000040호
주소 서울시 성동구 연무장5길 9-16, 301호 (성수동2가, 블루스톤타워)
대표전화 070-7857-9719 | **경영지원** 02-3409-9719 | **팩스** 070-7610-9820

•바른북스는 여러분의 다양한 아이디어와 원고 투고를 설레는 마음으로 기다리고 있습니다.

이메일 barunbooks21@naver.com | **원고투고** barunbooks21@naver.com
홈페이지 www.barunbooks.com | **공식 블로그** blog.naver.com/barunbooks7
공식 포스트 post.naver.com/barunbooks7 | **페이스북** facebook.com/barunbooks7

ⓒ 이덕대, 2023
ISBN 979-11-93127-64-3 03810

•파본이나 잘못된 책은 구입하신 곳에서 교환해드립니다.
•이 책은 저작권법에 따라 보호를 받는 저작물이므로 무단전재 및 복제를 금지하며,
이 책 내용의 전부 및 일부를 이용하려면 반드시 저작권자와 도서출판 바른북스의 서면동의를 받아야 합니다.